AF473376

LES

AUTEURS GRECS

EXPLIQUÉS D'APRÈS UNE MÉTHODE NOUVELLE

PAR DEUX TRADUCTIONS FRANÇAISES

L'UNE LITTÉRALE ET JUXTALINÉAIRE PRÉSENTANT LE MOT A MOT FRANÇAIS
EN REGARD DES MOTS GRECS CORRESPONDANTS
L'AUTRE CORRECTE ET PRÉCÉDÉS DU TEXTE GREC

avec des arguments et des notes

PAR UNE SOCIÉTÉ DE PROFESSEURS
ET D'HELLÉNISTES

EURIPIDE

ALCESTE

EXPLIQUÉE LITTÉRALEMENT
TRADUITE EN FRANÇAIS ET ANNOTÉE
PAR F. DE PARNAJON
Professeur au lycée Henri IV.

PARIS
LIBRAIRIE HACHETTE ET Cie
79, BOULEVARD-SAINT-GERMAIN, 79

1888

LES

AUTEURS GRECS

EXPLIQUÉS D'APRÈS UNE MÉTHODE NOUVELLE

PAR DEUX TRADUCTIONS FRANÇAISES

Cette tragédie a été expliquée littéralement, traduite en français et annotée par M. F. de Parnajon, professeur au lycée Henri IV.

PARIS. — IMPRIMERIE CHARLES BLOT, RUE BLEUE, 7.

LES

AUTEURS GRECS

EXPLIQUÉS D'APRÈS UNE MÉTHODE NOUVELLE

PAR DEUX TRADUCTIONS FRANÇAISES

L'UNE LITTÉRALE ET JUXTALINÉAIRE PRÉSENTANT LE MOT A MOT FRANÇAIS
EN REGARD DES MOTS GRECS CORRESPONDANTS
L'AUTRE CORRECTE ET PRÉCÉDÉE DU TEXTE GREC

avec des arguments et des notes

PAR UNE SOCIÉTÉ DE PROFESSEURS
ET D'HELLÉNISTES

EURIPIDE

ALCESTE

PARIS
LIBRAIRIE HACHETTE ET Cie
79, BOULEVARD SAINT-GERMAIN, 79

1888

AVIS

RELATIF A LA TRADUCTION JUXTALINÉAIRE

On a réuni par des traits, dans la traduction juxtalinéaire, les mots français qui traduisent un seul mot grec.

On a imprimé en *italique* les mots qu'il était nécessaire d'ajouter pour rendre intelligible la traduction littérale, et qui n'ont pas leur équivalent dans le grec.

Enfin, les mots placés entre parenthèses, dans le français, doivent être considérés comme une seconde explication, plus intelligible que la version littérale.

ARGUMENT ANALYTIQUE

Admète, prince de Phères, dans la Thessalie, aurait dû mourir jeune, si sa destinée s'était accomplie ; mais Apollon, qui protégeait la maison d'Admète, avait obtenu pour lui une longue vie, si une autre personne voulait mourir à sa place. Dans toute sa famille, il ne trouva qu'Alceste, sa jeune épouse, qui consentît à faire ce sacrifice.

Le jour fatal est arrivé. Au début du drame on voit Apollon quitter le palais qui doit être attristé par un deuil, tandis que la Mort y entre pour marquer sa victime. Apollon essaye d'un accommodement, mais il ne peut s'entendre avec sa farouche interlocutrice. Après cette exposition, le chœur entre dans l'orchestre. Les vieillards de Phères, qui le composent, se demandent avec anxiété si Alceste a déjà succombé ou si elle est encore en vie : ils ne savent que trop que sa fin est proche et que rien ne peut l'en préserver. Bientôt une esclave sort du palais et raconte ce qui s'y passe. Alceste s'est purifiée et parée pour le grand sacrifice, elle a prié la déesse du foyer de veiller sur ses enfants, elle a couvert de baisers la couche nuptiale, en regrettant la douceur d'un hymen si funeste pour elle. Mais elle veut saluer une dernière fois la lumière du soleil, et bientôt elle paraît sur la scène, faible, appuyée sur le bras d'Admète, entourée de ses enfants et de ses serviteurs en larmes. Elle sent l'atteinte invisible du dieu venu pour l'enlever, il lui semble déjà voir la barque de Charon, les ténèbres de la mort l'envahissent. Cependant elle recueille ses forces pour supplier Admète de tenir lieu de mère à ses enfants et de ne jamais leur donner une marâtre. Elle expire enfin dans les bras de son époux, qui la comble de marques de tendresse. L'aîné des deux enfants, un fils en bas âge, pleure sur le corps inanimé de sa mère. Admète veut que tout son peuple porte le deuil de cette femme qui est morte pour lui; le chœur chante le dévouement d'Alceste et prédit qu'elle vivra à jamais dans le souvenir des hommes et les chants des poètes.

Sur ces entrefaites, Hercule, qui doit accomplir dans la Thrace un nouveau travail imposé par Eurysthée, vient à passer par la Thessalie. Admète tient à recevoir son ami comme d'habitude; il feint que les funérailles que l'on prépare sont celles d'une femme étrangère morte dans la maison, et fait servir un copieux repas à Hercule dans une partie écartée du palais. Un chant du chœur exalte la vertu hospitalière d'Admète.

Au moment où le convoi funèbre va quitter le palais, Phérès, le père d'Admète, vient apporter des offrandes en l'honneur de celle qui a prolongé les jours de son fils. Mais Admète le repousse durement; il reproche au vieillard d'avoir laissé mourir une jeune femme quand il pouvait sauver son fils au prix du peu de jours qui lui reste encore à vivre. Phérès, à son tour, reproche à son fils d'être en quelque sorte le meurtrier de la jeune femme dont il a accepté le dévouement. Cependant Hercule a fait chère lie dans l'appartement des étrangers. Le serviteur chargé de lui offrir à boire et à manger en est scandalisé. Après le départ du convoi, dont le chœur fait partie, il sort de la maison pour laisser éclater une indignation d'autant plus grande qu'Alceste s'était fait aimer par sa bonté de tous les serviteurs de la maison. Hercule, qui ne tarde pas à rejoindre le serviteur, lui démontre que la vraie sagesse consiste à noyer ses chagrins dans le vin. Mais quand il apprend le nom de celle que l'on ensevelit, le héros se réveille, il jette les guirlandes dont il avait couronné sa tête et court disputer sa proie à la Mort.

Admète revient après avoir accompli les funérailles. Les consolations du chœur ne peuvent calmer son désespoir; il rentre en gémissant dans son palais désert, et désert par sa propre faute; il s'accuse d'avoir lâchement laissé mourir la plus dévouée des femmes. Resté seul, le chœur proclame la puissance irrésistible de la Nécessité et fait l'apothéose d'Alceste.

Le dénoûment ne se fait pas attendre, Hercule revient avec une femme voilée, prix, dit-il, d'une victoire obtenue à la lutte, et il prie Admète de lui garder cette inconnue jusqu'à son retour de Thrace. Admète refuse de recevoir une femme dans sa demeure, qui ne doit plus être habitée que par le souvenir d'Alceste. Hercule insiste et il finit par obtenir à grand'peine qu'Admète conduise lui-même l'étrangère dans le palais. Alors il écarte le voile qui couvre le visage de l'inconnue, et Admète reconnaît son Alceste. Le fils de Zeus a lutté contre la Mort et lui a arraché sa victime, rendue à la lumière et à la vie, mais privée encore pendant trois jours de l'usage de la parole. Ainsi l'heureux époux reçoit la récompense de son héroïque hospitalité.

Alceste est la plus ancienne des pièces qui nous restent d'Euripide. Elle fut jouée l'an 438 avant notre ère, à la suite de trois tragédies. Elle occupait donc le quatrième rang dans la tétralogie, et tenait lieu de drame satyrique. C'est ainsi que s'explique le caractère mixte de ce drame où le rire se mêle aux larmes. Hercule, athlète béotien d'un appétit gigantesque et, à la fois, héros digne d'être reçu parmi les dieux, était le personnage favori des drames satyriques.

ΕΥΡΙΠΙΔΟΥ

ΑΛΚΗΣΤΙΣ

ΤΑ ΤΟΥ ΔΡΑΜΑΤΟΣ ΠΡΟΣΩΠΑ

ΑΠΟΛΛΩΝ.
ΘΑΝΑΤΟΣ.
ΧΟΡΟΣ.
ΘΕΡΑΠΑΙΝΑ.
ΑΛΚΗΣΤΙΣ.
ΑΔΜΗΤΟΣ.
ΕΥΜΗΛΟΣ.
ΗΡΑΚΛΗΣ.
ΦΕΡΗΣ.
ΘΕΡΑΠΩΝ.

ΑΠΟΛΛΩΝ.

Ὦ δώματ' Ἀδμήτει', ἐν οἷς ἔτλην ἐγὼ
θῆσσαν τράπεζαν αἰνέσαι θεός περ ὤν.
Ζεὺς γὰρ κατακτὰς παῖδα τὸν ἐμὸν αἴτιος
Ἀσκληπιὸν[1], στέρνοισιν ἐμβαλὼν φλόγα·
οὗ δὴ χολωθεὶς τέκτονας Δίου πυρὸς
κτείνω Κύκλωπας[2]· καί με θητεύειν πατὴρ
θνητῷ παρ' ἀνδρὶ τῶνδ' ἄποιν' ἠνάγκασεν.
Ἐλθὼν δὲ γαῖαν τήνδ' ἐβουφόρβουν ξένῳ,
καὶ τόνδ' ἔσῳζον οἶκον ἐς τόδ' ἡμέρας.

APOLLON. O demeure d'Admète, où j'ai dû, tout dieu que je suis, me contenter de la table des serviteurs ! Jupiter en fut cause, lui qui tua mon fils Escu'ape, en le perçant de sa foudre. Dans mon ressentiment, je fis périr les Cyclopes qui forgeaient les carreaux divins, et mon père, pour me punir, me contraignit d'être le serviteur d'un mortel. Je suis venu dans cette contrée où j'ai gardé les bœufs de mon hôte, et j'ai protégé cette maison jusqu'à ce jour.

EURIPIDE

ALCESTE

PERSONNAGES DE LA PIÈCE

APOLLON.
LA MORT.
CHŒUR de vieillards de Phères.
UNE SERVANTE.
ALCESTE.
ADMÈTE.
EUMÈLE.
HERCULE.
PHÉRÈS.
UN SERVITEUR.

ΑΠΟΛΛΩΝ. Ὦ δώματα	APOLLON. O demeures
Ἀδμήτεια,	d'-Admète, [patience
ἐν οἷς ἐγὼ ἔτλην	dans lesquelles moi j'ai-eu-la-
αἰνέσαι τράπεζαν θῆσσαν	de trouver-bonne une table serve,
ὤν περ θεός.	quoique étant dieu.
Ζεὺς γὰρ αἴτιος	Car Jupiter *en fut* cause.
κατακτὰς παῖδα τὸν ἐμὸν	ayant tué un enfant le mien,
Ἀσκληπιόν,	Esculape,
ἐμβαλὼν φλόγα	*en* faisant-entrer la flamme
στέρνοισιν·	dans *sa* poitrine :
οὗ δὴ χολωθεὶς	de quoi donc ayant été irrité
κτείνω Κύκλωπας	je tue les Cyclopes
τέκτονας πυρὸς Δίου·	forgerons du feu divin ;
καὶ πατὴρ ἠνάγκασέ με	puis *mon* père contraignit moi
θητεύειν	à servir
παρὰ ἀνδρὶ θνητῷ	auprès d'un homme mortel
ἄποινα τῶνδε.	*comme* rançon de cela.
Ἐλθὼν δὲ τήνδε γαῖαν	Or étant venu dans cette contrée-ci
ἐβουφόρβουν	je paissais-les-bœufs
ξένῳ,	pour *mon* hôte,
καὶ ἔσῳζον τόνδε οἶκον	et je protégeais cette maison-ci
ἐς τόδε ἡμέρας.	jusqu'à ceci de jour (ce jour-ci.)

Ὁσίου γὰρ ἀνδρὸς ὅσιος ὢν ἐτύγχανον
παιδὸς Φέρητος, ὃν θανεῖν ἐρρυσάμην,
Μοίρας δολώσας[1]· ᾔνεσαν δέ μοι θεαὶ
Ἄδμητον ᾅδην τὸν παραυτίκ' ἐκφυγεῖν,
ἄλλον διαλλάξαντα τοῖς κάτω νεκρόν.
Πάντας δ' ἐλέγξας καὶ διεξελθὼν φίλους,
[πατέρα γεραιάν θ' ἥ σφ' ἔτικτε μητέρα,]
οὐχ ηὗρε πλὴν γυναικὸς, ἥτις[2] ἤθελεν
θανεῖν πρὸ κείνου μηδ' ἔτ' εἰσορᾶν φάος·
ἣ νῦν κατ' οἴκους ἐν χεροῖν βαστάζεται
ψυχορραγοῦσα· τῇδε γάρ σφ' ἐν ἡμέρᾳ
θανεῖν πέπρωται καὶ μεταστῆναι βίου.
Ἐγὼ δὲ, μὴ μίασμά μ' ἐν δόμοις κίχῃ[3],
λείπω μελάθρων τῶνδε φιλτάτην στέγην.
Ἤδη δὲ τόνδε Θάνατον εἰσορῶ πέλας,
ἱερῆ θανόντων, ὅς νιν εἰς Ἅιδου δόμους
μέλλει κατάξειν· σύμμετρος[4] δ' ἀφίκετο,
φρουρῶν τόδ' ἦμαρ, ᾧ θανεῖν αὐτὴν χρεών.

Car, juste moi-même, j'ai rencontré un homme juste dans le fils de Phérès ; je l'ai sauvé de la mort en trompant les Parques, et ces déesses m'ont promis qu'Admète échapperait aujourd'hui au trépas s'il livrait en échange une autre victime aux dieux infernaux. Il s'est adressé à tous ses amis, il les a sondés tous, ainsi que son père et la vieille mère qui lui a donné le jour ; il n'a trouvé que sa femme qui voulût mourir pour lui et renoncer à la lumière. Et maintenant, dans la maison, entre les bras qui la soutiennent, elle lutte contre la mort : car c'est le jour fatal, où elle doit passer de vie à trépas. Pour moi, de peur que dans ce palais ce spectacle ne souille mes regards, je quitte ce toit qui m'est si cher. Mais déjà je vois près d'ici la Mort, prêtresse des enfers, qui se dispose à l'emmener dans les demeures de Pluton. Elle arrive juste à temps; car elle épiait ce jour qui doit être le dernier d'Alceste.

Ὢν γὰρ ὅσιος
ἐτύγχανον ἀνδρὸς ὁσίου
παιδὸς Φέρητος,
ὃν ἐρρυσάμην θανεῖν,
δολώσας Μοίρας·
θεαὶ δὲ ᾔνεσάν μοι
Ἄδμητον ἐκφυγεῖν
ᾅδην τὸν παραυτίκα,
διαλλάξαντα
ἄλλον νεκρὸν
τοῖς κάτω.
Ἐλέγξας δὲ
καὶ διεξελθὼν
πάντας φίλους,
πατέρα γεραιάν τε μητέρα
ἣ ἔτικτέ σφε,
οὐχ ηὗρε πλὴν γυναικὸς,
ἥτις ἤθελεν θανεῖν πρὸ κείνου
μηδὲ ἔτι εἰσορᾶν φάος·
ἣ νῦν
κατὰ οἴκους
βαστάζεται ἐν χεροῖν
ψυχορραγοῦσα·
πέπρωται γάρ
σφε θανεῖν καὶ μεταστῆναι βίου
ἐν τῇδε ἡμέρᾳ.
Ἐγὼ δὲ λείπω
στέγην φιλτάτην
τῶνδε μελάθρων,
μὴ μίασμα
κίχῃ με ἐν δόμοις.
Εἰσορῶ δὲ ἤδη πέλας
Θάνατον τόνδε,
ἱερῆ θανόντων,
ὅς μέλλει κατάξειν νιν
εἰς δόμους Ἅιδου·
ἀφίκετο δὲ σύμμετρος,
φρουρῶν τόδε ἦμαρ.
ᾧ χρεὼν αὐτὴν θανεῖν.

Car étant juste
je rencontrais un homme juste,
le fils de Phérès,
lequel je préservai de mourir,
ayant trompé les Parques;
or *ces* déesses promirent à moi
Admète échapper
au trépas, celui d'à-présent,
ayant-donné-en-échange
un autre cadavre
à ceux (aux dieux) d'en-bas.
D'autre part ayant sondé
et étant-allé-trouver-successivement
tous *ses* amis,
son père et *sa* vieille mère
qui enfanta lui,
il ne trouva pas hormis *sa* femme,
qui voulût mourir pour lui
et-ne plus voir la lumière;
laquelle *femme* maintenant
dans la maison
est soutenue dans des mains
luttant-contre-la-mort;
car il a-été-arrêté-par-le-destin
elle mourir et sortir de la vie
dans ce jour-ci.
Moi d'autre part j'abandonne
le toit très cher
de ce palais,
de peur qu'une souillure
n'atteigne moi dans *cette* maison.
Or j'aperçois déjà près *de nous*
la Mort que-voici,
prêtresse des morts,
qui doit faire-descendre elle
dans les demeures d'Hadès;
or elle est arrivée juste-à-temps,
guettant ce jour-ci,
dans lequel *il est* fatal elle mourir.

ΘΑΝΑΤΟΣ.

Ἆ ἆ·
τί σὺ πρὸς μελάθροις; τί σὺ τῇδε πολεῖς,
Φοῖβ'; ἀδικεῖς αὖ τιμὰς ἐνέρων
ἀφοριζόμενος καὶ καταπαύων.
Οὐκ ἤρκεσέ σοι μόρον Ἀδμήτου
διακωλῦσαι, Μοίρας δολίῳ
σφήλαντι τέχνῃ; νῦν δ' ἐπὶ τῇδ' αὖ
χέρα τοξήρη φρουρεῖς ὁπλίσας,
ἣ τόδ' ὑπέστη, πόσιν ἐκλύσασ',
αὐτὴ προθανεῖν Πελίου παῖς.

ΑΠΟΛΛΩΝ.

Θάρσει· δίκην τοι καὶ λόγους κεδνοὺς ἔχω.

ΘΑΝΑΤΟΣ.

Τί δῆτα τόξων ἔργον, εἰ δίκην ἔχεις;

ΑΠΟΛΛΩΝ.

Σύνηθες ἀεὶ ταῦτα βαστάζειν ἐμοί.

ΘΑΝΑΤΟΣ.

Καὶ τοῖσδέ γ' οἴκοις ἐκδίκως προσωφελεῖν.

ΑΠΟΛΛΩΝ.

Φίλου γὰρ ἀνδρὸς συμφοραῖς βαρύνομαι.

ΘΑΝΑΤΟΣ.

Καὶ νοσφιεῖς με τοῦδε δευτέρου νεκροῦ [1];

LA MORT. Ah! ah! Que fais-tu près du palais? Pourquoi rôdes-tu de ce côté, Phebus? Tu commets une nouvelle injustice si tu ravis aux dieux infernaux ce qui leur est dû, et si tu détruis leurs honneurs. Ne te suffit-il pas d'avoir mis obstacle à la destinée d'Admète, en trompant les Parques par un artifice perfide? Maintenant tu veilles encore, l'arc à la main, sur cette femme qui s'est engagée, pour sauver son époux, à mourir elle-même à sa place, elle, la fille de Pélias.

APOLLON. Rassure-toi, j'ai pour moi la justice et de bonnes raisons.

LA MORT. Pourquoi donc cet arc, si tu as la justice?

APOLLON. J'ai l'habitude de le porter toujours.

LA MORT. Oui, et aussi de secourir injustement cette maison.

APOLLON. C'est que les malheurs d'un homme qui m'est cher m'accablent.

LA MORT. Et tu me priveras de ce second mort?

ΘΑΝΑΤΟΣ. Ἃ ἄ·
τί σὺ πρὸς μελάθροις;
τί σὺ πολεῖς τῇδε,
Φοῖβε;
ἀδικεῖς αὖ
ἀφοριζόμενος
καὶ καταπαύων
τιμὰς ἐνέρων.
Οὐκ ἤρκεσέ σοι
διακωλῦσαι
μόρον Ἀδμήτου,
σφήλαντι Μοίρας
τέχνῃ δολίῳ;
νῦν δὲ ὁπλίσας
χέρα τοξήρη
φρουρεῖς αὖ
ἐπὶ τῇδε,
ἣ ὑπέστη τόδε,
ἐκλύσασα πόσιν,
προθανεῖν αὐτὴ
παῖς Πελίου.
ΑΠΟΛΛΩΝ. Θάρσει·
ἔχω τοι δίκην
καὶ κεδνοὺς λόγους.
ΘΑΝΑΤΟΣ.
Τί ἔργον δῆτα
τόξων,
εἰ ἔχεις δίκην;
ΑΠΟΛΛΩΝ.
Σύνηθες ἐμοὶ βαστάζειν
ταῦτα ἀεί.
ΘΑΝΑΤΟΣ. Καί γε
προσωφελεῖν ἐκδίκως
τοῖσδε οἴκοις.
ΑΠΟΛΛΩΝ. Βαρύνομαι γὰρ
συμφοραῖς
ἀνδρὸς φίλου.
ΘΑΝΑΤΟΣ. Καὶ νοσφιεῖς με
τοῦδε δευτέρου νεκροῦ;

LA MORT. Ah! ah!
que *fais*-tu près du palais?
pourquoi toi rôdes-tu par ici,
Phébus?
tu es-injuste de-nouveau
en limitant
et supprimant
les honneurs des *dieux* infernaux
N'a-t-il pas suffi à toi
d'avoir empêché
la destinée d'Admète,
à toi ayant dupé les Parques
par un artifice trompeur?
et maintenant ayant armé
ta main munie-d'un-arc
tu veilles encore
sur celle-ci,
qui s'est engagée à ceci,
ayant délivré *son* mari,
à mourir-pour *lui* elle-même
elle fille de Pélias.
APOLLON. Rassure-toi:
j'ai certes la justice
et de bonnes raisons.
LA MORT.
Quel besoin donc
d'arc,
si tu as la justice?
APOLLON.
Il est habituel à moi de porter
cet *arc* toujours.
LA MORT. Et certes
de secourir-en-outre injustement
cette maison-ci.
APOLLON. Car je suis accablé
des malheurs
d'un homme ami.
LA MORT. Et tu priveras moi
de ce second mort?

ΑΠΟΛΛΩΝ.
Ἀλλ' οὐδ' ἐκεῖνον πρὸς βίαν σ' ἀφειλόμην.
ΘΑΝΑΤΟΣ.
Πῶς οὖν ὑπὲρ γῆς ἐστι κοὐ κάτω χθονός;
ΑΠΟΛΛΩΝ.
Δάμαρτ' ἀμείψας, ἣν σὺ νῦν ἥκεις μέτα.
ΘΑΝΑΤΟΣ.
Κἀπάξομαί γε νερτέραν ὑπὸ χθόνα.
ΑΠΟΛΛΩΝ.
Λαβὼν ἴθ' · οὐ γὰρ οἶδ' ἂν εἰ πείσαιμί σε.
ΘΑΝΑΤΟΣ.
Κτείνειν γ' ὃν ἂν χρῇ; τοῦτο γὰρ τετάγμεθα.
ΑΠΟΛΛΩΝ.
Οὔκ, ἀλλὰ τοῖς μέλλουσι θάνατον ἀμβαλεῖν[1].
ΘΑΝΑΤΟΣ.
Ἔχω λόγον δὴ καὶ προθυμίαν σέθεν.
ΑΠΟΛΛΩΝ.
Ἔστ' οὖν ὅπως Ἄλκηστις ἐς γῆρας μόλοι;
ΘΑΝΑΤΟΣ.
Οὐκ ἔστι · τιμαῖς κἀμὲ τέρπεσθαι δόκει.
ΑΠΟΛΛΩΝ.
Οὔτοι πλέον γ' ἂν ἢ μίαν ψυχὴν λάβοις.

APOLLON. Mais je ne t'ai pas même pris le premier par force.

LA MORT. Comment donc est-il sur terre, au lieu d'être sous terre ?

APOLLON. Il a donné en échange son épouse, que tu viens chercher maintenant.

LA MORT. Et que j'emmènerai dans les profondeurs de la terre.

APOLLON. Prends-la et va-t'en, car je ne sais si je pourrais te persuader.

LA MORT. De tuer celui que je dois? mais c'est mon office.

APOLLON. Non, mais de différer la mort de ceux qui n'échapperont pas au trépas.

LA MORT. Je comprends bien ce que tu dis et ce que tu veux.

APOLLON. Est-il possible qu'Alceste parvienne à la vieillesse?

LA MORT. Ce n'est pas possible; sache que moi aussi j'aime les honneurs.

APOLLON. Dans tous les cas, tu ne prendras pas plus d'une vie.

ΑΠΟΛΛΩΝ. Ἀλλὰ	APOLLON. Mais
οὐδὲ ἀφειλόμην σε	je n'ai pas-même enlevé à toi
ἐκεῖνον πρὸς βίαν.	celui-là (le premier) par violence.
ΘΑΝΑΤΟΣ.	LA MORT.
Πῶς οὖν ἐστιν	Comment donc est-il
ὑπὲρ γῆς	sur terre
καὶ οὐ κάτω χθονός ;	et non sous terre?
ΑΠΟΛΛΩΝ.	APOLLON.
Ἀμείψας	Ayant-donné-en-échange
δάμαρτα,	une épouse,
μετὰ ἣν σὺ	vers laquelle toi
ἥκεις νῦν.	tu es venue maintenant.
ΘΑΝΑΤΟΣ. Καὶ	LA MORT. Et
ἀπάξομαί γε	je *l*'emmènerai certes
ὑπὸ χθόνα νέρτεραν.	sous la terre plus basse.
ΑΠΟΛΛΩΝ. Λαβὼν ἴθι·	APOLLON. *L*'ayant-prise va-t'en:
οὐ γὰρ οἶδα	car je ne sais
εἰ πείσαιμι ἄν σε.	si je persuaderais toi.
ΘΑΝΑΤΟΣ. Κτείνειν γε	LA MORT. De tuer certes
ὃν ἂν χρῇ;	celui qu'il faudra?
τετάγμεθα γὰρ τοῦτο.	car nous sommes chargés de cela.
ΑΠΟΛΛΩΝ. Οὐκ,	APOLLON. Non,
ἀλλὰ ἀμβαλεῖν θάνατον	mais de différer la mort
τοῖς μέλλουσι.	à ceux qui doivent *mourir*.
ΘΑΝΑΤΟΣ.	LA MORT.
Ἔχω δὴ	Je comprends certes
λόγον	la raison
καὶ προθυμίαν σέθεν.	et le désir de toi.
ΑΠΟΛΛΩΝ. Ἔστιν οὖν ὅπως	APOLLON. Est-il donc comment
Ἄλκηστις μόλοι	Alceste puisse-arriver
ἐς γῆρας;	à la vieillesse?
ΘΑΝΑΤΟΣ. Οὐκ ἔστι·	LA MORT. Il n'est pas *comment;*
δόκει	crois
καὶ ἐμὲ τέρπεσθαι	moi aussi être charmée
τιμαῖς.	par les honneurs.
ΑΠΟΛΛΩΝ. Οὔτοι γε	APOLLON. Non certes
λάβοις ἂν	tu ne prendrais
πλέον γε	plus assurément
ἢ μίαν ψυχήν.	qu'une seule vie.

ΘΑΝΑΤΟΣ.
Νέων φθινόντων μεῖζον ἄρνυμαι γέρας.
ΑΠΟΛΛΩΝ.
Κἂν γραῦς ὄληται, πλουσίως ταφήσεται [1].
ΘΑΝΑΤΟΣ.
Πρὸς τῶν ἐχόντων, Φοῖβε, τὸν νόμον τιθεῖ
ΑΠΟΛΛΩΝ.
Πῶς εἶπας; ἀλλ' ἦ καὶ σοφὸς λέληθας ὤν
ΘΑΝΑΤΟΣ.
Ὄναιντ' ἂν [2], οὓς πάρεστι γηραιοὺς θανεῖν
ΑΠΟΛΛΩΝ.
Οὔκουν δοκεῖ σοι τήνδε μοι δοῦναι χάριν;
ΘΑΝΑΤΟΣ.
Οὐ δῆτ'· ἐπίστασαι δὲ τοὺς τρόπους.
ΑΠΟΛΛΩΝ.
Ἐχθρούς γε θνητοῖς καὶ θεοῖς στυγουμένους.
ΘΑΝΑΤΟΣ.
Οὐκ ἂν δύναιο πάντ' [3] ἔχειν ἃ μή σε δεῖ.
ΑΠΟΛΛΩΝ.
Ἦ μὴν σὺ πείσει [4] καίπερ ὠμὸς ὢν ἄγαν·
τοῖος Φέρητος εἶσι πρὸς δόμους ἀνήρ,
Εὐρυσθέως πέμψαντος ἵππειον μέτα

LA MORT. Quand les jeunes périssent, plus grande est ma gloire.

APOLLON. Si elle meurt vieille, elle sera ensevelie avec magnificence.

LA MORT. Tu fais la loi, Phébus, en faveur des riches.

APOLLON. Que dis-tu ? Es-tu donc aussi devenue subtile, à notre insu ?

LA MORT. Ils auraient un avantage, ayant le moyen de mourir vieux.

APOLLON. Ainsi donc, il ne te plaît pas de m'accorder cette faveur ?

LA MORT. Non certes; tu connais mon caractère.

APOLLON. Ennemi des hommes, détesté des dieux.

LA MORT. Tu ne saurais tout obtenir de ce que tu ne dois pas.

APOLLON. Eh bien ! tu céderas, si cruelle que tu sois; tant est redoutable l'homme qui s'avance vers la maison de Phérès, envoyé par Eurysthée pour lui ramener des coursiers

ΘΑΝΑΤΟΣ.	LA MORT.
Νέων φθινόντων	Les jeunes périssant,
ἄρνυμαι γέρας μεῖζον.	je gagne un honneur plus grand.
ΑΠΟΛΛΩΝ. Καὶ ἂν	APOLLON. Et si
ὄληται γραῦς,	elle meurt vieille,
ταφήσεται πλουσίως.	elle sera ensevelie richement.
ΘΑΝΑΤΟΣ.	LA MORT.
Τιθεῖς τὸν νόμον,	Tu établis la loi,
Φοῖβε,	Phébus,
πρὸς τῶν ἐχόντων.	en faveur de ceux qui possèdent.
ΑΠΟΛΛΩΝ.	APOLLON.
Πῶς εἶπας;	Comment as-tu dit?
ἀλλὰ ἦ	mais est-ce-que
λέληθας	tu as échappé *à nos regards*
ὢν καὶ σοφός;	aussi étant subtile?
ΘΑΝΑΤΟΣ.	LA MORT.
Ὄνοιντο ἄν,	Ils auraient-un-avantage,
οὓς πάρεστι	*ceux* lesquels il est-possible
θανεῖν γηραιούς.	mourir vieux.
ΑΠΟΛΛΩΝ.	APOLLON.
Οὔκουν δοκεῖ σοι	Donc il ne plaît pas à toi
δοῦναί μοι τήνδε χάριν;	d'accorder à moi cette faveur?
ΘΑΝΑΤΟΣ. Οὐ δῆτα·	LA MORT. Non certes;
ἐπίστασαι δὲ	tu connais d'ailleurs
τοὺς ἐμοὺς τρόπους.	les miennes façons.
ΑΠΟΛΛΩΝ. Ἐχθρούς γε	APOLLON. Ennemies certes
θνητοῖς	des mortels
καὶ στυγουμένους θεοῖς.	et détestées des dieux.
ΘΑΝΑΤΟΣ. Οὐ δύναιο ἂν	LA MORT. Tu ne pourrais
ἔχειν πάντα	avoir toutes les choses
ἃ μὴ δεῖ σε.	qu'il ne faut pas toi *avoir.*
ΑΠΟΛΛΩΝ. Ἦ μὴν σὺ	APOLLON. Certes toi
πείσει	tu seras persuadée
καίπερ ὢν ἄγαν ὠμός·	quoique étant trop cruelle;
τοῖος ἀνὴρ εἶσι	un tel homme vient
πρὸς δόμους Φέρητος,	vers les demeures de Phérès,
Εὐρυσθέως πέμψαντος	Eurysthée *l'*ayant envoyé
μετὰ ὄχημα	vers (pour ramener) un attelage
ἵππειον	équestre

ὄχημα Θρῄκης ἐκ τόπων δυσχειμέρων,
ὃς δὴ ξενωθεὶς τοῖσδ' ἐν Ἀδμήτου δόμοις
βίᾳ γυναῖκα τήνδε σ' ἐξαιρήσεται.
Κοὔθ' ἡ παρ' ἡμῶν σοι γενήσεται χάρις,
δράσω[1] θ' ὁμοίως ταῦτ', ἀπεχθήσει δ' ἐμοί.

ΘΑΝΑΤΟΣ.

Πόλλ' ἂν σὺ λέξας οὐδὲν ἂν πλέον λάβοις·
ἡ δ' οὖν γυνὴ κάτεισιν εἰς Ἅιδου δόμους.
Στείχω δ' ἐπ' αὐτήν, ὡς κατάρξωμαι[2] ξίφει·
ἱερὸς γὰρ οὗτος τῶν κατὰ χθονὸς θεῶν
ὅτου τόδ' ἔγχος κρατὸς ἁγνίσῃ τρίχα. —

ΧΟΡΟΣ.

Τί ποθ' ἡσυχία πρόσθεν μελάθρων;
τί σεσίγηται δόμος Ἀδμήτου;
Ἀλλ' οὐδὲ φίλων πέλας οὐδεὶς,
ὅστις ἂν εἴποι πότερον φθιμένην
χρὴ βασίλειαν πενθεῖν, ἢ ζῶσ'
ἔτι φῶς λεύσσει Πελίου τόδε παῖς
Ἄλκηστις, ἐμοὶ πᾶσί τ' ἀρίστη
δόξασα γυνὴ
πόσιν εἰς αὑτῆς γεγενῆσθαι.

des froides régions de la Thrace. Accueilli hospitalièrement dans cette demeure par Admète, il t'enlèvera de force cette femme. Nous ne t'aurons aucune reconnaissance; je ferai pourtant ce que je désire, et je ne t'en haïrai pas moins.

LA MORT. Tu auras beau parler, tu n'obtiendras rien de plus. Cette femme descendra dans les demeures de Pluton. Je vais vers elle pour la toucher de mon épée; car il est consacré aux divinités infernales, celui dont mon glaive a purifié la chevelure.

LE CHŒUR. Que signifie ce calme devant le palais? Pourquoi ce silence dans la maison d'Admète? Il n'y a même pas auprès un ami qui puisse me dire s'il faut pleurer la mort de la reine, ou si elle vit et voit encore la lumière, elle, la fille de Pelias, Alceste, qui fut la meilleure des femmes envers son époux, à mes yeux et aux yeux de tous.

ἐκ τόπων δυσχειμέρων	des contrées froides
Θρῄκης,	de la Thrace,
ὃς δὴ	lequel certes
ξενωθεὶς	accueilli-hospitalièrement
ἐν τοῖσδε δόμοις Ἀδμήτου	dans ces demeures-ci d'Admète,
ἐξαιρήσεταί σε βίᾳ	enlèvera à toi de force
τήνδε γυναῖκα.	cette femme-ci.
Καὶ οὔτε ἡ χάρις	Et ni la reconnaissance
γενήσεται παρὰ ἡμῶν σοι,	ne sera de nous pour toi,
δράσω τε ὁμοίως	et je ferai pourtant
ταῦτα,	cela (ce que je désire),
ἀπεχθήσει δὲ ἐμοί.	d'autre part tu seras-odieuse à moi.
ΘΑΝΑΤΟΣ. Σὺ λέξας ἂν	LA MORT. Toi ayant parlé
πολλὰ	beaucoup,
λάβοις ἂν οὐδὲν πλέον·	tu n'obtiendrais rien de plus;
ἡ δὲ οὖν γυνὴ κάτεισιν	or donc cette femme descendra
εἰς δόμους Ἅιδου.	dans les demeures de Hadès.
Στείχω δὲ ἐπὶ αὐτὴν,	D'ailleurs je vais vers elle,
ὡς κατάρξωμαι	afin que je prenne-les-prémices
ξίφει·	avec l'épée ;
οὗτος γὰρ ἱερὸς	car celui-là *est* consacré
τῶν θεῶν κατὰ χθονὸς	aux dieux sous terre,
ὅτου τόδε ἔγχος	duquel cette épée-ci
ἁγνίσῃ τρίχα κρατός.	aura purifié un cheveu de la tête.
ΧΟΡΟΣ. Τί ποτὲ	LE CHŒUR. Pourquoi donc
ἡσυχία πρόσθεν μελάθρων;	*ce* calme devant le palais ?
τί δόμος Ἀδμήτου	pourquoi la demeure d'Admète
σεσίγηται;	est-elle-devenue-silencieuse?
Ἀλλὰ οὐδὲ	Mais pas-même
οὐδεὶς φίλων πέλας,	aucun des amis n'*est* auprès,
ὅστις εἴποι ἂν	qui puisse dire
πότερον χρὴ πενθεῖν	s'il faut pleurer
βασίλειαν φθιμένην,	la reine morte,
ἢ ζῶσα ἔτι	ou *si* vivant encore
λεύσσει τόδε φῶς	elle voit cette lumière-ci
Ἄλκηστις παῖς Πελίου,	Alceste, fille de Pélias,
δόξασα ἐμοὶ πᾶσί τε	ayant paru à moi et à tous
γεγενῆσθαι ἀρίστη γυνὴ	avoir été la meilleure femme
εἰς πόσιν αὐτῆς.	envers l'époux d'elle-même.

ΗΜΙΧΟΡΙΟΝ.

Κλύει τις ἢ στεναγμὸν ἢ [Strophe 1.]
χειρῶν κτύπον κατὰ στέγας
ἢ γόον ὡς πεπραγμένων;

ΗΜΙΧΟΡΙΟΝ.

Οὐ μὰν οὐδέ τις ἀμφιπόλων
στατίζεται ἀμφὶ πύλας.
Εἰ γὰρ μετακύμιος ἄτας,
Ὦ Παιὰν, φανείης.

ΗΜΙΧΟΡΙΟΝ.

Οὔ τὰν φθιμένης γ' ἐσιώπων.

ΗΜΙΧΟΡΙΟΝ.

Νέκυς ἤδη.

ΗΜΙΧΟΡΙΟΝ.

Οὐ δὴ φροῦδός γ' ἐξ οἴκων.

ΗΜΙΧΟΡΙΟΝ.

Πόθεν; οὐκ αὐχῶ[1]. Τί σε θαρσύνει

ΗΜΙΧΟΡΙΟΝ.

Πῶς ἂν ἔρημον τάφον Ἄδμητος

. . . .

κεδνῆς ἂν ἔπραξε γυναικός;

ΗΜΙΧΟΡΙΟΝ.

Πυλῶν πάροιθε δ' οὐχ ὁρῶ [Antistrophe 1.]

DEMI-CHŒUR. Entend-on des gémissements, un bruit de mains dans la maison, ou des lamentations, comme si tout était fini?

DEMI-CHŒUR. Il n'y a pas même un serviteur devant la porte. Puisses-tu paraître, ô Pean, pour détourner les flots de l'adversité!

DEMI-CHŒUR. Pareil silence ne régnerait pas, si elle était morte.

DEMI-CHŒUR. Elle n'est plus.

DEMI-CHŒUR. Cependant le corps n'est pas sorti de la maison.

DEMI-CHŒUR. Comment sais-tu cela? Je n'ai pas cette confiance. Qu'est-ce qui te rassure?

DEMI-CHŒUR. Admète ferait-il des funérailles solitaires à sa vertueuse épouse?

DEMI-CHŒUR. Je ne vois pas devant la porte d'eau

ΗΜΙΧΟΡΙΟΝ.	DEMI-CHŒUR.
Τις κλύει	Quelqu'un entend-il
ἢ στεναγμὸν	ou un gémissement
ἢ κτύπον χειρῶν	ou un bruit de mains
κατὰ στέγας,	dans la maison,
ἢ γόον	ou une lamentation
ὡς πεπραγμένων;	comme les choses étant terminées?
ΗΜΙΧΟΡΙΟΝ.	DEMI-CHŒUR.
Οὐ μὰν	Non certes
οὐδέ τις	pas-même quelqu'un
ἀμφιπόλων	des serviteurs
στατίζεται	ne se tient
ἀμφὶ πύλας.	auprès des portes.
Εἰ γὰρ, ὦ Παιὰν,	Car si, ô Péan,
φανείης	tu paraissais
μετακύμιος ἄτας.	au-milieu-des-flots du malheur!
ΗΜΙΧΟΡΙΟΝ.	DEMI-CHŒUR.
Οὔ τοι	Non certes
ἐσιώπων ἂν	ils ne se tairaient pas
φθιμένης γε.	*elle* du moins étant morte.
ΗΜΙΧΟΡΙΟΝ.	DEMI-CHŒUR.
Νέκυς ἤδη.	Morte déjà.
ΗΜΙΧΟΡΙΟΝ.	DEMI-CHŒUR.
Οὐ δὴ	Certes *elle n'est* pas
φροῦδός γε ἐξ οἴκων.	partie de la maison.
ΗΜΙΧΟΡΙΟΝ.	DEMI-CHŒUR.
Πόθεν;	D'où *le sais-tu?*
οὐκ αὐχῶ·	je n'ai-pas-confiance.
Τί θαρσύνει σε;	Quelle chose rassure toi?
ΗΜΙΧΟΡΙΟΝ.	DEMI-CHŒUR.
Πῶς	Comment
Ἄδμητος	Admète
ἔπραξε ἂν	aurait-il fait
τάφον ἔρημον	des funérailles solitaires
κεδνῆς γυναικός;	d'une bonne épouse?
ΗΜΙΧΟΡΙΟΝ.	DEMI-CHŒUR.
Οὐχ ὁρῶ δὲ	D'ailleurs je ne vois pas
πάροιθε πυλῶν	devant les portes

πηγαῖον ὡς νομίζεται
χέρνιβ' ἐπὶ φθιτῶν πύλαις.

ΗΜΙΧΟΡΙΟΝ.

Χαίτα τ' οὔτις ἐπὶ προθύροις,
τομαῖος ἃ δὴ νεκύων
πένθει πίτνει· οὐ νεολαία
δουπεῖ χεὶρ γυναικῶν.

ΗΜΙΧΟΡΙΟΝ.

Καὶ μὴν τόδε κύριον ἦμαρ,

ΗΜΙΧΟΡΙΟΝ.

Τί τόδ' αὐδᾷς;

ΗΜΙΧΟΡΙΟΝ.

ᾧ χρή σφε μολεῖν κατὰ γαίας.

ΗΜΙΧΟΡΙΟΝ.

Ἔθιγες ψυχᾶς, ἔθιγες δὲ φρενῶν.

ΗΜΙΧΟΡΙΟΝ.

Χρὴ τῶν ἀγαθῶν διακναιομένων
πενθεῖν ὅστις
χρηστὸς ἀπ' ἀρχῆς νενόμισται.

ΗΜΙΧΟΡΙΟΝ.

Ἀλλ' οὐδὲ ναυκληρίαν [Strophe 2.]
ἔσθ' ὅποι τις αἴας
στείλας ἢ Λυκίας[1]
εἴτ' ἐφ' ἕδρας ἀνύδρους

de source pour se laver les mains, comme cela est d'usage sur les portes des morts.

DEMI-CHŒUR. Point de chevelure suspendue dans le vestibule, de celles qui tombent sous le ciseau dans les deuils; point de jeune femme dont la main frappe la poitrine avec bruit.

DEMI-CHŒUR. Et pourtant c'est le jour fatal....

DEMI-CHŒUR. Que veux-tu dire par là?

DEMI-CHŒUR. où elle doit descendre sous la terre.

DEMI-CHŒUR. Tu as touché mon âme, tu as touché mon cœur.

DEMI-CHŒUR. Quand les bons sont affligés, quiconque a toujours passé pour bon, doit prendre part à leur douleur.

LE CHŒUR. En quelque endroit de la terre qu'on envoie un vaisseau, soit en Lycie, soit vers les demeures arides

χέρνιβα πηγαῖον	d'eau-lustrale de-source,
ὡς νομίζεται	comme *cela* est usité
ἐπὶ πύλαις φθιτῶν.	sur les portes des morts.
ΗΜΙΧΟΡΙΟΝ.	DEMI-CHŒUR.
Οὔτις τε χαίτα	Et aucune chevelure
ἐπὶ προθύροις,	dans le vestibule
ἃ δὴ πίτνει τομαῖος	laquelle certes tombe coupée
πένθει νεκύων·	par deuil des morts;
οὐ χεὶρ νεολαία γυναικῶν	ni une main jeune de femmes
δουπεῖ.	*ne* fait-du-bruit.
ΗΜΙΧΟΡΙΟΝ.	DEMI-CHŒUR.
Καὶ μὴν	Et pourtant
τόδε ἦμαρ κύριον,	ce jour-ci *est le jour* fixé,
ΗΜΙΧΟΡΙΟΝ.	DEMI-CHŒUR.
Τί αὐδᾷς τόδε;	Que dis-tu là?
ΗΜΙΧΟΡΙΟΝ.	DEMI-CHŒUR.
ᾧ χρή	dans lequel il faut
σφε μολεῖν	elle descendre
κατὰ γαίας.	sous terre.
ΗΜΙΧΟΡΙΟΝ.	DEMI-CHŒUR.
Ἔθιγες	Tu as touché
ψυχᾶς,	*mon* âme,
ἔθιγες δὲ	d'autre part tu as touché
φρενῶν.	*mon* esprit.
ΗΜΙΧΟΡΙΟΝ.	DEMI-CHŒUR.
Χρὴ	Il faut
ὅστις νενόμισται	quiconque a été réputé
χρηστὸς ἀπὸ ἀρχῆς	bon dès l'origine
πενθεῖν	s' affliger
τῶν ἀγαθῶν	les bons
διακναιομένων.	étant tourmentés.
ΧΟΡΟΣ.	LE CHŒUR.
Ἀλλὰ οὐδέ	Mais pas-même
ἐστι	il *n*'est
ὅποι αἴας	*quelque-endroit* de la terre où
τις στείλας	quelqu'un ayant envoyé
ναυκληρίαν	un vaisseau
ἢ Λυκίας	ou *vers les demeures* lyciennes
ἴετε ἐπὶ ἕδρας ἀνύδρους	soit vers les demeures arides

Ἀμμωνιάδας[1]
δυστάνου παραλύσει
ψυχάν· μόρος γὰρ ἀπότομος[2]
πλάθει· θεῶν δ' ἐπ' ἐσχάραν
οὐκ ἔχω ἔτι τίνα
μηλοθύταν πορευθῶ.

ΗΜΙΧΟΡΙΟΝ.

Μόνος[3] δ' ἄν, εἰ φῶς τόδ' ἦν [Antistrophe 2.]
ὄμμασιν δεδορκὼς
Φοίβου παῖς, προλιποῦσ'
ἦλθεν ἕδρας σκοτίους
Ἅιδα τε πύλας·
δμαθέντας γὰρ ἀνίστη,
πρὶν αὐτὸν εἷλε Διόβολον
πλῆκτρον πυρὸς κεραυνίου.
Νῦν δὲ τίν' ἔτι βίου
ἐλπίδα προσδέχωμαι;

ΧΟΡΟΣ.

Πάντα γὰρ ἤδη τετέλεσται
βασιλεῦσιν,
πάντων δὲ θεῶν ἐπὶ βωμοῖς
αἱμόρραντοι θυσίαι πλήρεις,
οὐδ' ἔστι κακῶν ἄκος οὐδέν.

d'Hammon, il n'est pas possible de sauver la vie de cette infortunée, car le destin inévitable est proche; et je ne sais à quel foyer aller pour offrir aux dieux des victimes.

DEMI-CHŒUR. Il faudrait que le fils d'Apollon vît encore la lumière pour que cette femme revînt des demeures ténébreuses et du seuil de Pluton. Car il ressuscitait les morts avant que Jupiter le frappât des carreaux de sa foudre. Et maintenant quelle espérance concevoir encore qu'elle puisse vivre?

LE CHŒUR. Car tout déjà a été fait par nos souverains; les autels de tous les dieux sont chargés de victimes sanglantes, et point de remède à nos maux.

Ἀμμωνίαδας	d'-Hammon
παραλύσει ψυχὰν	puisse-délivrer la vie
δυστάνου·	de *cette* malheureuse;
μόρος γὰρ ἀπότομος	car un destin escarpé
πλάθει·	approche;
οὐ δὲ ἔχω ἔτι	d'autre part je n'ai (je ne sais) plus
ἐπὶ τίνα ἐσχάραν θεῶν	vers quel foyer des dieux
μηλοθύταν	où-l'on-offre-des-victimes
πορεύθω.	j'irai.
ΗΜΙΧΟΡΙΟΝ.	DEMI-CHŒUR.
Μόνος δὲ,	Mais seul,
εἰ παῖς Φοίβου	si le fils de Phébus
ἦν δεδορκὼς ὄμμασιν	était voyant de *ses* yeux
τόδε φῶς,	cette lumière-ci,
ἦλθεν ἂν	elle (Alceste) serait venue
προλιποῦσα	ayant quitté
ἕδρας σκοτίους	les demeures ténébreuses
πύλας τε Ἅιδα·	et les portes d'Hadès;
ἀνίστη γὰρ	car il ressuscitait
δμαθέντας	*ceux* domptés *par la mort*,
πρὶν πλῆκτρον	avant qu'un carreau
πυρὸς κεραυνίου	du feu de-la-foudre
Διόβολον	lancé-par-Jupiter
εἷλεν αὐτόν.	eût tué lui.
Νῦν δὲ τίνα ἐλπίδα βίου	Mais maintenant quel espoir de vie
προσδέχωμαι ἔτι;	attendrai-je encore?
ΧΟΡΟΣ.	LE CHŒUR.
Πάντα γὰρ ἤδη	Car tout déjà
τετέλεσται	a été accompli
βασιλεῦσιν,	par les rois,
ἐπὶ δὲ βωμοῖς	d'autre part sur les autels
πάντων θεῶν	de tous les dieux
θυσίαι	les sacrifices
αἱμόρραντοι	arrosés-de-sang
πλήρεις,	*sont* complets,
οὐδέ ἐστι	ni il n'est
οὐδὲν ἄκος κακῶν.	aucun remède de *nos* maux.

Ἀλλ' ἥδ' ὀπαδῶν ἐκ δόμων τις ἔρχεται
δακρυρροοῦσα, τίνα τύχην ἀκούσομαι;
Πένθει μὲν, ὥς τι δεσπόταισι τυγχάνει,
ξύγγνωστον· εἰ δ' ἔτ' ἐστὶν ἔμψυχος γυνὴ,
εἴτ' οὖν ὄλωλεν, εἰδέναι βουλοίμεθ' ἄν.

ΘΕΡΑΠΑΙΝΑ.

Καὶ ζῶσαν εἰπεῖν καὶ θανοῦσαν ἔστι σοι.

ΧΟΡΟΣ.

Καὶ πῶς ἂν αὐτὸς κατθάνοι τε καὶ βλέποι;

ΘΕΡΑΠΑΙΝΑ.

Ἤδη προνωπής ἐστι καὶ ψυχορραγεῖ.

ΧΟΡΟΣ.

Ὦ τλῆμον, οἵας οἷος ὢν ἁμαρτάνεις.

ΘΕΡΑΠΑΙΝΑ.

Οὔπω τόδ' οἶδε δεσπότης, πρὶν ἂν πάθῃ.

ΧΟΡΟΣ.

Ἐλπὶς μὲν οὐκέτ' ἐστὶ σῴζεσθαι βίον;

ΘΕΡΑΠΑΙΝΑ.

Πεπρωμένη γὰρ ἡμέρα βιάζεται.

ΧΟΡΟΣ.

Οὔκουν ἐπ' αὐτῇ πράσσεται τὰ πρόσφορα;

Mais voici une servante qui sort de la maison, les larmes aux yeux ; quel événement vais-je apprendre? Il est aisé de connaître à sa douleur qu'un malheur arrive à ses maîtres. Respire-t-elle encore, est-elle morte? nous voudrions le savoir.

UNE SERVANTE. Tu peux dire qu'elle est vivante et morte.

LE CHŒUR. Comment peut-on être mort et vivant à la fois?

LA SERVANTE. Elle incline déjà vers sa fin et elle lutte contre la mort.

LE CHŒUR. O infortuné, toi, si tendre époux, quelle épouse tu perds !

LA SERVANTE. Il ne connaîtra son malheur que lorsqu'il sera arrivé.

LE CHŒUR. Il n'y a plus d'espoir de la sauver?

LA SERVANTE. Comment échapper au jour fixé par le destin?

LE CHŒUR. Ainsi on fait pour elle les préparatifs nécessaires?

Ἀλλὰ ἥδε τις ὀπαδῶν	Mais celle-ci une des servantes
ἔρχεται ἐκ δόμων	vient de la maison
δακρυρροοῦσα,	versant-des-larmes,
τίνα τύχην ἀκούσομαι;	quel événement apprendrai-je?
Εὔγνωστον μὲν	D'une part *il est* aisé-à-reconnaître
πένθει	par *sa* douleur
ὥς τι τυγχάνε	que quelque *malheur* arrive
δεσπόταισι·	à *ses* maîtres ;
βουλοίμεθα δὲ ἂν	d'autre part nous voudrions
εἰδέναι	savoir
εἰ γυνή	si la femme
ἔστιν ἔτι ἔμψυχος,	est encore vivante,
εἴτε οὖν ὄλωλεν.	ou-si donc elle est morte.
ΘΕΡΑΠΑΙΝΑ.	UNE SERVANTE.
Ἔστι σοι	Il est-permis à toi
εἰπεῖν καὶ ζῶσαν	de *la* dire et vivante
καὶ θανοῦσαν.	et morte.
ΧΟΡΟΣ. Καὶ πῶς	LE CHŒUR. Et comment
ὁ αὐτὸς	le même
κατθάνοι τε ἂν	et serait-il mort
καὶ βλέποι;	et verrait (vivrait)-il ?
ΘΕΡΑΠΑΙΝΑ. Ἔστιν ἤδη	LA SERVANTE. Elle est déjà
προνωπὴς	penchée *vers sa fin*
καὶ ψυχορραγεῖ.	et elle lutte-contre-la-mort.
ΧΟΡΟΣ. Ὦ τλῆμον,	LE CHŒUR. O malheureux,
οἷος ὢν	quel étant
οἵας ἁμαρτάνεις.	de quelle *femme* tu es privé!
ΘΕΡΑΠΑΙΝΑ. Δεσπότης	LA SERVANTE. Le maître
οὔπω οἶδε τόδε,	ne sait pas-encore cela,
πρὶν ἂν πάθῃ.	avant qu'il *l'*ait éprouvé.
ΧΟΡΟΣ. Ἐλπὶς μὲν οὖν	LE CHŒUR. Espoir donc
οὐκέτι ἐστὶν	n'est plus *à elle*
σῴζεσθαι βίον;	de sauver *sa* vie;
ΘΕΡΑΠΑΙΝΑ. Ἡμέρα γὰρ	LA SERVANTE. Car le jour
πεπρωμένη	marqué-par-le-destin
βιάζεται.	fait-violence.
ΧΟΡΟΣ. Τὰ πρόσφορα	LE CHŒUR. Les choses convenables
οὔκουν πράσσεται	ne se font-elles pas
ἐπὶ αὐτῇ;	pour elle?

ΘΕΡΑΠΑΙΝΑ.

Κόσμος γ' ἕτοιμος, ᾧ σφε συνθάψει πόσις.

ΧΟΡΟΣ.

Ἴστω νυν εὐκλεής γε κατθανουμένη
γυνή τ' ἀρίστη τῶν ὑφ' ἡλίῳ μακρῷ.

ΘΕΡΑΠΑΙΝΑ.

Πῶς δ' οὐκ ἀρίστη; τίς δ' ἐναντιώσεται
τὸ μὴ οὐ γενέσθαι τήνδ' ὑπερβεβλημένην
γυναῖκα; πῶς δ' ἂν μᾶλλον ἐνδείξαιτό τις
πόσιν προτιμῶσ' ἢ θέλουσ' ὑπερθανεῖν;
Καὶ ταῦτα μὲν δὴ πᾶσ' ἐπίσταται πόλις·
ἃ δ' ἐν δόμοις ἔδρασε θαυμάσει κλύων.
Ἐπεὶ γὰρ ᾔσθεθ' ἡμέραν τὴν κυρίαν
ἥκουσαν, ὕδασι ποταμίοις [1] λευκὸν χρόα
ἐλούσατ', ἐκ δ' ἑλοῦσα κεδρίνων δόμων [2]
ἐσθῆτα κόσμον τ' εὐπρεπῶς ἠσκήσατο,
καὶ στᾶσα πρόσθεν ἑστίας κατηύξατο·
« Δέσποιν' [3], ἐγὼ γὰρ ἔρχομαι κατὰ χθονός,
πανύστατόν σε προσπίτνουσ' αἰτήσομαι
τέκν' ὀρφανεῦσαι τἀμά· καὶ τῷ μὲν φίλην
σύζευξον ἄλοχον, τῇ δὲ γενναῖον πόσιν·

LA SERVANTE. Prête est la parure dans laquelle l'ensevelira son époux.

LE CHŒUR. Qu'elle sache donc qu'elle mourra avec gloire et de beaucoup la meilleure des femmes que voit le soleil.

LA SERVANTE. Et comment ne serait-elle pas la meilleure? Qui niera qu'elle ait été une femme parfaite? Comment montrer mieux à son époux qu'on le préfère à tout que de vouloir mourir pour lui? Cela, toute la ville le sait; mais, en apprenant ce qu'elle a fait dans sa maison, tu seras frappé d'admiration. En effet, dès qu'elle comprit que le jour fatal était arrivé, elle lava son beau corps dans l'eau pure du fleuve, et tirant d'une chambre boisée en cèdre ses vêtements et ses bijoux, elle se para avec élégance et, debout devant le foyer, elle pria: «O ma souveraine, dit-elle, me prosternant devant toi pour la dernière fois, car je vais descendre sous la terre, je te demanderai de servir de mère à mes enfants et d'unir l'un à une épouse chérie, l'autre à un noble époux.

ΘΕΡΑΠΑΙΝΑ. Κόσμος γε
ἕτοιμος,
ᾧ πόσις
συνθάψει σφε.
ΧΟΡΟΣ. Ἴστω νυν
κατθανουμένη
εὐκλεής γε
γυνή τε
μακρῷ ἀρίστη
τῶν ὑπὸ ἡλίῳ.
ΘΕΡΑΠΑΙΝΑ. Πῶς δὲ
οὐκ ἀρίστη;
τίς δὲ ἐναντιώσεται·
τὸ τήνδε μὴ οὐ γενέσθαι
γυναῖκα ὑπερβεβλημένην;
πῶς δέ τις
ἐνδείξαιτο ἂν μᾶλλον
προτιμῶσα
πόσιν
ἢ θέλουσα ὑπερθανεῖν;
Καὶ πᾶσα πόλις
ἐπίσταται ταῦτα μὲν δή,
κλύων δὲ
θαυμάσει
ἃ ἔδρασεν ἐν δόμοις.
Ἐπεὶ γὰρ ᾔσθετο
τὴν ἡμέραν κυρίαν ἥκουσαν,
ἐλούσατο ὕδασι ποταμίοις
χρόα λευκόν,
ἑλοῦσα δὲ
ἐκ δόμων κεδρίνων
ἐσθῆτα κόσμον τε,
ἠσκήσατο εὐπρεπῶς,
καὶ στᾶσα
πρόσθεν ἑστίας
κατηύξατο·
Δέσποινα,
προσπίτνουσα πανυστατόν,
ἐγὼ γὰρ ἔρχομαι κατὰ χθονός,
αἰτήσομαί σε
ὀρφανεῦσαι τὰ ἐμὰ τέκνα·
καὶ σύζευξον τῷ μὲν
ἄλοχον φίλην,
τῇ δὲ γενναῖον πόσιν·

LA SERVANTE. La parure du moins
est prête,
dans laquelle *son* époux
ensevelira elle.
LE CHOEUR. Qu'elle sache donc
qu'elle mourra
glorieuse certes
et la femme
de beaucoup la meilleure
de celles sous le soleil.
LA SERVANTE. Et comment
ne *serait-elle* pas la meilleure?
et qui dira-au-contraire
elle n'avoir pas été
femme supérieure?
et comment une *femme*
montrerait-elle plus
qu'elle honore-avant *tout*
son époux
qu'en voulant mourir-pour *lui*?
Et toute la ville
sait cela d'une part certes,
d'autre part entendant
tu admireras
ce qu'elle a fait dans la maison.
Car dès qu'elle a senti
le jour fixé arrivé,
elle a lavé dans des eaux fluviales
son corps blanc,
d'autre part ayant tiré
de chambres de-cèdre
vêtement et parure,
elle s'est ornée convenablement;
et se tenant-debout
devant le foyer
elle a prié:
O souveraine,
me prosternant pour-la-dernière-fois,
car moi je vais sous terre,
je demanderai à toi
de prendre-soin de mes enfants orphelins;
et joins à l'un
une épouse chérie,
à l'autre un noble époux;

μηδ', ὥσπερ αὐτῶν ἡ τεκοῦσ' ἀπόλλυμαι,
θανεῖν ἀώρους παῖδας, ἀλλ' εὐδαίμονας
ἐν γῇ πατρῴᾳ τερπνὸν ἐκπλῆσαι βίον. »
Πάντας δὲ βωμοὺς οἳ κατ' Ἀδμήτου δόμους,
προσῆλθε κἀξέστεψε καὶ προσηύξατο,
πτόρθων ἀποσχίζουσα μυρσίνης[1] φόβην,
ἄκλαυτος ἀστένακτος, οὐδὲ τοὐπιὸν
κακὸν μεθίστη χρωτὸς εὐειδῆ φύσιν.
Κἄπειτα θάλαμον ἐσπεσοῦσα καὶ λέχος,
ἐνταῦθα δὴ 'δάκρυσε καὶ λέγει τάδε·
« Ὦ λέκτρον ἔνθα παρθένει' ἔλυσ' ἐγὼ
[κορεύματ' ἐκ τοῦδ' ἀνδρὸς, οὗ θνήσκω πέρι],
χαῖρ'· οὐ γὰρ ἐχθαίρω σ'· ἀπώλεσας δέ με
μόνον[2]· προδοῦναι γάρ σ' ὀκνοῦσα καὶ πόσιν
θνήσκω. Σὲ δ' ἄλλη τις γυνὴ κεκτήσεται,
σώφρων μὲν οὐκ ἂν[3] μᾶλλον, εὐτυχὴς δ' ἴσως. »
Κυνεῖ δὲ προσπίτνουσα, πᾶν δὲ δέμνιον
ὀφθαλμοτέγκτῳ δεύεται πλημμυρίδι.
Ἐπεὶ δὲ πολλῶν δακρύων εἶχεν κόρον,

Qu'ils ne meurent pas avant l'âge comme leur mère, mais que, favorisés de la fortune, ils achèvent leur existence agréable sur le sol de leur patrie. » Ensuite elle va vers tous les autels qui sont dans la demeure d'Admète et, détachant le feuillage des rameaux du myrte, elle les couronne de guirlandes et prie, sans pleurer, sans gémir, sans même que le malheur suspendu sur sa tête altère le doux éclat de son visage. Puis, elle se précipite dans sa chambre nuptiale et sur sa couche; là, elle pleure et prononce ces paroles : « O lit, où fut dénouée ma ceinture virginale par l'homme pour qui je meurs, reçois mes adieux, car je ne te hais pas; et cependant c'est toi seul qui m'as perdue; c'est pour ne pas te trahir, toi et mon époux, que je meurs; tu recevras une autre femme, non pas plus chaste que moi, mais peut-être plus heureuse.» Alors elle se prosterne devant le lit, qu'elle couvre de baisers et qu'elle arrose tout entier d'un torrent de larmes. Lorsqu'elle est lasse de pleurer,

παῖδας δὲ	et *je te demanderai mes* enfants
μὴ θανεῖν ἀώρους,	ne pas mourir précoces
ὥσπερ ἡ τεκοῦσα αὐτῶν	comme *moi* la mère d'eux
ἀπόλλυμαι,	je péris,
ἀλλὰ εὐδαίμονας	mais heureux
ἐκπλῆσαι βίον τερπνὸν	achever une existence agréable
ἐν γῇ πατρῴᾳ.	sur la terre de-la-patrie.
Προσῆλθε δὲ	D'autre part elle alla-vers
πάντας βωμοὺς	tous les autels [mète.
οἳ κατὰ δόμους Ἀδμήτου.	qui *sont* dans les demeures d'Ad-
καὶ ἐξέστεψε	et *les* couronna
καὶ προσηύξατο,	et pria,
ἀποσχίζουσα φόβην	détachant le feuillage
πτόρθων μυρσίνης,	des branches du myrte,
ἄκλαυτος ἀστένακτος,	sans-pleurer, sans-gémir,
οὐδὲ τὸ κακὸν ἐπιὸν	ni-même le mal menaçant
μεθίστη εὐειδῆ φύσιν	ne changeait la belle nature
χρωτός.	de *son* teint.
Καὶ ἔπειτα ἐσπεσοῦσα	Et ensuite s'étant jetée
θάλαμον	dans la chambre-nuptiale
καὶ λέχος,	et sur le lit,
ἐνταῦθα δὴ ἐδάκρυσε,	là certes elle pleura,
καὶ λέγει τάδε·	et elle dit ceci :
Ὦ λέκτρον,	O lit,
ἔνθα ἐγὼ ἔλυσα	où moi j'ai délié
κορεύματα παρθένεια	*ma* virginité de-jeune-fille
ἐκ τοῦδε ἀνδρὸς,	du-fait-de cet homme-ci,
περὶ οὗ θνήσκω,	au sujet duquel je meurs,
χαῖρε·	réjouis-toi (adieu) ;
οὐ γὰρ ἐχθαίρω σε·	car je ne hais pas toi ;
μόνον δὲ ἀπώλεσάς με·	d'autre part seul tu as perdu moi;
ὀκνοῦσα γὰρ προδοῦναί σε	car craignant de trahir toi
καὶ πόσιν,	et *mon* époux,
θνήσκω.	je meurs.
Ἄλλη δέ τις γυνὴ,	Et une autre femme
οὐ μὲν ἂν μᾶλλον σώφρων,	non certes pouvant *être* plus sage,
ἴσως δὲ εὐτυχὴς,	mais peut-être *plus* heureuse,
κεκτήσεταί σε.	possédera toi.
Προσπίτνουσα δὲ κυνεῖ,	Et se prosternant elle *le* baise,
πᾶν δὲ δέμνιον δεύεται	et toute la couche est arrosée
πλημμυρίδι	d'un débordement
ὀφθαλμοτέγκτῳ.	qui-mouille-les-yeux.
Ἐπεὶ δὲ εἶχεν κόρον	Puis lorsqu'elle eut satiété
δακρύων πολλῶν,	de larmes abondantes,

στείχει προνωπὴς ἐκπεσοῦσα δεμνίων,
καὶ πολλὰ θαλάμων ἐξιοῦσ' ἐπεστράφη
κἄρριψεν αὑτὴν αὖθις ἐς κοίτην πάλιν.
Παῖδες δὲ πέπλων μητρὸς ἐξηρτημένοι
ἔκλαιον· ἡ δὲ λαμβάνουσ' ἐς ἀγκάλας
ἠσπάζετ' ἄλλοτ' ἄλλον, ὡς θανουμένη.
Πάντες δ' ἔκλαιον οἰκέται κατὰ στέγας
δέσποιναν οἰκτείροντες. Ἡ δὲ δεξιὰν
προύτειν' ἑκάστῳ, κοὔτις ἦν οὕτω κακὸς
ὃν οὐ προσεῖπε καὶ προσερρήθη πάλιν.
Τοιαῦτ' ἐν οἴκοις ἐστὶν Ἀδμήτου κακά.
Καὶ κατθανών τ' ἂν ὤλετ', ἐκφυγών τ' ἔχει
τοσοῦτον ἄλγος, οὔποθ' οὗ λελήσεται.

ΧΟΡΟΣ.

Ἦ που στενάζει τοισίδ' Ἄδμητος κακοῖς,
ἐσθλῆς γυναικὸς εἰ στερηθῆναί σφε χρή;

ΘΕΡΑΠΑΙΝΑ.

Κλαίει γ' ἄκοιτιν ἐν χεροῖν φίλην ἔχων,
καὶ μὴ προδοῦναι λίσσεται, τἀμήχανα
ζητῶν· φθίνει γὰρ καὶ μαραίνεται νόσῳ.

elle s'arrache de sa couche, marchant la tête baissée et, plus d'une fois en s'éloignant de sa chambre nuptiale, elle se retourne et se jette de nouveau sur son lit. Ses enfants pleuraient, suspendus à ses vêtements ; elle les prend dans ses bras et les embrasse tour à tour, se sentant sur le point de mourir. Tous les serviteurs aussi pleuraient dans la maison, s'apitoyant sur le sort de leur maîtresse. Elle tend la main à tous, et il n'en est pas de si humble à qui elle ne parle et dont elle ne reçoive les adieux. Tels sont les maux qui frappent la maison d'Admète. S'il était mort, tout serait fini pour lui ; en échappant au trépas, il est frappé d'une affliction telle, qu'il ne l'oubliera jamais.

LE CHŒUR. Sans doute Admète gémit de ce malheur, à la pensée de perdre une aussi bonne épouse !

LA SERVANTE. Il pleure, tenant dans ses bras sa chère épouse et la supplie de ne pas l'abandonner; il veut l'impossible, car elle se meurt, consumée par la maladie.

στείχει προνωπὴς
ἐκπεσοῦσα δεμνίων,
καὶ ἐξιοῦσα
θαλάμων
ἐπεστράφη πολλὰ,
καὶ ἔρριψεν αὑτὴν αὖθις
πάλιν ἐς κοίτην.
Παῖδες δὲ ἐξηρτημένοι
πέπλων μητρὸς
ἔκλαιον·
ἡ δὲ λαμβάνουσα ἐς ἀγκάλας
ἠσπάζετο
ἄλλοτε ἄλλον,
ὡς θανουμένη.
Πάντες δὲ οἰκέται
ἔκλαιον κατὰ στέγας,
οἰκτείροντες δέσποιναν.
Ἡ δὲ προύτειν᾽ ἑκάστῳ
δεξίαν,
καὶ οὔτις ἦν οὕτω κακὸς
ὃν οὐ προσεῖπε,
καὶ προσερρήθη
πάλιν.
Τοιαῦτα κακά ἐστιν
ἐν οἴκοις Ἀδμήτου.
Καὶ κατθανὼν τε ὤλετο ἄν,
ἐκφυγὼν τε
ἔχει ἄλγος τοσοῦτον
οὗ οὔποτε λελήσεται.
ΧΟΡΟΣ. Ἦ που Ἄδμητος
στενάζει τοισίδε κακοῖς,
εἰ χρή σφε στερηθῆναι
ἐσθλῆς γυναικός;
ΘΕΡΑΠΑΙΝΑ. Κλαίει γε,
ἔχων ἐν χεροῖν
ἄκοιτιν φίλην,
καὶ λίσσεται μὴ προδοῦναι,
ζητῶν τὰ ἀμήχανα·
φθίνει γὰρ
καὶ μαραίνεται νόσῳ.

elle marche penchée-en-avant
étant sortie de *sa* couche,
et s'en allant
de la chambre-nuptiale
elle se retourna souvent,
et jeta elle-même encore
de nouveau sur la couche. [dus
D'autre part ses enfants suspen-
aux vêtements de *leur* mère
pleuraient;
mais elle *les* prenant dans *ses* bras
embrassait
tantôt l'un, *tantôt l'autre*,
comme devant mourir.
D'autre part tous les serviteurs
pleuraient dans la maison,
plaignant *leur* maîtresse.
Et elle présentait à chacun
sa main droite,
et aucun n'était si vil
auquel elle ne parlât,
et *par lequel* elle *ne* fût saluée
en-retour.
De tels maux sont
dans la maison d'Admète.
Et mort il aurait péri,
et ayant échappé *à la mort*
il a une douleur si-grande
laquelle jamais il n'oubliera.
LE CHOEUR. Sans doute Admète
gémit de ces maux,
s'il faut *lui* être privé
d'une bonne épouse?
LA SERVANTE. Il pleure certes,
ayant dans ses bras
une épouse chérie,
et *la* prie de ne pas *l*'abandonner,
demandant l'impossible;
car elle dépérit
et est flétrie par la maladie.

Παρειμένη δὲ, χειρὸς ἄθλιον βάρος [1]

. . . .

ὅμως δὲ καίπερ σμικρὸν ἐμπνέουσ' ἔτι
βλέψαι πρὸς αὐγὰς βούλεται τὰς ἡλίου
[ὡς οὔποτ' αὖθις, ἀλλὰ νῦν πανύστατον
ἀκτῖνα κύκλον θ' ἡλίου προσόψεται[2]].
Ἀλλ' εἶμι καὶ σὴν ἀγγελῶ παρουσίαν·
οὐ γάρ τι πάντες εὖ φρονοῦσι κοιράνοις,
ὥστ' ἐν κακοῖσιν εὐμενεῖς παρεστάναι·
σὺ δ' εἶ παλαιὸς δεσπόταις ἐμοῖς φίλος. —

ΧΟΡΟΣ.

Ἰὼ Ζεῦ[3], τίς ἂν πῶς πᾷ πόρος κακῶν [Strophe.]
γένοιτο καὶ λύσις τύχας ἃ πάρεστι κοιράνοις ;—
Ἔξεισί τις ; ἢ τεμῶ τρίχα,
καὶ μέλανα στολμὸν πέπλων
ἀμφιβαλώμεθ' ἤδη ;
Δῆλα μὲν, φίλοι, δῆλά γ', ἀλλ' ὅμως
θεοῖσιν εὐχώμεσθα· θεῶν γὰρ δύναμις μεγίστα.—
Ὦναξ Παιὰν,
ἔξευρε μηχανάν τιν' Ἀδμήτῳ κακῶν. —
Πόριζε δὴ, πόριζε· καὶ πάρος γὰρ

Défaillante entre les bras du malheureux Admète et quoique respirant encore à peine, elle veut regarder la lumière du soleil, car elle ne verra plus les rayons et le disque de cet astre qui l'éclaire pour la dernière fois Mais je vais annoncer ta présence ; car tous ne veulent pas assez de bien à leurs souverains pour leur témoigner de l'affection dans l'adversité. Pour toi, tu es un vieil ami de mes maîtres.

LE CHŒUR. O Jupiter, quelle issue trouver à ces maux, quel remède à l'infortune qui frappe nos souverains ? Va-t-on sortir? dois-je couper ma chevelure et revêtirons-nous déjà des habits de deuil? Le malheur est certain, mes amis, bien certain : pourtant prions les dieux, car la puissance des dieux est très grande. O roi Péan, trouve un moyen pour délivrer Admète de ces maux; secours-le, secours-le; déjà tu l'as sauvé,

Παρειμένη δὲ,	Et languissante, [d'Admète...
βάρος ἄθλιον χειρός...	fardeau misérable de la main
ὅμως δὲ,	mais cependant,
καίπερ ἐμπνέουσα ἔτι σμικρὸν,	quoique respirant encore peu
βούλεται βλέψαι	elle veut regarder
πρὸς αὐγὰς τὰς ἡλίου,	vers les clartés celles du soleil,
ὡς οὔποτε αὖθις	attendu que jamais plus
προσόψεται,	elle ne verra, [fois,
ἀλλὰ νῦν πανύστατον,	mais aujourd'hui pour la dernière-
ἀκτῖνα κύκλον τε ἡλίου.	rayon et disque du soleil.
Ἀλλὰ εἶμι καὶ ἀγγελῶ	Mais j'irai et j'annoncerai
σὴν παρουσίαν·	ta présence;
πάντες γὰρ,	car tous
οὐ φρονοῦσί τι εὖ	ne pensent quelque chose de bon
κοιράνοις,	pour les souverains,
ὥστε παρεστάναι	au point de se-présenter
εὐμενεῖς	bienveillants
ἐν κακοῖσιν·	dans les malheurs;
σὺ δὲ εἶ παλαιὸς φίλος	mais toi tu es un vieil ami
ἐμοῖς δεσπόταις.	pour mes maîtres.
ΧΟΡΟΣ. Ἰὼ Ζεῦ,	LE CHŒUR. O Jupiter,
τίς πῶς πᾷ	quelle, comment, par où
πόρος κακῶν	une issue des maux
καὶ λύσις τύχας	et un remède du malheur
ἃ πάρεστι κοιράνοις	qui arrive aux souverains
γένοιτο ἄν;	seraient-ils ?
Τις ἔξεισι;	Quelqu'un sortira-t-il ?
ἢ τεμῶ τρίχα,	ou couperai-je *ma* chevelure,
καὶ ἀμφιβαλώμεθα ἤδη	et revêtirons-nous déjà
μέλανα στολμὸν πέπλων;	un noir costume de vêtements ?
Δῆλα μὲν,	*Ces maux sont* manifestes certes,
δῆλά γε, φίλοι·	manifestes certes, amis;
ἀλλὰ ὅμως εὐχώμεσθα θεοῖσιν·	mais pourtant prions les dieux;
δύναμις γὰρ θεῶν	car la puissance des dieux
μεγίστα.	*est* très grande.
Ὦ ἄναξ Παιὰν,	O roi Péan,
ἔξευρε Ἀδμήτῳ	trouve pour Admète
τινὰ μηχανὰν	quelque moyen
κακῶν.	de (pour guérir) *ses* maux.
Πόριζε δὴ, πόριζε·	Fournis certes, fournis-*en un*;
καὶ πάρος γὰρ τοῦδε	car et avant ce moment
ἐφηῦρες,	tu *en* as trouvé *un* ;

τοῦδ' ἐφηῦρες, καὶ νῦν
λυτήριος ἐκ θανάτου γενοῦ,
φόνιον δ' ἀπόπαυσον Ἅιδαν.

Παπαῖ. . . . . [Antistrophe.]
ὦ παῖ Φέρητος, οἷ' ἔπραξας δάμαρτος σᾶς στερείς.—
Ἆρ' ἄξια καὶ σφαγᾶς τάδε,
καὶ πλέον ἢ βρόχῳ δέρην
οὐρανίῳ πελάσσαι; —
Τὰν γὰρ οὐ φίλαν ἀλλὰ φιλτάταν
γυναῖκα κατθανοῦσαν εἰν ἄματι τῷδ' ἐπόψει. —
Ἰδοὺ ἰδού,
ἥδ' ἐκ δόμων δὴ καὶ πόσις πορεύεται. —
Βόασον ὦ, στέναξον, ὦ Φεραία
χθών, τὰν ἀρίσταν
γυναῖκα μαραινομέναν νόσῳ
χθόνιον κατὰ γᾶς παρ' Ἅιδαν.

Οὔποτε φήσω γάμον εὐφραίνειν
πλέον ἢ λυπεῖν, τοῖς τε πάροιθεν
τεκμαιρόμενος καὶ τάσδε τύχας
λεύσσων βασιλέως, ὅστις ἀρίστης
ἀπλακὼν ἀλόχου τῆσδ' ἀβίωτον
τὸν ἔπειτα χρόνον βιοτεύσει.

maintenant encore sois son libérateur contre la mort et arrête l'homicide Pluton.

Hélas! hélas! fils de Phérès, quel est ton sort si tu es privé de ton épouse! Perce-toi de ton épée, ou ton malheur n'est-il pas assez grand? Ce serait trop peu d'approcher ton cou du lacet fatal, car tu verras mourir en ce jour l'épouse qui t'est non pas chère, mais très chère. Voici qu'elle sort de la maison avec son époux. Crie, gémis, ô terre de Phérès, sur la meilleure des femmes qui, consumée par la maladie, va descendre dans la demeure infernale de Pluton. Non, je ne dirai jamais que l'hymen apporte plus de joies que de peines, quand je juge par le passé et que je vois le sort du roi qui, privé de la meilleure des femmes, mènera dans la suite une existence intolérable.

καὶ νῦν γενοῦ λυτήριος	et maintenant sois libérateur
ἐκ θανάτου,	de la mort,
ἀπόπαυσον δὲ	d'autre part arrête
Ἅιδαν φόνιον.	Hadès homicide.
Παπαῖ....	Ah !..
ὦ παῖ Φέρητος,	ô fils de Phérès,
οἷα ἔπραξας	qu'as-tu fait (quel est ton sort)
στερεὶς σᾶς δάμαρτος;	ayant été privé de ton épouse ?
Ἆρα τάδε	Est-ce que ces choses
ἄξια,	*ne sont pas* dignes
καὶ σφαγᾶς,	et de meurtre,
καὶ πλέον ἢ	et *de* plus que
πελάσσαι δέρην	d'approcher le cou
βρόχῳ οὐρανίῳ;	du lacet suspendu-en-haut ?
Ἐπόψει γὰρ ἐν τῷδε ἄματι	Car tu verras dans ce jour-ci
τὰν γυναῖκα	ton épouse
οὐ φίλαν	non chère,
ἀλλὰ φιλτάταν	mais très chère
κατθανοῦσαν.	étant morte.
Ἰδοὺ ἰδού,	Vois, vois,
ἥδε δὴ καὶ πόσις	celle-ci certes et *son* époux
πορεύεται ἐκ δόμων.	s'avancent hors de la maison.
ὦ βόασον, στέναξον,	O crie, gémis,
ὦ χθὼν Φεραία,	ô terre de-Phères,
τὰν γυναῖκα ἀρίσταν	sur cette femme excellente
μαραινομέναν νόσῳ	flétrie par la maladie
κατὰ γᾶς	*descendant* sous terre
παρὰ Ἅιδαν χθόνιον.	vers Pluton souterrain.
Οὔποτε φήσω γάμον	Jamais je ne dirai l'hymen
εὐφραίνειν	réjouir
πλέον ἢ λυπεῖν,	plus qu'affliger,
τεκμαιρόμενός τε	et conjecturant
τοῖς πάροιθεν	par les choses d'auparavant
καὶ λεύσσων	et voyant
τάσδε τύχας βασιλέως,	ces malheurs-ci du roi,
ὅστις ἀπλακὼν	qui étant privé
τῆσδε ἀρίστης ἀλόχου	de celle-ci la meilleure épouse
βιοτεύσει τὸν χρόνον ἔπειτα	vivra le temps ensuite
ἀβίωτον·	insupportable-à-vivre.

ΑΛΚΗΣΤΙΣ.

Ἅλιε καὶ φάος ἁμέρας [Strophe 1.]
οὐράνιαί τε δῖναι νεφέλας δρομαίου.

ΑΔΜΗΤΟΣ.

Ὁρᾷ σὲ κἀμὲ, δύο κακῶς πεπραγότας,
οὐδὲν θεοὺς δράσαντας ἀνθ' ὅτου θανεῖ.

ΑΛΚΗΣΤΙΣ.

Γαῖά τε καὶ μελάθρων στέγαι [Antistrophe 1.]
νυμφίδιοί τε κοῖται πατρίας Ἰωλκοῦ.

ΑΔΜΗΤΟΣ.

Ἔπαιρε σαυτὴν, ὦ τάλαινα, μὴ προδῷς·
λίσσου δὲ τοὺς κρατοῦντας οἰκτεῖραι θεούς.

ΑΛΚΗΣΤΙΣ.

Ὁρῶ δίκωπον ὁρῶ σκάφος [ἐν λίμνᾳ], [Strophe 2.]
νεκύων δὲ πορθμεὺς
ἔχων χέρ' ἐπὶ κοντῷ Χάρων με δὴ καλεῖ· « Τί μέλλεις;
ἐπείγου· σὺ κατείργεις. »
Τάδε τοί με σπερχόμενος ταχύνει.

ΑΔΜΗΤΟΣ.

Οἴμοι, πικράν γε τήνδε μοι ναυκληρίαν
ἔλεξας. Ὦ δύσδαιμον, οἷα πάσχομεν.

ΑΛΚΗΣΤΙΣ.

Ἄγει μ', ἄγει μέ τις, οὐχ ὁρᾷς; [Antistrophe 2.]

ALCESTE. Soleil et lumière du jour, nuages rapides qui tourbillonnez dans le ciel !

ADMÈTE. Le soleil nous voit toi et moi, tous deux malheureux, sans avoir rien fait aux dieux pour que tu meures.

ALCESTE. O terre, ô palais, ô lit nuptial d'Iolcos, ma patrie!

ADMÈTE. Relève ton courage, malheureuse! Ne m'abandonne pas; mais prie les dieux souverains d'avoir pitié de nous.

ALCESTE. Je vois, je vois sur un marais une barque à deux rames, et le nocher des enfers, Charon, la main sur la perche, m'appelle déjà : « Pourquoi te faire attendre? dit-il, hâte-toi, tu me retardes. » C'est ainsi, qu'irrité, il me presse.

ADMÈTE. Hélas ! cruelle est la traversée dont tu viens de parler. O infortunée, quel sort est le nôtre !

ALCESTE. On m'emmène, on m'emmène, ne le vois-tu pas !

ΑΛΚΗΣΤΙΣ. Ἅλιε
καὶ φάος ἁμέρας,
δῖναί τε οὐράνιαι
νεφέλας δρομαίου.
ΑΔΜΗΤΟΣ. Ὁρᾷ σε
καὶ ἐμέ,
δύο πεπραγότας κακῶς,
δράσαντας θεοὺς οὐδὲν
ἀντὶ ὅτου
θανεῖ.
ΑΛΚΗΣΤΙΣ. Γαῖά τε
καὶ στέγαι μελάθρων
κοῖταί τε νυμφίδιοι
Ἰωλκοῦ πατρίας.
ΑΔΜΗΤΟΣ. Ἔπαιρε σαυτήν,
ὦ τάλαινα,
μὴ προδῷς·
λίσσου δὲ
τοὺς θεοὺς κρατοῦντας
οἰκτεῖραι.
ΑΛΚΗΣΤΙΣ. Ὁρῶ
ἐν λίμνᾳ
ὁρῶ σκάφος δίκωπον,
πορθμεὺς δὲ νεκύων
ἔχων χέρα ἐπὶ κοντῷ
Χάρων καλεῖ με δή·
Τί μέλλεις;
ἐπείγου·
σὺ κατείργεις.
Σπερχόμενός τοι
ταχύνει με τάδε.
ΑΔΜΗΤΟΣ. Οἴμοι, ἔλεξας
τήνδε ναυκληρίαν
πικράν γε μοι.
ὦ δύσδαιμον,
οἷα πάσχομεν.
ΑΛΚΗΣΤΙΣ. Τις ἄγει με,
ἄγει με,
οὐχ ὁρᾷς;

ALCESTE. Soleil
et lumière du jour,
et tourbillons célestes
de nuage rapide.
ADMÈTE. Il (le soleil) voit toi
et moi,
deux faisant mal *leurs affaires*,
n'ayant fait aux dieux rien
à cause de quoi
tu doives-mourir.
ALCESTE. Et terre
et toits de la maison
et lit nuptial
d'Iolcos *ma* patrie !
ADMÈTE. Relève toi-même,
ô infortunée,
ne *m*'abandonne pas;
mais prie
les dieux maîtres *des choses*
d'avoir-pitié.
ALCESTE. Je vois
dans un marais
je vois une barque à-deux-rames,
et le passager des morts
ayant une main sur une perche
Charon appelle moi certes :
Que tardes-tu ? *dit-il*
hâte-toi ;
tu *m*'arrêtes.
S'irritant certes
il presse moi de cette *façon*.
ADMÈTE. Hélas ! tu as dit
cette navigation
amère certes pour moi.
O infortunée,
quels *maux* nous souffrons ! [moi,
ALCESTE. Quelqu'un emmène
emmène moi,
ne vois-tu pas ?

νεκύων ἐς αὐλάν,
ὑπ' ὀφρύσι κυαναυγὲς βλέπων, πτερωτὸς. Ἅ μέθες[1] με·
τί ῥέξεις; ἄφες. Οἵαν
ὁδὸν ἁ δειλαιοτάτα προβαίνω.

ΑΔΜΗΤΟΣ.

Οἰκτρὰν φίλοισιν, ἐκ δὲ τῶν μάλιστ' ἐμοί
καὶ παισὶν, οἷς δὴ πένθος ἐν κοινῷ τόδε.

ΑΛΚΗΣΤΙΣ.

Μέθετε μέθετέ μ' ἤδη. [Epode.]
Κλίνατ', οὐ σθένω ποσίν·
πλησίον Ἅιδας,
σκοτία δ' ἐπ' ὄσσοις νὺξ ἐφέρπει.
Τέκνα, τέκν', οὐκέτι δὴ
οὐκέτι μάτηρ σφῷν ἔστιν·
χαίροντες, ὦ τέκνα, τόδε φάος ὁρῷτον.

ΑΔΜΗΤΟΣ.

Οἴμοι· τόδ' ἔπος λυπρὸν ἀκούω
καὶ παντὸς ἐμοὶ θανάτου μεῖζον.
Μὴ πρός σε θεῶν[2] τλῇς με προδοῦναι,
μὴ πρὸς παίδων οὓς ὀρφανιεῖς,
ἀλλ' ἄνα τόλμα·

Dans la demeure des morts m'entraine un dieu ailé dont les yeux lancent sous les sourcils de sombres regards. Ah! lâche-moi. Que veux-tu faire ? laisse-moi; dans quelle route entré-je, malheureuse que je suis!

ADMÈTE. Dans une route triste pour tes amis et, parmi eux, pour moi surtout et pour tes enfants qui partagent mon deuil.

ALCESTE. Laissez-moi maintenant. laissez-moi! Couchez-moi, mes jambes ne me soutiennent plus, Pluton approche; une sombre nuit se répand sur mes yeux. Mes enfants, mes enfants, vous n'avez plus de mère. Puissiez-vous vivre heureux!

ADMÈTE. Hélas! j'entends là une parole affligeante et plus cruelle pour moi que toute espèce de mort. Au nom des dieux, au nom de ces enfants que tu rendras orphelins, ne m'abandonne pas, mais debout et courage·

πτερωτὸς	*quelqu'un* ailé
βλέπων κυαναυγὲς	regardant d'un *air* sombre
ὑπὸ ὀφρύσι,	sous *ses* sourcils, [morts.
ἐς αὐλὰν νεκύων.	*m'entraîne* dans la demeure des
Ἆ μέθες με·	Ah! lâche-moi;
τί ῥέξεις; ἄφες.	Que feras-tu? lâche-*moi*.
Οἵαν ὁδὸν	Dans quelle route
ἁ δειλαιοτάτα	*moi* la plus misérable
προβαίνω.	je m'avance! [rable
ΑΔΜΗΤΟΣ. Οἰκτρὰν	ADMÈTE. *Dans une route* déplo-
φίλοισιν,	pour *tes* amis,
ἐκ δὲ τῶν μάλιστα	et de ceux-ci principalement
ἐμοὶ καὶ παισὶν,	pour moi et *nos* enfants,
οἷς δὴ τόδε πένθος	pour lesquels certes ce deuil
ἐν κοινῷ.	*est* en commun.
ΑΛΚΗΣΤΙΣ. Μέθετε	ALCESTE. Laissez
μέθετέ με ἤδη.	laissez-moi maintenant.
Κλίνατε,	Couchez-*moi*,
οὐ σθένω ποσίν·	je n'ai-pas-de-force par les pieds.
Ἅιδας πλησίον,	Pluton *est* proche,
νὺξ δὲ σκοτία	d'autre part une nuit sombre
ἐφέρπει ἐπὶ ὄσσοις.	se répand sur *mes* yeux.
Τέκνα, τέκνα,	Enfants, enfants,
μάτηρ σφῷν	la mère de vous n'*est* plus certes
οὐκέτι δὴ	n'est plus;
οὐκέτι ἔστιν·	ô enfants,
ὦ τέκνα,	puissiez-vous-voir-tous-deux
ὁρῷτον	cette lumière-ci vous réjouissant.
τόδε φάος χαίροντες.	ADMÈTE. Hélas!
ΑΔΜΗΤΟΣ. Οἴμοι· ἀκούω	j'entends
τόδε ἔπος λυπρὸν	cette parole affligeante
καὶ μεῖζον ἐμοὶ	et plus grande pour moi
παντὸς θανάτου.	que toute mort.
Πρὸς θεῶν σε	Au nom des dieux *je* te *prie*
μὴ τλῇς	ne te-résigne pas
προδοῦναί με,	à abandonner moi, [fants
μὴ πρὸς παίδων	ne *te résigne* pas au nom des en-
οὓς ὀρφανιεῖς,	que tu rendras-orphelins,
ἀλλὰ ἄνα τόλμα·	mais debout, aie-courage;

σοῦ γὰρ φθιμένης οὐκέτ' ἂν εἴην·
ἐν σοὶ δ' ἐσμὲν καὶ ζῆν[1] καὶ μή·
σὴν γὰρ φιλίαν σεβόμεσθα.

ΑΛΚΗΣΤΙΣ.

Ἄδμηθ', ὁρᾷς γὰρ τἀμὰ πράγμαθ' ὡς ἔχει,
λέξαι θέλω σοι πρὶν θανεῖν ἃ βούλομαι.
Ἐγώ σε πρεσβεύουσα κἀντὶ τῆς ἐμῆς
ψυχῆς καταστήσασα φῶς τόδ' εἰσορᾶν,
θνήσκω, παρόν μοι μὴ θανεῖν ὑπὲρ σέθεν,
ἀλλ' ἄνδρα τε σχεῖν Θεσσαλῶν ὃν ἤθελον,
καὶ δῶμα ναίειν ὄλβιον τυραννίδι.
Οὐκ ἠθέλησα ζῆν ἀποσπασθεῖσα σοῦ
σὺν παισὶν ὀρφανοῖσιν, οὐδ' ἐφεισάμην,
ἥβης ἔχουσα δῶρ', ἐν οἷς ἐτερπόμην.
Καίτοι σ' ὁ φύσας χἠ τεκοῦσα προύδοσαν,
καλῶς μὲν αὐτοῖς κατθανεῖν ἧκον βίου[2],
καλῶς δὲ σῶσαι παῖδα κεὐκλεῶς θανεῖν.
Μόνος γὰρ αὐτοῖς ἦσθα, κοὔτις ἐλπὶς ἦν
σοῦ κατθανόντος ἄλλα φιτύσειν τέκνα.
Κἀγώ τ' ἂν ἔζων καὶ σὺ τὸν λοιπὸν χρόνον,

Si tu meurs, je ne saurais plus exister ; c'est de toi donc qu'il dépend que nous vivions ou non ; car ton amour a pour nous un caractère sacré.

ALCESTE. Admète, tu vois en quel état je suis : je veux te faire connaître, avant ma mort, ce que je souhaite. C'est pour t'honorer, pour te permettre par le sacrifice de ma vie de voir la lumière, que je meurs quand je pouvais ne pas mourir à ta place, mais choisir parmi les Thessaliens l'époux que j'aurais voulu, et habiter une maison riche des biens de la royauté. Je n'ai pas voulu vivre, séparée de toi, avec des enfants orphelins ; je n'ai point ménagé mes jours, quoique les dons de la jeunesse dont j'étais parée me rendissent heureuse. Pourtant ton père et ta mère t'ont abandonné, quand ils en sont arrivés dans la vie à un âge où il serait beau pour eux d'en sortir et, en mourant honorablement, de sauver leur fils. Car tu étais leur seul enfant, et ils n'avaient aucun espoir, si tu venais à mourir, d'en avoir d'autres. J'aurais vécu ainsi que toi les jours qui nous étaient réservés,

σοῦ γὰρ φθιμένης	car toi morte
οὐκέτι εἴην ἄν·	je n'existerais plus ; [de) toi
ἐσμὲν δὲ ἐν σοὶ	mais nous sommes en (dépendons
καὶ ζῆν καὶ μή·	et pour vivre et pour ne pas *vivre*;
σεβόμεσθα γὰρ	car nous honorons-d'un-culte
σὴν φιλίαν.	ton amour.
ΑΛΚΗΣΤΙΣ. Ἄδμητε, ὁρᾷς γὰρ	ALCESTE. Admète, car tu vois
ὡς τὰ ἐμὰ πράγματα ἔχει,	comment mes affaires sont,
θέλω λέξαι σοι	je veux dire à toi
πρὶν θανεῖν	avant de mourir
ἃ βούλομαι.	*ce* que je désire.
Ἐγὼ πρεσβεύουσά σε	Moi honorant toi
καὶ καταστήσασα	et *t*'ayant mis-en-état
ἀντὶ τῆς ἐμῆς ψυχῆς	en échange de ma vie
εἰσορᾶν τόδε φῶς,	de voir cette lumière-ci,
θνήσκω,	je meurs,
παρόν μοι	étant permis à moi
μὴ θανεῖν ὑπὲρ σέθεν,	de ne pas mourir pour toi,
ἀλλὰ σχεῖν τε ἄνδρα	mais et d'avoir *pour* mari
ὃν Θεσσαλῶν ἤθελον,	qui des Thessaliens je voudrais,
καὶ ναίειν δῶμα	et d'habiter une maison
ὄλβιον τυραννίδι.	fortunée par la tyrannie.
Οὐκ ἠθέλησα ζῆν	Je n'ai pas voulu vivre
σὺν παισὶν ὀρφανοῖσιν	avec des enfants orphelins
ἀποσπασθεῖσα σοῦ,	séparée de toi,
οὐδὲ ἐφεισάμην,	et je ne *me* suis pas ménagée,
ἔχουσα δῶρα ἥβης,	ayant les dons de la jeunesse,
ἐν οἷς ἐτερπόμην.	dont je me réjouissais.
Καίτοι ὁ φύσας	Cependant celui ayant engendré
καὶ ἡ τεκοῦσά σε	et celle ayant enfanté toi
προύδοσαν,	*t*'ont abandonné, [de la vie
ἥκον βίου	la chose étant venue *à un point*
καλῶς μὲν αὐτοῖς	*où* d'une part *il était* bien pour
κατθανεῖν,	de mourir, [eux
καλῶς δὲ	d'autre part bien
σῶσαι παῖδα	de sauver *leur* enfant
καὶ θανεῖν εὐκλεῶς.	et de mourir glorieusement.
Ἦσθα γὰρ μόνος αὐτοῖς,	Car tu étais seul *enfant* à eux,
καὶ οὔτις ἐλπὶς ἦν	et aucun espoir n'était
σοῦ κατθανόντος	toi étant mort
φιτύσειν	*eux* devoir procréer
ἄλλα τέκνα.	d'autres enfants.
Καὶ ἐγὼ ἔζων ἄν	Et moi aussi j'aurais vécu
καὶ σὺ	ainsi que toi
τὸν λοιπὸν χρόνον,	le reste du temps,

κοὐκ ἂν μονωθεὶς σῆς δάμαρτος ἔστενες
καὶ παῖδας ὠρφάνευες. Ἀλλὰ ταῦτα μὲν
θεῶν τις ἐξέπραξεν ὥσθ' οὕτως ἔχειν.
Εἶεν· σὺ νῦν μοι τῶνδ' ἀπόμνησαι χάριν·
αἰτήσομαι γάρ σ' ἀξίαν μὲν οὔποτε·
ψυχῆς γὰρ οὐδέν ἐστι τιμιώτερον·
δίκαια δ', ὡς φήσεις σύ· τούσδε γὰρ φιλεῖς
οὐχ ἧσσον ἢ 'γὼ παῖδας, εἴπερ εὖ φρονεῖς·
τούτους ἀνάσχου δεσπότας (ὄντας) δόμων,
καὶ μὴ 'πιγήμῃς τοῖσδε μητρυιὰν τέκνοις,
ἥτις κακίων οὖσ' ἐμοῦ γυνὴ φθόνῳ
τοῖς σοῖσι κἀμοῖς παισὶ χεῖρα προσβαλεῖ.
Μὴ δῆτα δράσῃς ταῦτά γ', αἰτοῦμαί σ' ἐγώ.
Ἐχθρὰ γὰρ ἡ 'πιοῦσα μητρυιὰ τέκνοις
τοῖς πρόσθ', ἐχίδνης οὐδὲν ἠπιωτέρα.
Καὶ παῖς μὲν ἄρσην πατέρ' ἔχει πύργον μέγαν
[ὃν καὶ προσεῖπε καὶ προσερρήθη πάλιν [1]]·
σὺ δ', ὦ τέκνον μοι, πῶς κορευθήσει καλῶς;
ποίας τυχοῦσα συζύγου τῷ σῷ πατρί;
Μή [2] σοί τιν' αἰσχρὰν προσβαλοῦσα κληδόνα

et tu n'aurais pas été réduit à gémir sur la solitude de ton veuvage, à élever des orphelins. Un dieu a disposé les choses ainsi. Soit! A toi maintenant de me témoigner de la reconnaissance pour ce que j'ai fait : je ne t'en demanderai jamais assez; car qui peut valoir la vie ? Mais ce que je te demanderai sera juste, tu l'avoueras toi-même. Si, comme tu le dois, tu as pour ces enfants autant d'affection que moi, souffre qu'ils restent les maîtres dans cette maison ; ne leur donne pas par un nouveau mariage une marâtre qui, moins bonne que moi, lèvera la main par jalousie sur ces enfants qui sont à toi non moins qu'à moi. Oh! ne le fais pas, je t'en prie ; car, succédant à une première femme, une marâtre, ennemie des enfants du premier lit, n'est pas plus douce qu'une vipère. Encore un fils a-t-il dans son père un puissant rempart; mais toi, ma fille, qui te conservera pure et honorée ? qui trouveras-tu dans l'épouse de ton père ? Une femme peut-être qui, attachant à ton nom une tache honteuse,

καὶ οὐκ ἂν ἔστενες
μονωθεὶς σῆς δάμαρτος
καὶ ὠρφάνευες παῖδας.
Ἀλλά τις θεῶν
ἐξέπραξε μὲν ταῦτα
ὥστε ἔχειν οὕτως.
Εἶεν· σὺ νῦν
ἀπόμνησαί μοι
χάριν τῶνδε·
οὔποτε γὰρ μὲν
αἰτήσομαί σε
ἀξίαν·
οὐδὲν γάρ ἐστι τιμιώτερον
ψυχῆς·
δίκαια δὲ,
ὡς σὺ φήσεις·
φιλεῖς γὰρ τούσδε παῖδας
οὐχ ἧσσον ἢ ἐγὼ,
εἴπερ φρονεῖς εὖ·
ἀνάσχου τούτους
ὄντας δεσπότας δόμων,
καὶ μὴ ἐπιγήμῃς
μητρυιὰν
τοῖσδε τέκνοις,
ἥτις οὖσα γυνὴ
κακίων ἐμοῦ
προσβαλεῖ φθόνῳ χεῖρα
τοῖς παισὶ σοῖσι καὶ ἐμοῖς.
Μὴ δράσῃς δῆτα ταῦτά γε·
ἐγὼ αἰτοῦμαί σε.
Ἡ γὰρ μητρυιὰ ἐπιοῦσα
ἐχθρὰ τέκνοις
τοῖς πρόσθε,
οὐδὲν ἠπιωτέρα
ἐχίδνης.
Καὶ μὲν παῖς ἄρσην
ἔχει πατέρα μέγαν πύργον·
σὺ δὲ, ὦ τέκνον μοι,
πῶς κορευθήσει
καλῶς;
ποίας συζύγου τῷ σῷ πατρὶ
τυχοῦσα;
Μὴ προσβαλοῦσά σοι
τινα κληδόνα αἰσχρὰν

et tu n'aurais pas gémi
privé de ton épouse [lins.
et tu n'aurais pas élevé des orphe-
Mais quelqu'un des dieux
a fait certes ces choses
de manière qu'elles fussent ainsi.
Soit! toi maintenant
témoigne-par-ton-souvenir à moi
reconnaissance de cela;
car jamais d'une part
je n'*en* demanderai à toi
une suffisante;
car rien n'est plus précieux
que la vie; [choses justes,
d'autre part *je te demanderai* des
comme toi tu *le* diras;
car tu aimes ces enfants-ci
non moins que moi *je les aime*,
si-toutefois tu penses bien:
souffre ceux-ci
étant (être) maîtres de la maison,
et n'épouse-pas-en-secondes-noces
une marâtre
pour ces enfants-ci,
laquelle étant femme
moins bonne que moi
mettra par jalousie la main
sur ces enfants tiens et miens.
Ne fais donc pas cela certes;
moi j'*en* prie toi.
Car la belle-mère succédant
est ennemie des enfants
ceux d'auparavant,
n'étant *en* rien plus douce
qu'une vipère.
Et d'une part l'enfant mâle
a *son* père grand rempart;
d'autre part toi, ô fille à moi, [fille
comment seras-tu élevée-en-jeune-
convenablement?
quelle épouse de ton père
ayant trouvée?
Je crains qu'ayant appliqué à toi
une réputation honteuse

ἥβης ἐν ἀκμῇ σοὺς διαφθείρῃ γάμους.
Οὐ γάρ σε μήτηρ οὔτε νυμφεύσει ποτὲ,
οὔτ' ἐν τόκοισι σοῖσι θαρσυνεῖ, τέκνον,
παροῦσ', ἵν' οὐδὲν μητρὸς εὐμενέστερον.
Δεῖ γάρ θανεῖν με· καὶ τόδ' οὐκ ἐς αὔριον
οὐδ' ἐς τρίτην μοι μηνὸς[1] ἔρχεται κακὸν,
ἀλλ' αὐτίκ' ἐν τοῖς μηκέτ' οὖσι λέξομαι.
Χαίροντες εὐφραίνοισθε· καὶ σοὶ μὲν, πόσι,
γυναῖκ' ἀρίστην ἔστι κομπάσαι λαβεῖν,
ὑμῖν δὲ, παῖδες, μητρὸς[2] ἐκπεφυκέναι.

ΧΟΡΟΣ.

Θάρσει· πρὸ τούτου γὰρ λέγειν οὐχ ἅζομαι·
δράσει τάδ', εἴπερ μὴ φρενῶν ἁμαρτάνει.

ΑΔΜΗΤΟΣ.

Ἔσται τάδ' ἔσται, μὴ τρέσῃς· ἐπεί σ' ἐγὼ,
καὶ ζῶσαν εἶχον καὶ θανοῦσ' ἐμὴ γυνὴ
μόνη κεκλήσει, κοὔτις ἀντὶ σοῦ ποτε
τόνδ' ἄνδρα νύμφη Θεσσαλὶς προσφθέγξεται·
οὐκ ἔστιν οὕτως οὔτε πατρὸς εὐγενοῦς
οὔτ' εἶδος ἄλλως (τ') ἐκπρεπεστάτη γυνή.

flétrira dans la fleur de ta jeunesse l'espoir de ton hymen. Car ce n'est point ta mère qui te présentera à un époux; et dans les douleurs de l'enfantement, lorsque rien n'est plus doux que la présence d'une mère, elle ne sera pas là, ma fille, pour te rassurer. Il faut que je meure, et ce n'est ni demain ni le troisième jour du mois que ce malheur doit arriver, mais un instant encore, et je serai comptée parmi ceux qui ne sont plus. Soyez heureux et adieu. Pour toi, mon époux, tu peux te vanter d'avoir eu la meilleure des femmes, et vous, mes enfants, la meilleure des mères.

LE CHŒUR. Rassure-toi; car je ne crains pas de parler pour lui: il fera ce que tu demandes, s'il n'a pas perdu l'esprit.

ADMÈTE. Cela sera, cela sera, ne crains rien. Puisque vivante tu m'appartenais, morte tu seras seule aussi appelée ma femme, et aucune fiancée thessalienne ne prendra ta place et ne me nommera son époux. Il n'en est pas qui soit, pour cela, née d'un père assez noble, ni assez distinguée par sa beauté et ses autres mérites.

ἐν ἀκμῇ ἥβης
διαφθείρῃ σοὺς γάμους.
Οὐ γὰρ μήτηρ
οὔτε νυμφεύσει σε ποτὲ
οὔτε θαρσυνεῖ, τέκνον,
παροῦσα ἐν τοῖσι τόκοισι,
ἵνα οὐδὲν εὐμενέστερον
μητρός.
Δεῖ γάρ με θανεῖν·
καὶ τόδε κακὸν ἔρχεταί μοι
οὐκ ἐς αὔριον
οὐδὲ ἐς τρίτην μηνὸς,
ἀλλὰ λέξομαι αὐτίκα
ἐν τοῖς μηκέτι οὖσι.
Εὐφραίνοισθε
χαίροντες·
καὶ σοὶ μὲν, πόσι,
ἔστι κομπάσαι
λαβεῖν γυναῖκα
ἀρίστην,
ὑμῖν δὲ, παῖδες,
ἐκπεφυκέναι μητρός.
ΧΟΡΟΣ. Θάρσει·
οὐ γὰρ ἅζομαι
λέγειν πρὸ τούτου·
δράσει τάδε,
εἴπερ μὴ ἁμαρτάνει φρενῶν.
ΑΔΜΗΤΟΣ. Τάδε ἔσται ἔσται,
μὴ τρέσῃς·
ἐπεὶ ἐγὼ εἶχόν σε καὶ ζῶσαν,
καὶ θανοῦσα κεκλήσει μόνη
ἐμὴ γυνὴ,
καὶ οὔτις νύμφη Θεσσαλὶς
ἀντὶ σοῦ
προσφθέγξεταί ποτε
τόνδε ἄνδρα·
οὐκ ἔστι γυνὴ οὕτως
οὔτε πατρὸς εὐγενοῦς
οὔτε ἐκπρεπεστάτη εἶδος
ἄλλως τε.

dans la fleur de la jeunesse
elle ne détruise ton hymen.
Car ni *ta* mère
ne mariera toi jamais
ni ne *t*'encouragera, *ma* fille,
étant présente dans tes couches,
là-où rien n'*est* plus agréable
qu'une mère.
Car il faut moi mourir;
et ce mal arrive à moi
ni pour demain
ni pour le troisième *jour* du mois,
mais je serai dite bientôt
parmi ceux n'étant plus.
Puissiez-vous-vous-réjouir
étant heureux;
et à toi d'une part, *mon* époux,
il est permis de te vanter
d'avoir reçu la femme
la meilleure,
à vous, d'autre part, enfants,
d'être nés de la mère *la meilleure*.
LE CHŒUR. Aie-confiance;
car je ne crains pas
de parler pour lui:
il fera cela, [sens.
si toutefois il ne manque pas de
ADMÈTE. Cela sera, sera,
ne tremble pas; [vante,
puisque moi j'avais toi aussi vi-
et morte tu seras appelée seule
ma femme,
et aucune fiancée thessalienne
à-la-place-de toi
n'adressera-la-parole jamais
à celui-ci (moi) *comme* à *son* époux;
il n'est pas de femme tellement
ni d'un père noble
ni très distinguée par la beauté
et autrement.

Ἅλις δὲ παίδων· τῶνδ' ὄνησιν εὔχομαι
θεοῖς γενέσθαι· σοῦ γὰρ οὐκ ὠνήμεθα.
Οἴσω δὲ πένθος οὐκ ἐτήσιον τὸ σόν,
ἀλλ' ἔστ' ἂν αἰὼν οὑμὸς ἀντέχῃ, γύναι,
στυγῶν μὲν ἥ μ' ἔτικτεν, ἐχθαίρων δ' ἐμὸν
πατέρα· λόγῳ γὰρ ἦσαν, οὐκ ἔργῳ φίλοι.
Σὺ δ' ἀντιδοῦσα τῆς ἐμῆς τὰ φίλτατα
ψυχῆς ἔσωσας. Ἆρα μοι στένειν πάρα
τοιᾶσδ' ἁμαρτάνοντι συζύγου σέθεν;
Παύσω δὲ κώμους συμποτῶν θ' ὁμιλίας
στεφάνους τε μοῦσάν θ', ἣ κατεῖχ' ἐμοὺς δόμους.
Οὐ γάρ ποτ' οὔτ' ἂν βαρβίτου θίγοιμ' ἔτι
οὔτ' ἂν φρέν' ἐξαίροιμι πρὸς Λίβυν λακεῖν
αὐλόν [1]. σὺ γάρ μου τέρψιν ἐξείλου βίου.
Σοφῇ δὲ χειρὶ τεκτόνων δέμας τὸ σὸν
εἰκασθὲν ἐν λέκτροισιν ἐκταθήσεται,
ᾧ προσπεσοῦμαι καὶ περιπτύσσων χέρας,
ὄνομα καλῶν σόν, τὴν φίλην ἐν ἀγκάλαις
δόξω γυναῖκα καίπερ οὐκ ἔχων ἔχειν,

D'ailleurs les enfants que j'ai me suffisent. Puissent les dieux m'en laisser jouir ; car de toi nous n'avons pas joui. Je porterai ton deuil non une année, mais aussi longtemps, ma femme, que durera ma vie, haïssant celle qui m'a mis au monde, détestant mon père ; car c'était en paroles, non en réalité qu'ils m'aimaient. Pour toi, tu as sacrifié les biens les plus précieux afin de me sauver la vie. Ne m'est-il donc pas permis de gémir sur la perte d'une femme telle que toi ? Désormais, plus de festins joyeux, plus de réunions de convives, plus de couronnes, plus de ces chants dont retentissait ma maison. Jamais je ne toucherai plus à un luth, jamais je n'aurai le courage de chanter aux sons de la flûte libyenne ; car tu m'enlèves le charme de la vie. Imité par la main d'habiles artistes, ton corps sera étendu sur ton lit, et, couché près de ton image, la serrant contre mon sein, t'appelant par ton nom, je croirais, jouet d'une illusion, tenir dans mes bras mon épouse chérie,

Ἅλις δὲ παίδων·
εὔχομαι θεοῖς
ὄνησιν τῶνδε γενέσθαι·
οὐ γὰρ ὠνήμεθα σοῦ.
Οἴσω δὲ τὸ σὸν πένθος
οὐκ ἐτήσιον,
ἀλλὰ ἔστε ὁ ἐμὸς αἰὼν
ἀντέχῃ ἄν, γύναι,
στυγῶν μὲν
ἣ ἔτικτέ με,
ἐχθαίρων δὲ ἐμὸν πατέρα·
ἦσαν γὰρ φίλοι
λόγῳ, οὐκ ἔργῳ.
Σὺ δὲ ἀντιδοῦσα
τῆς ἐμῆς ψυχῆς
τὰ φίλτατα,
ἔσωσας.
Ἆρα στένειν
πάρα μοι
ἁμαρτάνοντι σέθεν
τοιᾶσδε συζύγου;
Παύσω δὲ
κώμους
ὁμιλίας τε συμποτῶν
στεφάνους τε μοῦσάν τε,
ἣ κατεῖχε ἐμοὺς δόμους.
Οὐ γάρ ποτε
οὔτε θίγοιμι ἂν ἔτι
βαρβίτου,
οὔτε ἐξαίροιμι ἂν
φρένα
λακεῖν
πρὸς αὐλὸν Λίβυν·
σὺ γὰρ ἐξείλου μου
τέρψιν βίου.
Τὸ δὲ σὸν δέμας εἰκασθὲν
χειρὶ σοφῇ τεκτόνων
ἐκταθήσεται ἐν λέκτροισιν,
ᾧ προσπεσοῦμαι
καὶ περιπτύσσων χέρας,
καλῶν σὸν ὄνομα,
δόξω ἔχειν ἐν ἀγκάλαις
τὴν φίλην γυναῖκα
καίπερ οὐκ ἔχων.

D'autre part assez d'enfants :
je prie les dieux
jouissance de ceux-ci être *à moi;*
car nous n'avons pas joui de toi.
D'ailleurs je porterai ton deuil
non d'un-an,
mais tant-que mon existence
durera, ô femme,
détestant d'une part
celle qui enfantait moi,
d'autre part haïssant mon père ;
car ils étaient *mes* amis
en parole, non en acte.
Mais toi ayant-donné-en-échange
de ma vie
les biens les plus chers
tu *m*'as sauvé.
Est-ce-que gémir
n'est *pas* permis à moi
étant privé de toi
une telle épouse?
D'autre part je supprimerai
festins-joyeux
et réunions de convives
et couronnes et chant,
qui remplissait ma maison.
Car jamais
ni je ne pourrais plus toucher
à un luth,
ni je ne pourrais-élever
mon cœur
à chanter
au-son-d'une flûte libyenne;
car toi tu as enlevé à moi
le charme de la vie.
D'autre part ton corps façonné
de main habile d'artistes
sera étendu sur un lit,
auprès duquel *corps* je tomberai
et pliant-autour *mes* bras,
appelant ton nom,
je croirai avoir dans *mes* bras
ma chère femme
quoique que ne *l*'ayant pas.

ψυχρὰν μὲν, οἶμαι, τέρψιν, ἀλλ' ὅμως βάρος
ψυχῆς ἀπαντλοίην ἄν. Ἐν δ' ὀνείρασιν
φοιτῶσά μ' εὐφραίνοις ἄν· ἡδὺ γὰρ φίλους
κἀν νυκτὶ λεύσσειν, ὅντιν' ἂν παρῇ χρόνον[1].
Εἰ δ' Ὀρφέως μοι γλῶσσα καὶ μέλος παρῆν,
ὥστ' ἢ κόρην Δήμητρος ἢ κείνης πόσιν
ὕμνοισι κηλήσαντά σ' ἐξ Ἅιδου λαβεῖν,
κατῆλθον ἄν, καί μ' οὔθ' ὁ Πλούτωνος κύων
οὔθ' οὑπὶ κώπῃ ψυχοπομπὸς ἂν γέρων
ἔσχον, πρὶν ἐς φῶς σὸν καταστῆσαι βίον.
Ἀλλ' οὖν ἐκεῖσε[2] προσδόκα μ', ὅταν θάνω,
καὶ δῶμ' ἑτοίμαζ', ὡς συνοικήσουσά μοι.
Ἐν ταῖσιν αὐταῖς γάρ μ' ἐπισκήψω κέδροις
σοὶ τούσδε θεῖναι, πλευρά τ' ἐκτεῖναι πέλας
πλευροῖσι τοῖς σοῖς· μηδὲ γὰρ θανών ποτε
σοῦ χωρὶς εἴην τῆς μόνης πιστῆς ἐμοί.

ΧΟΡΟΣ.

Καὶ μὴν ἐγώ σοι πένθος ὡς φίλος φίλῳ
λυπρὸν συνοίσω τῆσδε· καὶ γὰρ ἀξία.

froide jouissance, il est vrai, mais qui pourtant allégera le poids de ma douleur. Puisses-tu aussi venir souvent en songe m'apporter de la joie ; car il est doux de voir ses amis, même dans la nuit, quel que soit le temps pendant lequel on peut les voir. Ah ! si j'avais la langue et les accents d'Orphée pour charmer par mes accents Proserpine et son époux et t'arracher aussi aux enfers, j'y descendrais, et ni le chien de Pluton, ni le vieillard conducteur des âmes, penché sur sa rame, ne m'empêcheraient de te ramener à la lumière. Mais attends-moi là-bas, lorsque je serai mort et prépare-moi une demeure que je partagerai avec toi. Je recommanderai à ceux-ci de me placer dans le même cercueil que toi, d'étendre mon côté près de ton côté; car je ne veux pas que la mort même me sépare jamais de celle qui seule m'a été fidèle.

LE CHŒUR. Je partagerai avec toi, comme il convient à un ami, ce triste deuil, car cette femme le mérite.

ψυχρὰν τέρψιν μὲν,	froide jouissance à la vérité,
οἶμαι,	je pense,
ἀλλὰ ὅμως ἀπαντλοίην ἂν	mais pourtant j'allégerais
βάρος ψυχῆς.	le poids de *mon* âme.
Φοιτῶσα δὲ ἐν ὀνείρασιν	Et venant-souvent en songe
εὐφραίνοις ἄν με·	tu réjouirais moi ;
ἡδὺ γὰρ λεύσσειν φίλους	car *il est* doux de voir *ses* amis
καὶ ἐν νυκτὶ,	même dans la nuit,
ὅντινα χρόνον	durant quelque temps que
παρῇ ἄν.	*cela* soit-possible.
Εἰ δὲ γλῶσσα καὶ μέλος	Mais si la langue et la mélodie
Ὀρφέως	d'Orphée
παρῆν μοι,	étaient à moi,
ὥστε κηλήσαντα	de manière qu'ayant charmé
ὕμνοισι	par des chants
ἢ κόρην Δήμητρος	ou la fille de Cérès
ἢ πόσιν κείνης	ou l'époux de celle-là
λαβεῖν σε ἐξ Ἅιδου,	je tirasse toi de l'enfer,
κατῆλθον ἄν,	je descendrais,
καὶ οὔτε ὁ κύων Πλούτωνος	et ni le chien de Pluton
οὔτε γέρων ψυχοπομπὸς	ni le vieillard conducteur-des-âmes
ὁ ἐπὶ κώπῃ	celui *penché* sur *sa* rame
ἔσχον ἄν,	ne *m*'arrêteraient,
πρὶν καταστῆσαι σὸν βίον	avant *moi* avoir placé ta vie
ἐς φῶς.	à la lumière.
Ἀλλὰ προσδόκα οὖν με ἐκεῖσε,	Mais attends donc moi là,
ὅταν θάνω,	lorsque je serai mort,
καὶ ἑτοίμαζε δῶμα,	et apprête une demeure,
ὡς συνοικήσουσά μοι.	comme devant habiter-avec moi.
Ἐπισκήψω γὰρ	Car je recommanderai
τούσδε θεῖναί με	ceux-ci placer moi
ἐν κέδροις ταῖσιν αὐταῖς	dans le même bois-de-cèdre
σοι,	que toi,
ἐκτεῖναί τε πλευρὰ	et d'étendre *mes* flancs
πέλας τοῖς σοῖς πλευροῖσι·	près de tes flancs ;
εἴην γάρ ποτε	car que je *ne* sois jamais
μηδὲ θανὼν	pas-même étant mort
χωρὶς σοῦ	loin de toi
τῆς μόνης πιστῆς ἐμοί.	la seule fidèle à moi.
ΧΟΡΟΣ. Καὶ μὴν ἐγὼ	LE CHŒUR. Et certes moi
συνοίσω σοι	je porterai-avec toi
ὡς φίλος φίλῳ,	comme un ami avec un ami
πένθος λυπρὸν τῆσδε·	un deuil triste de celle-ci ;
καὶ γὰρ ἀξία.	car *elle en est* digne.

ΑΛΚΗΣΤΙΣ.
Ὦ παῖδες, αὐτοὶ δὴ τάδ' εἰσηκούσατε
πατρὸς λέγοντος, μὴ γαμεῖν ἄλλην τινὰ
γυναῖκ' ἐφ' ὑμῖν μηδ' ἀτιμάσειν ἐμέ.

ΑΔΜΗΤΟΣ.
Καὶ νῦν δέ φημι, καὶ τελευτήσω τάδε.

ΑΛΚΗΣΤΙΣ.
Ἐπὶ τοῖσδε παῖδας χειρὸς ἐξ ἐμῆς δέχου.

ΑΔΜΗΤΟΣ.
Δέχομαι, φίλον γε δῶρον ἐκ φίλης χερός.

ΑΛΚΗΣΤΙΣ.
Σὺ νῦν γενοῦ τοῖσδ' ἀντ' ἐμοῦ μήτηρ τέκνοις.

ΑΔΜΗΤΟΣ.
Πολλή μ' ἀνάγκη, σοῦ γ' ἀπεστερημένοις.

ΑΛΚΗΣΤΙΣ.
Ὦ τέκν', ὅτε ζῆν χρῆν μ', ἀπέρχομαι κάτω.

ΑΔΜΗΤΟΣ.
Οἴμοι, τί δράσω δῆτα σοῦ μονούμενος;

ΑΛΚΗΣΤΙΣ.
Χρόνος μαλάξει σ' · οὐδέν ἐσθ' ὁ κατθανών.

ΑΔΜΗΤΟΣ.
Ἄγου με σὺν σοὶ, πρὸς θεῶν, ἄγου κάτω.

ALCESTE. Enfants, vous l'avez entendu vous-mêmes ; votre père dit que dans votre intérêt il ne prendra pas d'autre femme et qu'il ne m'oubliera pas.

ADMÈTE. Oui, je le dis encore, et cela sera.

ALCESTE. A cette condition, reçois ces enfants de ma main.

ADMÈTE. Je les reçois, don chéri, d'une main chère.

ALCESTE. Remplace-moi maintenant auprès d'eux et sois leur mère.

ADMÈTE. Il le faut bien, puisqu'ils ne t'auront plus.

ALCESTE. O mes enfants, je descends sous la terre lorsque je devrais vivre.

ADMÈTE. Hélas! que ferai-je sans toi?

ALCESTE. Le temps adoucira ta douleur; un mort n'est plus rien.

ADMÈTE. Au nom des dieux, emmène-moi avec toi, emmène-moi aux enfers.

ΑΛΚΗΣΤΙΣ. Ὦ παῖδες,	ALCESTE. O enfants,
αὐτοὶ δὴ	vous-mêmes certes
εἰσηκούσατε	avez entendu
πατρὸς λέγοντος τάδε,	*votre* père disant ceci,
μὴ γαμεῖν	ne pas devoir épouser
τινα ἄλλην γυναῖκα	une autre femme
ἐπὶ ὑμῖν	pour vous (dans votre intérêt)
μηδὲ ἀτιμάσειν ἐμέ.	ni ne devoir négliger moi.
ΑΔΜΗΤΟΣ. Καὶ νῦν	ADMÈTE. Et maintenant
δέ φημι,	d'ailleurs je *le* dis,
καὶ τελευτήσω τάδε.	et j'accomplirai cela. [*ditions*
ΑΛΚΗΣΤΙΣ. Ἐπὶ τοῖσδε	ALCESTE. Moyennant ces *con-*
δέχου παῖδας	reçois les enfants
ἐξ ἐμῆς χειρός.	de ma main.
ΑΔΜΗΤΟΣ. Δέχομαι,	ADMÈTE. Je *les* reçois,
δῶρον φίλον γε,	présent cher assurément,
ἐκ χερὸς φίλης.	d'une main chère.
ΑΛΚΗΣΤΙΣ. Σὺ νῦν	ALCESTE. Toi maintenant
γένου μήτηρ	deviens mère
τοῖσδε τέκνοις	pour ces enfants-ci
ἀντὶ ἐμοῦ.	à-la-place-de moi.
ΑΔΜΗΤΟΣ. Πολλὴ ἀνάγκη	ADMÈTE. Grande nécessité
με,	moi *le devenir*,
ἀπεστερημένοις	pour *eux* privés
σοῦ γε.	de toi certes.
ΑΛΚΗΣΤΙΣ. Ὦ τέκνα,	ALCESTE. O enfants,
ἀπέρχομαι κάτω	je m'en vais en-bas,
ὅτε χρῆν	lorsqu'il fallait
με ζῆν.	moi vivre.
ΑΔΜΗΤΟΣ. Οἴμοι,	ADMÈTE. Hélas!
τί δράσω δῆτα,	que ferai-je donc
μονούμενος σοῦ;	privé de toi?
ΑΛΚΗΣΤΙΣ. Χρόνος	ALCESTE. Le temps
μαλάξει σε·	calmera toi;
ὁ κατθανὼν ἐστιν οὐδέν.	le mort n'est rien.
ΑΔΜΗΤΟΣ. Ἄγου με σὺν σοί,	ADMÈTE. Emmène-moi avec toi,
πρὸς θεῶν,	au nom des dieux,
ἄγου	emmène-*moi*,
κάτω.	en-bas

ΑΛΚΗΣΤΙΣ.
Ἀρκοῦμεν ἡμεῖς οἱ προθνήσκοντες σέθεν.
ΑΔΜΗΤΟΣ.
Ὦ δαῖμον, οἵας συζύγου μ' ἀποστερεῖς.
ΑΛΚΗΣΤΙΣ.
Καὶ μὴν σκοτεινὸν ὄμμα μου βαρύνεται.
ΑΔΜΗΤΟΣ.
Ἀπωλόμην ἄρ', εἴ με δὴ λείψεις, γύναι.
ΑΛΚΗΣΤΙΣ.
Ὡς οὐκέτ' οὖσαν οὐδὲν ἂν λέγοις ἐμέ.
ΑΔΜΗΤΟΣ.
Ὄρθου πρόσωπον, μὴ λίπῃς παῖδας σέθεν.
ΑΛΚΗΣΤΙΣ.
Οὐ δῆθ' ἑκοῦσά γ'· Ἀλλὰ χαίρετ', ὦ τέκνα.
ΑΔΜΗΤΟΣ.
Βλέψον πρὸς αὐτούς, βλέψον.
ΑΛΚΗΣΤΙΣ.
Οὐδέν εἰμ' ἔτι.
ΑΔΜΗΤΟΣ.
Τί δρᾷς; προλείπεις;
ΑΛΚΗΣΤΙΣ.
Χαῖρ'.
ΑΔΜΗΤΟΣ.
Ἀπωλόμην τάλας.

ALCESTE. C'est assez de nous qui mourons pour toi.
ADMÈTE. O Destin, quelle épouse tu m'enlèves !
ALCESTE. Mes yeux obscurcis s'appesantissent.
ADMÈTE. C'en est fait de moi, ô femme, si tu me quittes!
ALCESTE. Tu peux dire que je ne suis plus rien.
ADMÈTE. Lève ton visage, n'abandonne pas tes enfants.
ALCESTE. Ce n'est pas volontairement, que je vous quitte ; mais, adieu, ô enfants !
ADMÈTE. Tourne, tourne tes regards vers eux.
ALCESTE. Je ne suis plus.
ADMÈTE. Que fais-tu ? tu m'abandonnes?
ALCESTE. Adieu.
ADMÈTE. C'en est fait de moi, infortuné!

ΑΛΚΗΣΤΙΣ.	ALCESTE.
Ἡμεῖς ἀρκοῦμεν	Nous suffisons
οἱ προθνήσκοντες	*nous* les mourant-pour
σέθεν.	toi.
ΑΔΜΗΤΟΣ.	ADMÈTE.
Ὦ δαῖμον,	O destin,
οἵας συζύγου	de quelle épouse
ἀποστερεῖς με.	tu prives moi !
ΑΛΚΗΣΤΙΣ.	ALCESTE.
Καὶ μὴν	Et certes
ὄμμα μου σκοτεινὸν	l'œil de moi obscurci
βαρύνεται.	s'appesantit.
ΑΔΜΗΤΟΣ.	ADMÈTE.
Ἀπωλόμην ἄρα,	Je suis mort certes,
εἰ λείψεις δή με,	si tu laisses donc moi,
γύναι.	ô femme.
ΑΛΚΗΣΤΙΣ.	ALCESTE.
Λέγοις ἂν ἐμὲ	Tu pourrais dire moi
ὡς οὐκέτι οὖσαν οὐδέν.	comme n'étant plus rien.
ΑΔΜΗΤΟΣ.	ADMÈTE.
Ὄρθου πρόσωπον,	Lève *ton* visage,
μὴ λίπῃς	ne quitte pas
παῖδας σέθεν.	les enfants de toi.
ΑΛΚΗΣΤΙΣ.	ALCESTE.
Οὐ δῆτα	Non certes
ἑκοῦσά γε·	volontairement du moins;
ἀλλὰ χαίρετε,	mais soyez heureux (adieu),
ὦ τέκνα.	ô enfants.
ΑΔΜΗΤΟΣ.	ADMÈTE.
Βλέψον	Regarde
πρὸς αὐτοὺς,	vers eux,
βλέψον.	regarde.
ΑΛΚΗΣΤΙΣ.	ALCESTE.
Εἰμὶ οὐδὲν ἔτι.	Je ne suis plus rien.
ΑΔΜΗΤΟΣ.	ADMÈTE.
Τί δρᾷς;	Que fais-tu?
προλείπεις;	tu nous quittes?
ΑΛΚΗΣΤΙΣ.	ALCESTE.
Χαῖρε,	Adieu.
ΑΔΜΗΤΟΣ.	ADMÈTE.
Ἀπωλόμην	Je suis mort
τάλας.	*moi* malheureux.

ΧΟΡΟΣ.

Βέβηκεν, οὐκέτ' ἔστιν Ἀδμήτου γυνή.

ΕΥΜΗΛΟΣ.

Ἰώ μοι τύχας. Μαῖα δὴ κάτω [Strophe.]
βέβακεν, οὐκέτ' ἔστιν, ὦ
πάτερ, ὑφ' ἁλίῳ·
προλιποῦσα δ' ἁμὸν βίον
ὠρφάνισεν τλάμων.
Ἴδε γὰρ ἴδε βλέφαρον
καὶ παρατόνους χέρας.
Ὑπάκουσον, ἄκουσον, ὦ μᾶτερ, ἀντιάζω σ'·
ἐγώ σ', ἐγώ, μᾶτερ,
. . καλοῦμαι ὁ
σὸς ποτὶ σοῖσι πίτνων στόμασιν νεοσσός.

ΑΔΜΗΤΟΣ.

Τὴν οὐ κλύουσαν οὐδ' ὁρῶσαν· ὥστ' ἐγὼ
καὶ σφὼ βαρείᾳ συμφορᾷ πεπλήγμεθα.

ΕΥΜΗΛΟΣ.

Νέος ἐγὼ, πάτερ, λείπομαι φίλας [Antistrophe.]
μονόστολός τε ματρός· ὦ
σχέτλια δὴ παθὼν
ἐγὼ ἔργα . . σύ τε,
σύγκασί μοι κούρα,
. . . . . συνέτλας·

LE CHŒUR. Elle a quitté la vie ; Admète n'a plus de femme.

EUMÈLE. Hélas! ma mère est descendue aux enfers; le soleil ne l'éclairera plus, ô mon père. L'infortunée m'abandonne, me laisse orphelin. Car vois, vois sa paupière fermée, ses mains étendues. Ecoute, écoute, ô ma mère, je t'en conjure; c'est moi, ma mere, qui t'appelle, moi, ton petit enfant incliné près de ta bouche.

ADMÈTE. Celle que tu appelles n'entend ni ne voit; nous sommes, vous deux et moi, frappés d'un malheur accablant.

EUMÈLE. Ma mère chérie me laisse jeune et seul, ô mon père. Hélas! je souffre des maux cruels! . . . Et toi, jeune fille, ma sœur... tu souffres ainsi que moi. . . .

ΧΟΡΟΣ.
Γυνὴ 'Αδμήτου
βέβηκεν,
οὐκέτι ἔστιν.
ΕΥΜΗΛΟΣ.
'Ιώ μοι
τύχας.
Μαῖα δὴ βέβακε κάτω,
οὐκέτι ἔστιν
ὑπὸ ἁλίῳ,
ὦ πάτερ·
προλιποῦσα δὲ ἀμὸν βίον
τλάμων ὠρφάνισεν.
Ἴδε γὰρ
ἴδε βλέφαρον
καὶ χέρας παρατόνους.
Ὑπάκουσον, ἄκουσον,
ὦ μᾶτερ.
ἀντιάζω σε,
ἐγώ σε καλοῦμαι,
μᾶτερ,
ὁ σὸς νεοσσὸς
πίτνων
ποτὶ σοῖσι στόμασιν.
ΑΔΜΗΤΟΣ. Τὴν
οὐ κλύουσαν
οὐδὲ ὁρῶσαν·
ὥστε ἐγὼ καὶ σφὼ
πεπλήγμεθα
βαρείᾳ συμφορᾷ.
ΕΥΜΗΛΟΣ.
'Εγὼ λείπομαι.
νέος μονόστολός τε,
ὦ πάτερ,
ματρὸς φίλας·
ὦ ἐγὼ παθὼν δὴ
ἔργα σχέτλια.....
σύ τε κούρα σύγκασί μοι
συνέτλας.

LE CHŒUR.
La femme d'Admète
s'en est allée,
elle n'est plus.
EUMÈLE.
Hélas pour moi
à cause de *ce* malheur!
Ma mère donc est allée en-bas,
elle n'est plus
sous le soleil,
ô *mon* père;
mais abandonnant ma vie
l'infortunée *m*'a rendu-orphelin.
Vois, en effet,
vois *sa* paupière
et ses mains étendues.
Écoute, écoute,
ô mère,
je conjure toi,
moi je t'appelle-vers-moi,
mère,
moi ton poussin
tombant
près de ta bouche.
ADMÈTE. *Tu appelles* celle
qui n'entend
ni ne voit;
de sorte que moi et vous-deux
nous sommes frappés
d'un lourd malheur.
EUMÈLE.
Moi je suis laissé
jeune et privé,
ô *mon* père,
d'une mère chérie;
ô moi souffrant certes
des événements malheureux..
et toi jeune-fille sœur à moi,
tu *les* as supportés-avec *moi*.

. . . . ὦ πάτερ,
ἀνόνατ' ἀνόνατ' ἐνύμφευσας, οὐδὲ γήρως
ἔβας τέλος σὺν τᾷδ'·
ἔφθιτο γὰρ πάρος,
οἰχομένας δὲ σοῦ, μᾶτερ, ὄλωλεν οἶκος.

ΧΟΡΟΣ.

Ἄδμητ', ἀνάγκη τάσδε συμφορὰς φέρειν·
οὐ γάρ τι πρῶτος οὐδὲ λοίσθιος βροτῶν
γυναικὸς ἐσθλῆς ἤμπλακες· γίγνωσκε δὲ
ὡς πᾶσιν ἡμῖν κατθανεῖν ὀφείλεται.

ΑΔΜΗΤΟΣ.

Ἐπίσταμαί γε, κοὐκ ἄφνω κακὸν τόδε
προσέπτατ'· εἰδὼς δ' αὔτ' ἐτειρόμην πάλαι.
Ἀλλ' ἐκφορὰν γὰρ τοῦδε θήσομαι νεκροῦ,
πάρεστε καὶ μένοντες ἀντηχήσατε
παιᾶνα [1] τῷ κάτωθεν ἀσπόνδῳ θεῷ.
Πᾶσιν δὲ Θεσσαλοῖσιν ὧν ἐγὼ κρατῶ
πένθους γυναικὸς τῆσδε κοινοῦσθαι λέγω
κουρᾷ ξυρήκει καὶ μελαμπέπλῳ στολῇ·

O mon père, c'est en vain, en vain que tu as pris une épouse; tu n'arriveras pas avec elle au terme de la vieillesse; car elle est morte auparavant, et ta mort, ô ma mère, a perdu ta maison.

LE CHŒUR. Admète, il faut que tu supportes ce malheur ; car tu n'es ni le premier ni le dernier mortel qui ait regretté ou qui doive regretter une épouse vertueuse; mais reconnais que tous nous devons mourir.

ADMÈTE. Je le sais bien, et ce n'est pas à l'improviste que ce malheur a fondu sur moi; au contraire, je l'attendais et j'étais tourmenté depuis longtemps. Mais je vais rendre les derniers devoirs à ce corps; assistez-moi et, restant ici, chantez en alternant un hymne en l'honneur du dieu impitoyable des enfers. J'ordonne à tous les Thessaliens sur lesquels je règne de prendre avec moi le deuil de celle-ci, en faisant tomber leurs cheveux sous le rasoir, en revêtant de noirs péplums;

ὦ πάτερ, ἐνύμφευσας	ô *mon* père, tu t'es marié
ἀνόνατα ἀνόνατα,	inutilement, inutilement,
οὐδὲ ἔβας σὺν τᾷδε	et tu n'es pas arrivé avec celle-ci
τέλος γήρως·	au terme de la vieillesse;
ἔφθιτο γὰρ πάρος,	car elle a péri auparavant,
σοῦ δὲ οἰχομένας,	et toi étant partie,
μᾶτερ,	ô mère,
οἶκος ὄλωλεν.	*notre* maison a péri.
ΧΟΡΟΣ. Ἄδμητε,	LE CHŒUR. Admète,
ἀνάγκη	nécessité *est*
φέρειν τάσδε συμφοράς·	de supporter ces malheurs;
οὐ γάρ τι	car non en quelque chose
πρῶτος οὐδὲ λοίσθιος	le premier ni non-plus le dernier
βροτῶν	des mortels
ἤμπλακες	tu *n*'as été privé
ἐσθλῆς γυναικός·	d'une bonne femme;
γίγνωσκε δὲ	mais reconnais
ὡς ὀφείλεται ἡμῖν πᾶσιν	qu'il est dû par nous tous
κατθανεῖν.	de mourir.
ΑΔΜΗΤΟΣ. Ἐπίσταμαί γε,	ADMÈTE. Je *le* sais certes,
καὶ τόδε κακὸν	et ce mal-ci
οὐ προσέπτατο	n'a pas volé-vers *moi*
ἄφνω.	à-l'improviste;
εἰδὼς δὲ αὔτε	mais au contraire *le* sachant
ἐτειρόμην	j'étais tourmenté
πάλαι.	depuis-longtemps.
Ἀλλὰ, θήσομαι γὰρ ἐκφορὰν	Mais, car je ferai les obsèques
τοῦδε νεκροῦ,	de ce mort
πάρεστε καὶ μένοντες	assistez-*moi* et restant
ἀντηχήσατε παιᾶνα	chantez-tour-à-tour un hymne
τῷ θεῷ κάτωθεν	pour ce dieu d'-en-bas
ἀσπόνδῳ.	inexorable.
Λέγω δὲ	D'autre part je dis
πᾶσιν Θεσσαλοῖσιν	à tous les Thessaliens
ὧν ἐγὼ κρατῶ	auxquels moi je commande
κοινοῦσθαι πένθους	de partager le deuil
τῆσδε γυναικὸς	de cette femme-ci
κουρᾷ ξυρήκει	par une tonsure faite-au-rasoir
καὶ μελαμπέπλῳ στολῇ·	et par un noir vêtement;

τέθριππά θ' οἳ ζεύγνυσθε καὶ μονάμπυκας
πώλους, σιδήρῳ τέμνετ' αὐχένων φόβην.
Αὐλῶν δὲ μὴ κατ' ἄστυ, μὴ λύρας κτύπος
ἔστω σελήνας δώδεκ' ἐκπληρουμένας·
οὐ γάρ τιν' ἄλλον φίλτερον θάψω νεκρὸν
τοῦδ', οὐδ' ἀμείνον' εἰς ἔμ'· ἀξία δέ μοι
τιμᾶν, ἐπεὶ τέθνηκεν ἀντ' ἐμοῦ μόνη. —

ΧΟΡΟΣ.

Ὦ Πελίου θύγατερ, [Strophe 1.]
χαίρουσά μοι[1] εἰν Ἀΐδα δόμοισιν
τὸν ἀνάλιον οἶκον οἰκετεύοις.
Ἴστω δ' Ἀΐδας ὁ μελαγχαίτας θεὸς, ὅς τ' ἐπὶ κώπᾳ
πηδαλίῳ τε γέρων
νεκροπομπὸς ἵζει,
πολὺ δὴ, πολὺ δὴ γυναῖκ' ἀρίσταν
λίμναν Ἀχεροντίαν πορεύσας ἐλάτᾳ δικώπῳ.

Πολλά σε μουσοπόλοι [Antistrophe 1.]
μέλψουσι καθ' ἑπτάτονόν τ' ὀρείαν
χέλυν[2] ἔν τ' ἀλύροις κλέοντες ὕμνοις,
Σπάρτᾳ κύκλος ἁνίκα Καρνείου περινίσσεται ὥρας

Et vous qui attelez aux chars quatre chevaux ou qui dirigez des coursiers seuls, coupez leur crinière avec le fer. Que ni le bruit des flûtes ni celui de la lyre ne se fasse entendre dans la ville pendant douze lunes entières ; car je n'ensevelirai jamais de mort qui me soit plus cher ni qui ait été meilleur pour moi ; elle mérite bien que je l'honore, puisque, seule, elle est morte à ma place.

LE CHŒUR. O fille de Pélias, puisses-tu être heureuse au séjour de Pluton, dans la demeure que n'éclaire pas le soleil. Qu'ils sachent, et Pluton, le dieu à la noire chevelure, et le vieillard conducteur des morts, qui manie l'aviron et le gouvernail, que c'est de beaucoup la meilleure de toutes les femmes qui a passé dans la barque à deux rames.

Les disciples des muses te chanteront souvent, soit sur la lyre à sept cordes, faite de la carapace d'une tortue de montagne, soit dans des hymnes, que n'accompagnera pas la lyre, à Sparte, lorsque le retour des saisons ramène le mois carnéen,

οἵ τε ζεύγνυσθε τέθριππα
καὶ πώλους μονάμπυκας,
τέμνετε σιδήρῳ
φόβην αὐχένων.
Μὴ δὲ κτύπος
αὐλῶν
μὴ λύρας
ἔστω κατὰ ἄστυ
δώδεκα σελήνας
ἐκπληρουμένας·
οὐ γὰρ θάψω
τινὰ ἄλλον νεκρὸν
φίλτερον τοῦδε,
οὐδὲ ἀμείνονα εἰς ἐμέ·
ἀξία δέ μοι
τιμᾶν,
ἐπεὶ μόνη τέθνηκεν
ἀντὶ ἐμοῦ.
ΧΟΡΟΣ. Ὦ θύγατερ Πελίου,
οἰκετεύοις
χαίρουσά μοι
τὸν οἶκον ἀνάλιον
εἰν δόμοισιν Ἀΐδα.
Ἴστω δὲ Ἀΐδας
ὁ θεὸς μελαγχαίτας
γέρων τε
νεκροπομπὸς,
ὃς ἵζει ἐπὶ κώπᾳ
πηδαλίῳ τε
πορεύσας
λίμναν Ἀχεροντίαν
ἐλάτᾳ δικώπῳ
γυναῖκα πολὺ δὴ,
πολὺ δὴ ἀρίσταν.
Μουσοπόλοι
μέλψουσί σε πολλὰ
κλέοντες
κατά τε χέλυν ἑπτάτονον
ὀρείαν,
ἔν τε ὕμνοις ἀλύροις,
ἀνίκα Σπάρτᾳ,
κύκλος ὥρας
μηνὸς Καρνείου
περινίσσεται

et *vous* qui attelez des quadriges
et des chevaux isolés,
coupez avec le fer
la crinière de *leurs* cous.
D'autre part que ni le bruit
des flûtes
ni de la lyre
ne soit dans la ville
pendant douze lunes
s'accomplissant;
car je n'ensevelirai pas
quelque autre mort
plus cher que celui-là,
ni meilleur pour moi; [moi
d'autre part elle est digne pour
que je *l*'honore,
puisque seule elle est morte
pour moi.
LE CHŒUR. O fille de Pélias,
puisses-tu habiter
te réjouissant pour moi
la demeure sans-soleil
dans la maison de Pluton.
Or qu'il sache Pluton
le dieu à-la-noire-chevelure
et le vieillard
conducteur-des-morts,
qui est assis auprès de la rame
et du gouvernail,
ayant fait (qu'il a fait)-passer
le marais de-l'-Achéron
dans la barque à-deux-rames
à une femme de beaucoup certes,
de beaucoup certes la meilleure,
Les disciples-des-muses
chanteront toi beaucoup
te célébrant [cordes
et sur l'écaille-de-tortue à-sept-
montagnarde,
et dans des chants sans-lyre,
lorsqu'à Sparte
le cercle du temps
du mois carnéen
fait-le-tour

μηνὸς[1] ἀειρομένας
παννύχου σελάνας,
λιπαραῖσί τ' ἐν ὀλβίαις Ἀθάναις.
Τοίαν ἔλιπες θανοῦσα μολπὰν μελέων ἀοιδοῖς.

Εἴθ' ἐπ' ἐμοὶ μὲν εἴη, [Strophe 2.]
δυναίμαν δέ σε πέμψαι
φάος ἐξ Ἀίδα τεράμνων
[Κωκυτοῦ τε ῥεέθρων]
ποταμίᾳ νερτέρᾳ τε κώπᾳ.
Σὺ γάρ, ὦ μόνα, ὦ φίλα γυναικῶν,
σὺ τὸν αὑτᾶς
ἔτλας πόσιν ἀντὶ σᾶς ἀμεῖψαι
ψυχᾶς ἐξ Ἅιδα. Κοῦφα σοι
χθὼν ἐπάνωθε πέσοι, γύναι. Εἰ δέ τι
καινὸν ἕλοιτο πόσις λέχος, ἦ μάλ' ἂν
ἔμοιγ' ἂν εἴη στυγηθεὶς τέκνοις τε τοῖς σοῖς.

Ματέρος οὐ θελούσας [Antistrophe 2.]
πρὸ παιδὸς χθονὶ κρύψαι
δέμας, οὐδὲ πατρὸς γεραιοῦ —
ὃν ἔτεκον δ', οὐκ ἔτλαν ῥύεσθαι,
σχετλίω, πολιὰν ἔχοντε χαίταν —
σὺ δ' ἐν ἥβᾳ

et les nuits où la lune ne se couche point, et dans l'heureuse et opulente Athènes. Si riche est le sujet de chants que ta mort a laissé aux poetes!

Oh! que ne dépend-il de moi, que n'ai-je le pouvoir de te ramener à la lumière des demeures de Pluton et des bords du Cocyte, en te faisant passer le fleuve sur la barque infernale! Car toi seule, ô chère femme, tu as eu le courage de sacrifier ta vie pour arracher ton époux au séjour de Pluton. Que la terre te soit légère! Si ton mari prenait une nouvelle épouse, certes il deviendrait bien odieux à moi-même et à tes enfants.

La mère ne voulait pas descendre au tombeau pour son fils, non plus que son vieux père.... Ils n'avaient pas le courage de sauver celui auquel ils avaient donné le jour, les misérables! cependant les années avaient blanchi leur chevelure. Et toi, dans la fleur de l'âge,

σελάνας ἀειρομένας	la lune étant levée
παννύχου,	durant-toute-la-nuit,
ἔν τε λιπαραῖσι ὀλβίαις	et dans la grasse *et* heureuse
Ἀθάναις.	Athènes.
Τοίαν μολπὰν	Un tel chant (sujet de chants)
ἔλιπες θανοῦσα	tu as laissé en mourant
ἀοιδοῖς μελέων.	aux chantres des mélodies !
Εἴθε εἴη ·	Plût-aux-dieux-qu'il fût
ἐπὶ ἐμοὶ μὲν,	d'une part en moi,
δυναίμαν δὲ	que je pusse d'autre part
πέμψαι σε φάος	envoyer toi à la lumière
ἐκ τεράμνων Ἀΐδα	hors des demeures de Pluton
ῥεέθρων τε Κωκυτοῦ	et des eaux-courantes du Cocyte
κώπᾳ ποταμίᾳ	par la rame fluviale
νερτέρᾳ τε.	et infernale.
Σὺ γὰρ, ὦ μόνα,	Car toi, ô seule,
ὦ φίλα γυναικῶν,	ô chère entre les femmes,
ἔτλας	tu as-eu-le-courage
ἀμεῖψαι τὸν πόσιν αὑτᾶς	d'échanger l'époux de toi-même
ἐξ Ἀΐδα	*tiré* des enfers
ἀντὶ σᾶς ψυχᾶς.	contre ta vie.
Χθὼν, γύναι,	Que la terre, ô femme,
πέσοι ἐπάνωθε κούφα σοι.	tombe par-dessus légère pour toi !
Εἰ δὲ πόσις ἕλοιτό	Mais si *ton* époux choisissait
τι καινὸν λέχος,	quelque nouveau lit (hymen),
ἦ εἴη ἂν μάλα στυγηθεὶς	certes il serait tout à fait haï
ἔμοιγε	à moi-du-moins
τοῖς τε σοῖς τέκνοις.	et à tes enfants.
Ματέρος οὐ θελούσας	La mère ne voulant pas
κρύψαι δέμας χθονὶ	ensevelir *son* corps sous terre
πρὸ παιδὸς,	pour *son* enfant,
οὐδὲ γεραιοῦ πατρός—	non-plus-que *son* vieux père—
οὐ δὲ ἔτλαν	et ils n'eurent-pas-le-courage
ῥύεσθαι	de sauver,
ὃν ἔτεκον,	*celui* qu'ils avaient procréé,
σχετλίω,	méchants-tous-deux
ἔχοντε	ayant-tous-deux
χαίταν πολιάν·	une chevelure blanche;
σὺ δὲ ἐν ἥβᾳ νέᾳ	mais toi dans la jeunesse nouvelle

νέα προθανοῦσα φωτὸς οἴχει.
Τοιαύτας εἴη μοι κῦρσαι
συνδυάδος[1] φιλίας ἀλόχου· τὸ γὰρ
ἐν βιότῳ σπάνιον μέρος· ἦ γὰρ ἂν
ἔμοιγ' ἄλυπος δι' αἰῶνος ἂν ξυνείη.

ΗΡΑΚΛΗΣ.

Ξένοι, Φεραίας τῆσδε κωμῆται χθονὸς,
Ἄδμητον ἐν δόμοισιν ἆρα κιγχάνω;

ΧΟΡΟΣ.

Ἔστ' ἐν δόμοισι παῖς Φέρητος, Ἡράκλεις.
Ἀλλ' εἰπὲ, χρεία τίς σε Θεσσαλῶν χθόνα
πέμπει, Φεραῖον ἄστυ προσβῆναι τόδε;

ΗΡΑΚΛΗΣ.

Τιρυνθίῳ πράσσω τιν' Εὐρυσθεῖ πόνον.

ΧΟΡΟΣ.

Καὶ ποῖ πορεύει; τῷ συνέζευξαι πλάνῳ;

ΗΡΑΚΛΗΣ.

Θρῃκὸς τέτρωρον ἅρμα Διομήδους μέτα.

ΧΟΡΟΣ.

Πῶς οὖν δυνήσει; μῶν ἄπειρος εἶ ξένου;

ΗΡΑΚΛΗΣ.

Ἄπειρος· οὔπω Βιστόνων[2] ἦλθον χθόνα.

tu meurs pour lui, tu quittes la lumière. Puissé-je trouver une pareille épouse, compagne chérie! car c'est là un rare bonheur ici-bas. Certes elle passerait avec moi tous ses jours, exempte de chagrin.

HERCULE. Étrangers, habitants de cette terre de Phères, trouverai-je Admète dans sa demeure?

LE CHŒUR. Le fils de Phérès est dans sa demeure, ô Hercule; mais dis-moi quelle nécessité t'amène dans la terre de Thessalie, vers cette ville de Phères?

HERCULE. J'accomplis un travail pour le Tirynthien Eurysthée.

LE CHŒUR. Et où vas-tu? quelle course t'est imposée?

HERCULE. Je vais chercher les chevaux que le Thrace Diomède attelle à un quadrige.

LE CHŒUR. Comment le pourras-tu? tu ne connais donc pas l'hôte chez qui tu vas?

HERCULE. Non; car je ne suis pas encore venu dans la terre des Bistoniens.

προθανοῦσα
οἴχει φωτός.
Εἴη μοι κῦρσαι
τοιαύτας συνδυάδος
φιλίας ἀλόχου·
τὸ γὰρ μέρος
σπάνιον ἐν βιότῳ·
ἦ γὰρ ξυνείη ἂν
εμοιγε
ἄλυπος
διὰ αἰῶνος.
ΗΡΑΚΛΗΣ. Ξένοι,
κωμῆται τῆσδε χθονὸς
Φεραίας,
ἆρα κιγχάνω Ἄδμητον
ἐν δόμοισιν;
ΧΟΡΟΣ. Παῖς Φέρητος
ἐστὶν ἐν δόμοισιν, Ἡρακλεῖς.
Ἀλλὰ εἰπὲ, τίς χρεία
πέμπει σε
χθόνα Θεσσαλῶν
προσβῆναι
τόδε ἄστυ Φεραῖον;
ΗΡΑΚΛΗΣ. Πράσσω
τινὰ πόνον
Τιρυνθίῳ Εὐρυσθεῖ.
ΧΟΡΟΣ. Καὶ ποῖ πορεύει;
τῷ πλάνῳ
συνέζευξαι;
ΗΡΑΚΛΗΣ. Μετὰ ἅρμα
τέτρωρον
Θρῃκὸς Διομήδους.
ΧΟΡΟΣ. Πῶς οὖν
δυνήσει;
μῶν εἶ ἄπειρος
ξένου;
ΗΡΑΚΛΗΣ. Ἄπειρος·
οὔπω ἦλθον
χθόνα Βιστόνων.

mourant-pour *lui*
tu t'en vas de la lumière.
Qu'il soit *donné* à moi de trouver
une telle épouse
chère compagne-de-lit!
car ce lot
est rare dans la vie;
car certes elle vivrait-avec
moi du-moins
exempte-de-chagrin
durant *tout* le temps.
HERCULE. Étrangers
habitants de cette terre
de-Phères,
est-ce-que je trouve Admète
dans la maison?
LE CHŒUR. Le fils de Phérès
est dans la maison, Hercule.
Mais dis quel besoin
conduit toi
vers la terre des Thessaliens,
de manière que tu t'avances-vers
cette ville de-Phères?
HERCULE. J'accomplis
un travail
pour le Tirynthien Eurysthée.
LE CHŒUR. Et où vas-tu?
à quelle course-errante
es-tu lié?
HERCULE. Vers le char
attelé-à-quatre-chevaux
du Thrace Diomède.
LE CHŒUR. Comment donc
pourras-tu?
est-ce-que tu es ignorant
de *cet* étranger?
HERCULE. Ignorant:
je ne suis pas-encore venu
dans la terre des Bistoniens.

ΧΟΡΟΣ.
Οὐκ ἔστιν ἵππων δεσπόσαι σ' ἄνευ μάχης.
ΗΡΑΚΛΗΣ.
Ἀλλ' οὐδ' ἀπειπεῖν τοὺς πόνους οἷόν τ' ἐμοί.
ΧΟΡΟΣ.
Κτανὼν ἄρ' ἥξεις, ἢ θανὼν αὐτοῦ μενεῖς.
ΗΡΑΚΛΗΣ.
Οὐ τόνδ' ἀγῶνα πρῶτον ἂν δράμοιμ'[1] ἐγώ.
ΧΟΡΟΣ.
Τί δ' ἂν κρατήσας δεσπότην πλέον λάβοις;
ΗΡΑΚΛΗΣ.
Πώλους ἀπάξω κοιράνῳ Τιρυνθίῳ.
ΧΟΡΟΣ.
Οὐκ εὐμαρὲς χαλινὸν ἐμβαλεῖν γνάθοις.
ΗΡΑΚΛΗΣ.
Εἰ μή γε πῦρ πνέουσι μυκτήρων ἄπο.
ΧΟΡΟΣ.
Ἀλλ' ἄνδρας ἀρταμοῦσι λαιψηραῖς γνάθοις.
ΗΡΑΚΛΗΣ.
Θηρῶν ὀρείων χόρτον, οὐχ ἵππων λέγεις.
ΧΟΡΟΣ.
Φάτνας ἴδοις ἂν αἵμασιν πεφυρμένας.

LE CHŒUR. Tu ne peux devenir maître de ces chevaux sans combattre.

HERCULE. Mais je ne peux pas non plus refuser d'accomplir ce travail.

LE CHŒUR. Il faut que tu tues pour revenir ; ou, mort, tu resteras là-bas.

HERCULE. Ce ne sera pas la première fois que je courrai ce danger.

LE CHŒUR. Et si tu vaincs le maître de ces coursiers, à quoi cela te servira-t-il?

HERCULE. Je les amènerai au souverain de Tirynthe.

LE CHŒUR. Il n'est pas facile de leur mettre un frein.

HERCULE. Pourquoi? à moins qu'ils ne soufflent du feu de leurs naseaux.

LE CHŒUR. Ils déchirent les hommes à belles dents.

HERCULE. Nourriture bonne pour les bêtes féroces des montagnes, non pour les chevaux, que celle dont tu parles.

LE CHŒUR. Tu verras leurs crèches teintes de sang.

ΧΟΡΟΣ. Οὐκ ἔστι
σε δεσπόσαι
ἵππων
ἄνευ μάχης.
ΗΡΑΚΛΗΣ. Ἀλλὰ οὐδὲ
οἷόν τε ἐμοί
ἀπειπεῖν
τοὺς πόνους.
ΧΟΡΟΣ. Ἆρα
ἥξεις κτανὼν,
ἢ θανὼν
μενεῖς αὐτοῦ.
ΗΡΑΚΛΗΣ. Οὐ δράμοιμι ἂν
πρῶτον
τόνδε ἀγῶνα.
ΧΟΡΟΣ. Κρατήσας δὲ
δεσπότην
τί πλέον λάβοις ἄν;
ΗΡΑΚΛΗΣ. Ἀπάξω
πώλους
κοιράνῳ Τιρυνθίῳ.
ΧΟΡΟΣ. Οὐκ εὐμαρὲς
ἐμβαλεῖν χαλινὸν
γνάθοις.
ΗΡΑΚΛΗΣ. Εἰ μή γε
πνέουσι πῦρ
ἀπὸ μυκτήρων.
ΧΟΡΟΣ. Ἀλλὰ
ἀρταμοῦσιν
ἄνδρας
γνάθοις λαιψηραῖς.
ΗΡΑΚΛΗΣ. Λέγεις
χόρτον
θηρῶν ὀρείων,
οὐχ ἵππων.
ΧΟΡΟΣ. Ἴδοις ἂν
φάτνας
πεφυρμένας
αἵμασιν.

LE CHŒUR. Il n'est-pas-possible
toi être-maître
des chevaux
sans combat.
HERCULE. Mais non-plus
il n'*est* possible à moi
de refuser
ces travaux·
LE CHŒUR. Donc
tu reviendras ayant tué,
ou étant mort
tu resteras là-même.
HERCULE. Je ne courrais pas
pour-la-première-fois
ce combat.
LE CHŒUR. Et ayant vaincu
le maître *des chevaux*
quoi de plus
prendrais-tu?
HERCULE. J'emmènerai
les chevaux
pour le souverain tirynthien.
LE CHŒUR. *Il* n'*est* pas facile
de mettre un frein
à *leurs* mâchoires.
HERCULE. A moins que
ils ne soufflent du feu
de *leurs* naseaux.
LE CHŒUR.
Mais ils déchirent les hommes
de *leurs* mâchoires rapides.
HERCULE. Tu parles
d'une nourriture
de-bêtes-féroces de-montagne,
non de chevaux.
LE CHŒUR. Tu verrais
leurs crèches
barbouillées
de sang.

ΗΡΑΚΛΗΣ.

Τίνος δ' ὁ θρέψας παῖς πατρὸς κομπάζεται;

ΧΟΡΟΣ.

Ἄρεος, ζαχρύσου Θρῃκίας πέλτης[1] ἄναξ.

ΗΡΑΚΛΗΣ.

Καὶ τόνδε τοὐμοῦ δαίμονος πόνον λέγεις·
σκληρὸς γὰρ αἰεὶ καὶ πρὸς αἶπος ἔρχεται·
εἰ χρή με παισὶν οὓς Ἄρης ἐγείνατο
μάχην συνάψαι, πρῶτα μὲν Λυκάονι[2],
αὖθις δὲ Κύκνῳ[3], τόνδε δ' ἔρχομαι τρίτον
ἀγῶνα πώλοις δεσπότῃ τε συμβαλῶν.
Ἀλλ' οὔτις ἔστιν ὃς τὸν Ἀλκμήνης γόνον
τρέσαντα χεῖρα πολεμίαν ποτ' ὄψεται.

ΧΟΡΟΣ.

Καὶ μὴν ὅδ' αὐτὸς τῆσδε κοίρανος χθονὸς
Ἄδμητος ἔξω δωμάτων πορεύεται.

ΑΔΜΗΤΟΣ.

Χαῖρ', ὦ Διὸς παῖ Περσέως τ' ἀφ' αἵματος.

ΗΡΑΚΛΗΣ.

Ἄδμητε, καὶ σὺ χαῖρε, Θεσσαλῶν ἄναξ.

ΑΔΜΗΤΟΣ.

Θέλοιμ' ἄν· εὔνουν δ' ὄντα σ' ἐξεπίσταμαι.

HERCULE. Et de quel père leur maître se prétend-il le fils?

LE CHŒUR. De Mars; il règne sur les Thraces aux boucliers enrichis d'or.

HERCULE. Tu parles là d'un travail digne de ma destinée, toujours laborieuse, marchant de difficultés en difficultés, puisqu'il me faut combattre les fils de Mars; j'ai d'abord eu affaire à Lycaon, puis à Cycnus, et je vais engager ce troisième combat avec le maître de ces chevaux. Mais on ne verra jamais le fils d'Alcmène trembler devant le bras d'un ennemi.

LE CHŒUR. Voici le souverain de cette contrée, Admète, qui sort de son palais.

ADMÈTE. Salut à toi, fils de Jupiter et descendant de Persée.

HERCULE. Salut à toi aussi, Admète, roi des Thessaliens.

ADMÈTE. Je voudrais que ce souhait pût être exaucé; je te sais bienveillant pour moi.

ΗΡΑΚΛΗΣ. Ὁ δὲ θρέψας	HERCULE. Et celui qui *les* nourrit
τίνος πατρὸς	de quel père
κομπάζεται παῖς;	se vante-t-il d'*être* le fils?
ΧΟΡΟΣ. Ἄρεος,	LE CHŒUR. De Mars,
ἄναξ πέλτης Θρῃκίας	*lui* prince du bouclier thrace
ζαχρύσου.	abondant-en-or.
ΗΡΑΚΛΗΣ. Καὶ λέγεις	HERCULE. Et tu parles
τόνδε πόνον	de ce travail
τοῦ ἐμοῦ δαίμονος·	de (conforme à) ma destinée;
αἰεὶ γὰρ σκληρὸς	car *elle est* toujours dure
καὶ ἔρχεται πρὸς αἶπος·	et tend vers la difficulté;
εἰ χρή	puisqu'il faut
με συνάψαι μάχην	moi engager le combat
παισὶν οὓς Ἄρης	avec les enfants que Mars
ἐγείνατο,	a procréés,
πρῶτα μὲν Λυκάονι,	d'abord d'une part avec Lycaon,
αὖθις δὲ Κύκνῳ,	puis d'autre part avec Cycnus,
ἔρχομαι δὲ	*et que* d'autre part je viens
συμβαλῶν	devant engager
τόνδε τρίτον ἀγῶνα	ce troisième combat
πώλοις δεσπότῃ τε.	contre des chevaux et *leur* maître.
Ἀλλὰ ἔστιν οὔτις	Mais il n'est personne
ὃς ὄψεταί ποτε	qui verra jamais
τὸν γόνον Ἀλκμήνης	le fils d'Alcmène
τρέσαντα χεῖρα	ayant tremblé *devant* une main
πολεμίαν.	ennemie.
ΧΟΡΟΣ. Καὶ μὴν	LE CHŒUR. Et certes
ὅδε αὐτὸς κοίρανος	celui-ci même le souverain
τῆσδε χθονὸς	de cette contrée
Ἄδμητος πορεύεται	Admète s'avance
ἔξω δωμάτων.	hors de la maison.
ΑΔΜΗΤΟΣ. Χαῖρε,	ADMÈTE. Réjouis-toi,
ὦ παῖ Διὸς	ô fils de Jupiter
ἀπό τε αἵματος Περσέως.	et du sang de Persée.
ΗΡΑΚΛΗΣ. Ἄδμητε, καὶ σὺ	HERCULE. Admète, toi aussi
χαῖρε,	réjouis-toi
ἄναξ Θεσσαλῶν.	prince des Thessaliens.
ΑΔΜΗΤΟΣ. Θέλοιμι ἄν·	ADMÈTE. Je voudrais *me ré*-*jouir*;
ἐξεπίσταμαι δέ σε ὄντα εὔνουν.	et je sais toi étant bienveillant.

ΗΡΑΚΛΗΣ

Τί χρῆμα κουρᾷ τῇδε πενθίμῳ πρέπεις;

ΑΔΜΗΤΟΣ.

Θάπτειν τιν' ἐν τῇδ' ἡμέρᾳ μέλλω νεκρόν.

ΗΡΑΚΛΗΣ.

'Απ' οὖν τέκνων σῶν πημονὴν εἴργοι θεός.

ΑΔΜΗΤΟΣ.

Ζῶσιν κατ' οἴκους παῖδες οὓς ἔφυσ' ἐγώ.

ΗΡΑΚΛΗΣ.

Πατήρ γε μὴν ὡραῖος, εἴπερ οἴχεται.

ΑΔΜΗΤΟΣ.

Κἀκεῖνος ἔστι χἠ τεκοῦσά μ', Ἡράκλεις.

ΗΡΑΚΛΗΣ.

Οὐ μὲν γυνή γ' ὄλωλεν Ἄλκηστις σέθεν;

ΑΔΜΗΤΟΣ.

Διπλοῦς ἐπ' αὐτῇ μῦθος ἔστι μοι λέγειν.

ΗΡΑΚΛΗΣ.

Πότερα θανούσης εἶπας ἢ ζώσης πέρι;

ΑΔΜΗΤΟΣ.

Ἔστιν τε κοὐκέτ' ἔστιν, ἀλγύνει δέ με.

ΗΡΑΚΛΗΣ.

Οὐδέν τι μᾶλλον οἶδ'· ἄσημα γὰρ λέγεις.

HERCULE. Pourquoi ces cheveux rasés en signe de deuil qui attirent les regards?

ADMÈTE. Je dois ensevelir un mort en ce jour.

HERCULE. Que les dieux détournent le malheur de tes enfants!

ADMÈTE. Les enfants dont je suis le père sont vivants dans ma maison.

HERCULE. Ton père était en âge de mourir, si c'est lui qui est mort.

ADMÈTE. Il vit, Hercule, ainsi que ma mère.

HERCULE. Ce n'est pas ton épouse, Alceste, qui est morte?

ADMÈTE. Je puis faire sur elle une double réponse.

HERCULE. Dis-tu qu'elle est morte ou vivante?

ADMÈTE. Elle est et elle n'est plus; elle me cause une vive douleur.

HERCULE. Je n'en sais pas plus qu'auparavant; ton langage est énigmatique.

ΗΡΑΚΛΗΣ. Τί χρῆμα,	HERCULE. *Pour* quel objet
πρέπεις	te fais-tu-remarquer
τῇδε κουρᾷ πενθίμῳ;	par cette tonsure funèbre ?
ΑΔΜΗΤΟΣ. Μέλλω	ADMÈTE. Je dois
θάπτειν	ensevelir
τινὰ νεκρὸν	un mort
ἐν τῇδε ἡμέρᾳ.	en ce jour-ci.
ΗΡΑΚΛΗΣ. Θεὸς οὖν	HERCULE. Que la divinité donc
εἴργοι πημονὴν	écarte le malheur
ἀπὸ σῶν τέκνων.	de tes enfants !
ΑΔΜΗΤΟΣ. Παῖδες	ADMÈTE. Les enfants
οὓς ἐγὼ ἔφυσα	que moi j'ai procréés
ζῶσιν	vivent
κατὰ οἴκους.	à la maison.
ΗΡΑΚΛΗΣ. Πατήρ γε	HERCULE. *Ton* père du moins
μὴν ὡραῖος,	certes *était* mûr,
εἴπερ οἴχεται.	s'il est parti (mort).
ΑΔΜΗΤΟΣ. Καὶ ἐκεῖνος	ADMÈTE. Lui aussi
ἔστιν	existe
καὶ ἡ τεκοῦσά με,	et celle ayant enfanté moi,
Ἡράκλεις.	Hercule.
ΗΡΑΚΛΗΣ. Ἄλκηστις	HERCULE. Alceste,
γυνὴ σέθεν	la femme de toi
οὐ μὴν ὄλωλέ γε ;	n'est pas certes morte du moins?
ΑΔΜΗΤΟΣ. Διπλοῦς μῦθος	ADMÈTE. Un double discours
ἐπὶ αὐτῇ	sur elle
ἐστί μοι	est-possible à moi
λέγειν.	de dire
ΗΡΑΚΛΗΣ. Πότερα	HERCULE. Est-ce-que
εἶπας	tu parles
περὶ θανούσης	d'elle morte
ἢ ζώσης ;	ou vivante ?
ΑΔΜΗΤΟΣ. Ἔστιν ε	ADMÈTE. Et elle est
καὶ οὐκέτι ἔστιν,	et elle n'est plus,
ἀλγύνει δέ με.	mais elle m'afflige.
ΗΡΑΚΛΗΣ. Οἶδα	HERCULE. Je ne sais
οὐδέν τι μᾶλλον·	rien de plus ;
λέγεις γὰρ	car tu dis
ἄσημα.	des choses obscures.

ΑΔΜΗΤΟΣ.

Οὐκ οἶσθα μοίρας ἧς τυχεῖν αὐτὴν χρεών;

ΗΡΑΚΛΗΣ.

Οἶδ', ἀντὶ σοῦ γε κατθανεῖν ὑφειμένην.

ΑΔΜΗΤΟΣ.

Πῶς οὖν ἔτ' ἔστιν, εἴπερ ἤνεσεν τάδε;

ΗΡΑΚΛΗΣ.

Ἆ, μὴ πρόκλαι' ἄκοιτιν, ἐς τόδ' [1] ἀμβαλοῦ.

ΑΔΜΗΤΟΣ.

Τέθνηχ' ὁ μέλλων κοὐ θανὼν οὐκ ἔστ' ἔτι.

ΗΡΑΚΛΗΣ.

Χωρὶς τό τ' εἶναι καὶ τὸ μὴ νομίζεται.

ΑΔΜΗΤΟΣ.

Σὺ τῇδε κρίνεις, Ἡράκλεις, κείνῃ δ' ἐγώ.

ΗΡΑΚΛΗΣ.

Τί δῆτα κλαίεις; τίς φίλων ὁ κατθανών;

ΑΔΜΗΤΟΣ.

Γυνή· γυναικὸς ἀρτίως μεμνήμεθα [2].

ΗΡΑΚΛΗΣ.

Ὀθνεῖος ἢ σοὶ συγγενὴς γεγῶσά τις;

ΑΔΜΗΤΟΣ.

Ὀθνεῖος [3], ἄλλως δ' ἦν ἀναγκαία δόμοις.

ADMÈTE. Ne sais-tu pas quel sort la fatalité lui impose?

HERCULE. Je sais qu'elle a consenti à mourir pour toi.

ADMÈTE. Comment donc peut-on dire qu'elle existe, si elle s'est engagée à cela?

HERCULE. Ah! ne pleure pas d'avance ton épouse; attends jusqu'au moment fatal.

ADMÈTE. Celui qui doit mourir est mort, il n'est plus, même d'avant d'être mort.

HERCULE. Être et n'être pas ne sont point la même chose.

ADMÈTE. Tu juges d'une façon, Hercule, et moi d'une autre.

HERCULE. Pourquoi donc pleures-tu? Quel ami as-tu perdu?

ADMÈTE. Une femme: ne parlions-nous pas tout à l'heure d'une femme?

HERCULE. Étrangère, ou de ton sang?

ADMÈTE. Étrangère, mais d'ailleurs tenant à cette maison.

ΑΔΜΗΤΟΣ. Οὐκ οἶσθα	ADMÈTE. Ne sais-tu pas
ἧς μοίρας	quelle destinée
χρεὼν	*il est* fatal
αὐτὴν τυχεῖν;	elle obtenir?
ΗΡΑΚΛΗΣ. Οἶδα,	HERCULE. Je *le* sais,
ὑφειμένην	*je sais elle* ayant consenti
κατθανεῖν	à mourir
ἀντὶ σοῦ γε.	à-la-place de toi certes.
ΑΔΜΗΤΟΣ. Πῶς οὖν	ADMÈTE. Comment donc
ἔστιν ἔτι,	existe-t-elle encore
εἴπερ ᾔνεσεν τάδε;	puisqu'elle a promis cela?
ΗΡΑΚΛΗΣ. Ἆ,	HERCULE. Ah!
μὴ πρόκλαιε	ne pleure-pas-d'avance
ἄκοιτιν,	*ton* épouse,
ἀμβαλοῦ ἐς τόδε.	diffère jusqu'à ce *temps*.
ΑΔΜΗΤΟΣ. Ὁ μέλλων	ADMÈTE. Celui qui doit *mourir*
τέθνηκε,	est mort,
καὶ οὐ θανὼν	et n'étant pas mort
οὐκ ἔτι ἐστίν.	il n'est plus.
ΗΡΑΚΛΗΣ. Τό τε εἶναι	HERCULE. Et le être
καὶ τὸ μὴ	et le n'*être* pas
νομίζεται χωρίς.	sont estimés séparément.
ΑΔΜΗΤΟΣ. Σὺ κρίνεις	ADMÈTE. Toi tu juges
τῇδε,	de cette *façon*-ci,
Ἡράκλεις,	Hercule,
ἐγὼ δὲ κείνῃ.	et moi de celle-là.
ΗΡΑΚΛΗΣ. Τί δῆτα	HERCULE. Pourquoi donc
κλαίεις;	pleures-tu?
τίς φίλων	qui de *tes* amis
ὁ κατθανών;	*est* le mort?
ΑΔΜΗΤΟΣ. Γυνή·	ADMÈTE. Une femme:
μεμνήμεθα γὰρ	car nous avons parlé
ἀρτίως	récemment
γυναικός.	d'une femme. [gère,
ΗΡΑΚΛΗΣ. Τὶς ὀθνεῖος,	HERCULE. Une *femme* étran-
ἢ γεγῶσα συγγενής σοι;	ou étant parente à toi?
ΑΔΜΗΤΟΣ. Ὀθνεῖος,	ADMÈTE. Étrangère,
ἦν δὲ ἄλλως	mais elle était d'ailleurs
ἀναγκαία δόμοις.	unie à *ma* maison.

ΗΡΑΚΛΗΣ.

Πῶς οὖν ἐν οἴκοις σοῖσιν ὤλεσεν βίον;

ΑΔΜΗΤΟΣ.

Πατρὸς θανόντος ἐνθάδ' ὠρφανεύετο.

ΗΡΑΚΛΗΣ.

Φεῦ,
εἴθ' ηὕρομέν σ', Ἄδμητε, μὴ λυπούμενον.

ΑΔΜΗΤΟΣ.

Ὡς δὴ τί δράσων τόνδ' ὑπορράπτεις λόγον;

ΗΡΑΚΛΗΣ.

Ξένων πρὸς ἄλλων ἑστίαν πορεύσομαι.

ΑΔΜΗΤΟΣ.

Οὐκ ἔστιν, ὦναξ· μὴ τοσόνδ' ἔλθοι κακόν.

ΗΡΑΚΛΗΣ.

Λυπουμένοις ὀχληρὸς εἰ μόλοι ξένος.

ΑΔΜΗΤΟΣ.

Τεθνᾶσιν οἱ θανόντες· ἀλλ' ἴθ' ἐς δόμους.

ΗΡΑΚΛΗΣ.

Αἰσχρὸν παρὰ κλαίουσι θοινᾶσθαι φίλοις.

ΑΔΜΗΤΟΣ.

Χωρὶς ξενῶνές εἰσιν, οἷ σ' ἐσάξομεν.

HERCULE. Comment donc est-elle morte dans ta maison?

ADMÈTE. Après la mort de son père, elle avait été élevée ici comme orpheline.

HERCULE. Hélas! plût aux dieux, Admète, que nous ne t'eussions pas trouvé dans l'affliction!

ADMÈTE. Que veux-tu donc faire? pourquoi ces paroles?

HERCULE. J'irai demander l'hospitalité à un autre foyer.

ADMÈTE. Cela n'est pas possible, ô prince: me préservent les dieux d'un pareil malheur!

HERCULE. Importun est l'étranger qui arrive chez des hôtes affligés.

ADMÈTE. Les morts sont morts; mais entre dans ma demeure.

HERCULE. Il est honteux de faire bonne chère chez des amis qui pleurent.

ADMÈTE. Les appartements des étrangers où nous te conduirons sont séparés.

ΗΡΑΚΛΗΣ.	HERCULE.
Πῶς οὖν	Comment donc
ὤλεσε βίον	a-t-elle perdu la vie
ἐν σοῖσιν οἴκοις;	dans ta maison ?
ΑΔΜΗΤΟΣ.	ADMÈTE.
Πατρὸς θανόντος	*Son* père étant mort
ὠρφανεύετο ἐνθάδε.	elle était élevée-orpheline ici.
ΗΡΑΚΛΗΣ.	HERCULE.
Φεῦ, εἴθε	Hélas! plût-aux-dieux-que
ηὕρομέν σε,	nous eussions trouvé toi,
Ἄδμητε,	Admète,
μὴ λυπούμενον.	non affligé !
ΑΔΜΗΤΟΣ. Ὡς δὴ	ADMÈTE. Comment donc
δράσων τί	devant faire quelle chose
ὑπορράπτεις	ajoutes-tu
τόνδε λόγον;	cette parole ?
ΗΡΑΚΛΗΣ. Πορεύσομαι	HERCULE. J'irai
πρὸς ἑστίαν	vers le foyer
ἄλλων ξένων.	d'autres hôtes.
ΑΔΜΗΤΟΣ.	ADMÈTE.
Οὐκ ἔστιν,	*Cela* n'est pas possible,
ὦ ἄναξ·	ô prince;
κακὸν τοσόνδε	qu'un mal si-grand
μὴ ἔλθοι.	ne *m'*arrive pas !
ΗΡΑΚΛΗΣ. Ξένος,	HERCULE. Un étranger,
εἰ μόλοι	s'il vient
λυπουμένοις,	à des *hôtes* affligés,
ὀχληρός.	*est* importun.
ΑΔΜΗΤΟΣ. Οἱ θανόντες	ADMÈTE. Les morts
τεθνᾶσιν·	sont morts ;
ἀλλὰ ἴθι ἐς δόμους.	mais entre dans la maison.
ΗΡΑΚΛΗΣ. Αἰσχρὸν	HERCULE. Il *est* honteux
θοινᾶσθαι	de faire-bonne-chère
παρὰ φίλοις	chez des amis
κλαίουσι.	qui pleurent.
ΑΔΜΗΤΟΣ.	ADMÈTE.
Ξενῶνες,	Les appartements-des-étrangers,
οἷ ἐσάξομέν σε,	où nous introduirons toi,
εἰσὶ χωρίς.	sont à-part.

ΗΡΑΚΛΗΣ.

Μέθες με, καί σοι μυρίαν ἕξω χάριν.

ΑΔΜΗΤΟΣ.

Οὐκ ἔστιν ἄλλου σ' ἀνδρὸς ἑστίαν μολεῖν.
Ἡγοῦ σὺ τῷδε[1] δωμάτων ἐξωπίους
ξενῶνας οἴξας, τοῖς τ' ἐφεστῶσιν φράσον
σίτων παρεῖναι πλῆθος· ἐν δὲ κλήσατε
θύρας μεταύλους[2]· οὐ πρέπει θοινωμένους
κλύειν στεναγμῶν οὐδὲ λυπεῖσθαι ξένους.—

ΧΟΡΟΣ.

Τί δρᾷς; τοιαύτης συμφορᾶς προσκειμένης,
Ἄδμητε, τολμᾷς ξενοδοκεῖν; τί μῶρος εἶ;

ΑΔΜΗΤΟΣ.

Ἀλλ' εἰ δόμων σφε καὶ πόλεως ἀπήλασα
ξένον μολόντα, μᾶλλον ἄν μ' ἐπήνεσας;
Οὐ δῆτ', ἐπεί μοι συμφορὰ μὲν οὐδὲν ἂν
μείων ἐγίγνετ', ἀξενώτερος δ' ἐγώ.
Καὶ πρὸς κακοῖσιν ἄλλο τοῦτ' ἂν ἦν κακόν,
δόμους καλεῖσθαι τοὺς ἐμοὺς ἐχθροξένους.

HERCULE. Laisse-moi partir et je t'en saurai un gré infini.

ADMÈTE. Il n'est pas possible que tu ailles au foyer d'un autre homme. (*S'adressant à un esclave*) Toi, conduis-le, ouvre les portes de la maison qui donnent sur le dehors, et dis à ceux qui ont la garde de ces appartements de fournir des vivres en abondance ; à l'intérieur, fermez les portes de communication entre les deux corps de logis. Il ne convient pas que les hôtes entendent des gémissements pendant le festin, ni qu'ils soient attristés.

LE CHŒUR. Que fais-tu? Sous le coup d'un pareil malheur, tu as le courage, Admète, de recevoir des étrangers. Es-tu fou ?

ADMÈTE. Mais si j'avais repoussé de ma maison et de la ville celui qui est venu vers moi comme un hôte, m'approuverais-tu davantage? Non certes, car mon malheur n'en serait pas moins grand, et moi je serais moins fidèle aux lois de l'hospitalité. Ce serait un autre mal ajouté à mes maux que d'entendre appeler ma demeure inhospitalière.

ΗΡΑΚΛΗΣ. Μέθες με,	HERCULE. Laisse-moi-partir,
καὶ ἕξω σοι	et j'aurai à toi
χάριν μυρίαν.	une reconnaissance infinie.
ΑΔΜΗΤΟΣ.	ADMÈTE.
Οὐκ ἔστι	Il n'est pas possible
σε μολεῖν	toi aller
ἑστίαν ἄλλου ἀνδρός.	au foyer d'un autre homme.
Σὺ ἡγοῦ τῷδε,	Toi conduis celui-ci,
οἴξας	ayant ouvert
ξενῶνας	les appartements-des-étrangers
ἐξωπίους δωμάτων,	extérieurs de la maison,
φράσον τε τοῖς ἐφεστῶσιν	et dis à ceux *y* étant préposés
πλῆθος σίτων παρεῖναι·	l'abondance de vivres être-là;
κλῄσατε δὲ ἐν	d'autre part fermez à-l'-intérieur
θύρας μεταύλους·	les portes situées-entre-les-cours;
οὐ πρέπει	il ne convient pas
ξένους θοινωμένους	les hôtes faisant-bonne-chère
κλύειν στεναγμῶν	entendre des gémissements
οὐδὲ λυπεῖσθαι.	ni être affligés.
ΧΟΡΟΣ. Τί δρᾷς;	LE CHŒUR. Que fais-tu ?
τοιαύτης συμφορᾶς	un tel malheur
προσκειμένης,	étant-auprès *de toi*
Ἄδμητε, τολμᾷς ξενοδοκεῖν;	Admète, tu oses recevoir-un-hôte?
τί εἶ μῶρος.	pourquoi es-tu fou ?
ΑΔΜΗΤΟΣ.	ADMÈTE.
Ἀλλὰ εἰ ἀπήλασα	Mais si j'avais repoussé
δόμων καὶ πόλεως	de *ma* maison et de la ville
σφε μολόντα ξένον,	lui étant venu *comme* hôte,
ἐπῄνεσας ἄν με μᾶλλον;	louerais-tu moi davantage ?
Οὐ δῆτα,	Non certes,
ἐπεὶ συμφορὰ μὲν	attendu que le malheur d'une part
ἐγίγνετο ἄν μοι	serait devenu pour moi
μείων οὐδὲν,	moindre en rien,
ἐγὼ δὲ	*que* d'autre part moi
ἀξενώτερος.	*je serais* plus inhospitalier.
Καὶ τοῦτο ἄλλο κακὸν ἦν ἂν	Et cet autre mal serait
πρὸς κακοῖσιν,	outre *mes* maux,
τοὺς ἐμοὺς δόμους καλεῖσθαι	ma maison être appelée
ἐχθροξένους.	ennemie-des-hôtes.

Αὐτὸς δ' ἀρίστου τοῦδε τυγχάνω ξένου,
ὅταν ποτ' Ἄργους διψίαν[1] ἔλθω χθόνα.

ΧΟΡΟΣ.

Πῶς οὖν ἔκρυπτες τὸν παρόντα δαίμονα,
φίλου μολόντος ἀνδρός, ὡς αὐτὸς λέγεις;

ΑΔΜΗΤΟΣ.

Οὐκ ἄν ποτ' ἠθέλησεν εἰσελθεῖν δόμους,
εἰ τῶν ἐμῶν τι πημάτων ἐγνώρισεν.
Καί τῳ μὲν, οἶμαι, δρῶν τάδ' οὐ φρονεῖν δοκῶ,
οὐδ' αἰνέσει με· τἀμὰ δ' οὐκ ἐπίσταται
μέλαθρ' ἀπωθεῖν οὐδ' ἀτιμάζειν ξένους.

ΧΟΡΟΣ.

Ὦ πολύξεινος καὶ ἐλευθέρου ἀνδρὸς ἀεί ποτ' οἶκος, [Str. 1]
σέ τοι καὶ ὁ Πύθιος εὐλύρας Ἀπόλλων
ἠξίωσε ναίειν,
ἔτλα δὲ σοῖσι μηλονόμας
ἐν δόμοις[2] γενέσθαι,
δοχμιᾶν διὰ κλιτύων
βοσκήμασι σοῖσι συρίζων
ποιμνίτας ὑμεναίους.

Σὺν δ' ἐποιμαίνοντο χαρᾷ μελέων βαλιαί τε λύγκες,
[Antistrophe 1.]

D'ailleurs je trouve moi-même en lui un hôte excellent, lorsque je vais dans la terre aride d'Argos.

LE CHŒUR. Comment donc lui as-tu caché le malheur qui te frappe, puisque c'est un ami qui est venu vers toi, comme tu le dis toi-même?

ADMÈTE. Jamais il n'aurait voulu entrer dans ma maison, s'il avait eu la moindre connaissance de mes maux. En agissant ainsi, je paraîtrai être insensé, je le sais: on ne m'approuvera pas; mais mon seuil ne sait ni repousser ni mépriser un hôte.

LE CHŒUR. O demeure d'un mortel toujours hospitalier et généreux! Apollon Pythien lui-même, le dieu à la lyre harmonieuse a daigné t'habiter; il a consenti à vivre en berger sous ton toit, jouant au milieu des collines inclinées des airs rustiques pour inviter tes troupeaux à l'amour.

Avec eux paissaient, charmés par tes chants, les lynx tachetés,

Αὐτὸς δὲ τυγχάνω τοῦδε
ξένου ἀρίστου,
ὅταν ποτὲ ἔλθω
χθόνα διψίαν Ἄργους.
ΧΟΡΟΣ.
Πῶς οὖν
ἔκρυπτες
τὸν δαίμονα παρόντα,
ἀνδρὸς φίλου μολόντος,
ὡς λέγεις αὐτός;
ΑΔΜΗΤΟΣ. Οὔποτε
ἠθέλησεν ἂν
εἰσελθεῖν δόμους,
εἰ ἐγνώρισέ τι
τῶν ἐμῶν πημάτων.
Καὶ μὲν δρῶν τάδε
δοκῶ, οἶμαι, τῳ
οὐ φρονεῖν,
οὐδὲ αἰνέσει με·
τὰ δὲ ἐμὰ μέλαθρα
οὐκ ἐπίσταται ἀπωθεῖν
οὐδὲ ἀτιμάζειν ξένους.
ΧΟΡΟΣ.
Ὦ οἶκος
ἀεί ποτε πολύξεινος
καὶ ἀνδρὸς ἐλευθέρου,
καὶ ὁ Πύθιος Ἀπόλλων
εὐλύρας
ἠξίωσε ναίειν σέ τοι,
ἔτλα δὲ
γενέσθαι μηλονόμας
ἐν σοῖσι δόμοις,
συρίζων
σοῖσι βοσκήμασι
ὑμεναίους ποιμνίτας
διὰ κλιτύων δοχμιᾶν.
Σὺν δὲ ἐποιμαίνοντο
χαρᾷ μελέων
λύγκες τε βαλιαὶ,

Or moi-même je trouve celui-ci
hôte très bon,
lorsque quelquefois je vais
vers la terre altérée d'Argos.
LE CHŒUR.
Comment donc
cachais-tu
le destin présent,
un homme ami étant venu,
comme tu *le* dis toi-même ?
ADMÈTE. Jamais
il n'aurait voulu
entrer dans *ma* maison,
s'il avait connu quelque chose
de mes malheurs.
Et d'une part faisant cela
je parais, je crois, à quelqu'un
ne pas être-sensé,
et *celui-là* ne louera pas moi;
d'autre part ma demeure
ne sait pas repousser
ni mépriser les hôtes,
LE CHŒUR.
O maison
toujours hospitalière
et d'un homme libéral,
même le Pythien Apollon
à-la-lyre-harmonieuse
a daigné habiter toi certes,
d'autre part il s'est résigné
à être berger
dans tes demeures,
jouant-sur-la-flûte
pour tes troupeaux
des airs-d'hyménée pastoraux
à travers les collines obliques.
Et ensemble paissaient
par le charme de *ces* mélodies
et lynx tachetés,

ἔϐα δὲ λιποῦσ' Ὄθρυος νάπαν λεόντων
ἁ δαφοινὸς ἴλα·
χόρευσε δ' ἀμφὶ σὰν κιθάραν,
Φοῖϐε, ποικιλόθριξ
νεϐρὸς ὑψικόμων πέραν
βαίνουσ' ἐλατᾶν σφυρῷ κούφῳ,
χαίρουσ' εὔφρονι μολπᾷ.

Τοιγὰρ πολυμηλοτάταν [Strophe 2.]
ἑστίαν οἰκεῖ παρὰ καλλίναον
Βοιϐίαν λίμναν· ἀρότοις δὲ γυᾶν
καὶ πεδίων δαπέδοις
ὅρον ἀμφὶ μὲν ἀελίου κνεφαίαν
ἱππόστασιν αἰθέρα[1] τὰν Μολοσσῶν . . . τίθεται,
πόντιον δ' Αἰγαίων' ἐπ' ἀκτὰν
ἀλίμενον Πηλίου κρατύνει.

Καὶ νῦν δόμον ἀμπετάσας [Antistrophe 2.]
δέξατο ξεῖνον νοτερῷ βλεφάρῳ,
τᾶς φίλας κλαίων ἀλόχου νέκυν ἐν
δώμασιν ἀρτιθανῆ·
τὸ γὰρ εὐγενὲς ἐκφέρεται πρὸς αἰδῶ.
Ἐν τοῖς ἀγαθοῖσι δὲ πάντ' ἔνεστιν σοφίας· ἄγαμαι·

et quittant les bois de l'Othrys, vers toi venait la troupe fauve des lions. Aux accents de ta lyre dansait le faon à la peau bigarrée ; il sortait d'un pied léger du milieu des sapins à la cime élevée, charmé par tes joyeux accords.

En effet, Admète habite une contrée riche en troupeaux, le long des belles eaux du lac Bœbé. Ses champs cultivés et ses vastes plaines ont pour limite, du côté où le soleil à l'heure des ténèbres dételle ses coursiers, la terre des Molosses ; et son empire s'étend sur la mer Égée jusqu'au rivage sans ports de Pélion.

Et maintenant il vient d'ouvrir sa maison, et de recevoir un hôte, l'œil humide, pleurant sa chère épouse, morte naguère sous son toit ; car une âme noble se porte vers ce qui est honorable, et les bons ont tous les dons de la sagesse ; j'admire sa conduite,

ἁ δὲ ἴλα δαφοινὸς λεόντων	et la troupe fauve des lions
ἔβα λιποῦσα	vint ayant quitté
ναπαν Ὄθρυος·	le bois d'Othrys;
ἀμφὶ δὲ σὰν κιθάραν,	et autour de ta lyre,
Φοῖβε,	Phébus,
χόρευσε νεβρὸς ποικιλόθριξ	dansa le faon au-poil-tacheté
βαίνουσα σφυρῷ κούφῳ	allant d'un talon léger
πέραν ἐλατᾶν	au delà des sapins
ὑψικόμων,	à la haute-chevelure,
χαίρουσα μολπᾷ εὔφρονι	se réjouissant de *ce* chant joyeux.
Τοιγὰρ οἰκεῖ	En-effet-certes il(Admète)habite
ἑστίαν	un foyer
πολυμηλοτάταν	très-riche-en-troupeaux
παρὰ λίμναν Βοιβίαν	auprès du lac Bœbé
καλλίναον ·	aux-belles-eaux;
τίθεται δὲ	d'autre part il marque
ὅρον	*comme* limite
ἀρότοις γυᾶν	aux labourages des sillons
καὶ δαπέδοις πεδίων	et aux surfaces des plaines
ἀμφὶ μὲν	d'une part autour
αἰθέρα κνεφαίαν	du ciel ténébreux,
ἱππόστασιν ἀελίου	arrêt-des-chevaux du soleil
τὰν Μολοσσῶν,	la *terre* des Molosses,
κρατύνει δὲ	d'autre part il possède
πόντιον Αἰγαίωνα	la maritime Égée
ἐπὶ ἀκτὰν ἀλίμενον	jusqu'au rivage sans-port
Πηλίου.	de Pélion.
Καὶ νῦν	Et maintenant
ἀμπετάσας δόμον	ayant ouvert *sa* maison
δέξατο ξεῖνον	il a reçu un hôte
βλεφάρῳ νοτερῷ,	avec une paupière humide,
κλαίων νέκυν	pleurant le cadavre
τᾶς φίλας ἀλόχου	de sa chère épouse
ἀρτιθανῆ ἐν δώμασιν ·	morte-récemment dans *sa* maison
τὸ γὰρ εὐγενὲς	car la noblesse *des sentiments*
ἐκφέρεται πρὸς αἰδῶ.	est portée vers le respect.
Πάντα δὲ σοφίας	Et tous les *biens* de la sagesse
ἔνεστιν ἐν τοῖς ἀγαθοῖσι·	sont dans les *gens* vertueux;
ἄγαμαι·	j'admire *cela*;

πρὸς δ' ἐμᾷ ψυχᾷ θάρσος ἧσται
θεοσεβῆ φῶτα κεδνὰ πράξειν.

ΑΔΜΗΤΟΣ.

Ἀνδρῶν Φεραίων εὐμενὴς παρουσία,
νέκυν μὲν ἤδη πάντ' ἔχοντα πρόσπολοι
φέρουσιν ἄρδην ἐς τάφον τε καὶ πυράν·
ὑμεῖς δὲ τὴν θανοῦσαν, ὡς νομίζεται,
προσείπατ' ἐξιοῦσαν ὑστάτην ὁδόν[1].

ΧΟΡΟΣ.

Καὶ μὴν ὁρῶν σὸν πατέρα γηραιῷ ποδὶ
στείχοντ', ὀπαδούς τ' ἐν χεροῖν δάμαρτι σῇ
κόσμον φέροντας, νερτέρων ἀγάλματα.

ΦΕΡΗΣ.

Ἥκω κακοῖσι σοῖσι συγκάμνων, τέκνον·
ἐσθλῆς γάρ, οὐδεὶς ἀντερεῖ, καὶ σώφρονος
γυναικὸς ἡμάρτηκας. Ἀλλὰ ταῦτα μὲν
φέρειν ἀνάγκη, καίπερ ὄντα δύσφορα.
Δέχου δὲ κόσμον τόνδε, καὶ κατὰ χθονὸς
ἴτω· τὸ ταύτης σῶμα τιμᾶσθαι χρεών,
ἥτις γε τῆς σῆς προὔθανε ψυχῆς, τέκνον,
καί μ' οὐκ ἄπαιδ' ἔθηκεν οὐδ' εἴασε σοῦ

et dans mon cœur réside la confiance : un mortel qui respecte la divinité, ne saurait manquer d'être heureux.

ADMÈTE. Habitants de Phères, dont la présence me prouve l'affection, des serviteurs emportent au bûcher, pour lui rendre les derniers devoirs, ce corps déjà paré de tous les ornements funèbres : adressez vos adieux, selon la coutume, à cette morte qui part pour son dernier voyage.

LE CHŒUR. Mais je vois ton père qui s'avance d'un pas appesanti par l'âge : des serviteurs apportent dans leurs bras, pour ton épouse, des ornements destinés à parer les morts.

PHÉRÈS. Je viens, ô mon fils, compatir à tes peines ; car tu as perdu une bonne et sage épouse, personne ne le niera. Mais il faut supporter ces maux, si difficiles qu'ils soient à supporter. Reçois ces ornements que tu deposeras dans sa tombe. Nous devons honorer le corps de cette femme, qui est morte, mon fils, pour te sauver la vie ; elle n'a pas permis que je restasse sans enfant et que

θάρσος δὲ ἧσται	et la confiance réside
πρὸς ἐμᾷ ψυχᾷ	dans mon cœur
φῶτα θεοσεβῆ	un mortel pieux
πράξειν κεδνά.	devoir faire *des affaires* bonnes.
ΑΔΜΗΤΟΣ. Παρουσία εὐμενὴς	ADMÈTE. Présence bienveillante
ἀνδρῶν Φεραίων,	des hommes de-Phères,
πρόσπολοι μὲν	des serviteurs d'une part
φέρουσιν ἄρδην	portent en-haut (emportent)
ἐς τάφον τε καὶ πυρὰν	et à la sépulture et au bûcher
νέκυν ἔχοντα ἤδη	le cadavre ayant déjà
πάντα·	toutes choses ;
ὑμεῖς δὲ προσείπατε,	vous d'autre part saluez,
ὡς νομίζεται	comme il est-coutume,
τὴν θανοῦσαν	la morte
ἐξιοῦσαν ὑστάτην ὁδόν.	sortant (faisant) *sa* dernière route.
ΧΟΡΟΣ. Καὶ μὴν ὁρῶ	LE CHŒUR. Et certes je vois
σὸν πατέρα	ton père
στείχοντα ποδὶ γηραιῷ,	s'avançant d'un pied vieux,
ὀπαδούς τε φέροντας	et des serviteurs portant
ἐν χεροῖν	dans *leurs* mains
σῇ δάμαρτι	pour ton épouse
κόσμον, ἀγάλματα νερτέρων.	une parure, ornements des morts.
ΦΕΡΗΣ. Ἥκω, τέκνον,	PHÉRÈS. Je viens, *mon* fils,
συγκάμνων σοῖσι κακοῖσιν·	compatissant à tes maux ;
ἡμάρτηκας γὰρ γυναικὸς	car tu as perdu une femme
ἐσθλῆς καὶ σώφρονος,	bonne et sage,
οὐδεὶς ἀντερεῖ.	personne ne dira-le-contraire.
Ἀλλὰ μὲν ἀνάγκη	Mais d'une part nécessité *est*
φέρειν ταῦτα	de supporter ces choses [ter.
καίπερ ὄντα δύσφορα.	quoique étant difficiles-à-suppor-
Δέχου δὲ τόνδε κόσμον,	D'autre part reçois cette parure,
καὶ ἴτω κατὰ χθονός·	et qu'elle aille sous terre ;
χρεὼν τὸ σῶμα ταύτης	il faut le corps de celle-ci
τιμᾶσθαι,	être honoré,
ἥτις γε προὔθανε	laquelle certes est morte-pour
τῆς σῆς ψυχῆς, τέκνον,	ta vie, *mon* enfant,
καὶ οὐκ ἔθηκέ με	et n'a pas placé (rendu) moi
ἄπαιδα,	sans-enfant,
οὐδὲ εἴασε στερέντα σοῦ	et n'a pas permis *moi* privé de toi

στερέντα γῆρα πενθίμῳ καταφθίνειν,
πάσαις δ' ἔθηκεν εὐκλεέστερον βίον
γυναιξὶν, ἔργον τλᾶσα γενναῖον τόδε.
Ὦ τόνδε μὲν σώσασ', ἀναστήσασα δὲ
ἡμᾶς πίτνοντας, χαῖρε, κἀν Ἅιδου δόμοις
εὖ σοι γένοιτο. Φημὶ τοιούτους γάμους
λύειν[1] βροτοῖσιν, ἢ γαμεῖν οὐκ ἄξιον.

ΑΔΜΗΤΟΣ.

Οὔτ' ἦλθες ἐς τόνδ' ἐξ ἐμοῦ κληθεὶς τάφον,
οὔτ' ἐν φίλοισι[2] σὴν παρουσίαν λέγω.
Κόσμον δὲ τὸν σὸν οὔποθ' ἥδ' ἐνδύσεται·
οὐ γάρ τι τῶν σῶν ἐνδεὴς ταφήσεται.
Τότε ξυναλγεῖν χρῆν σ' ὅτ' ὠλλύμην[3] ἐγώ·
σὺ δ' ἐκποδὼν στὰς καὶ παρεὶς ἄλλῳ θανεῖν
νέῳ γέρως ὤν, τόνδ' ἀποιμώζεις νεκρόν;
Οὐκ ἦσθ' ἄρ' ὀρθῶς τοῦδε σώματος πατήρ·
[οὐδ' ἡ τεκεῖν φάσκουσα καὶ κεκλημένη
μήτηρ μ' ἔτικτε· δουλίου δ' ἀφ' αἵματος
μαστῷ γυναικὸς σῆς ὑπεβλήθην λάθρα.
Ἔδειξας εἰς ἔλεγχον ἐξελθὼν ὃς εἶ,
καὶ μ' οὐ νομίζω παῖδα σὸν πεφυκέναι.]

privé de toi, ma vieillesse se consumât dans le deuil; elle a relevé la gloire de son sexe par cette action noble et courageuse. O toi qui as sauvé ce fils, et qui nous as relevés de notre chute, adieu, et puisses-tu être heureuse dans le séjour de Pluton! Voilà les mariages qu'il est utile aux hommes de contracter; autrement, je déclare que ce n'est pas la peine de se marier.

ADMÈTE. Ce n'est pas invité par moi que tu es venu à ces funérailles, et je ne puis dire que ta présence me soit agréable. Jamais celle-ci ne revêtira les ornements que tu lui apportes; elle n'a pas besoin de tes dons pour être ensevelie. C'était lorsque j'étais sur le point de mourir qu'il fallait compatir à mes maux. Mais tu t'es tenu à l'écart; vieillard, tu as laissé un plus jeune mourir, et tu pleures maintenant sur ce cadavre? Non tu n'étais pas véritablement mon père, et celle qui prétend m'avoir

καταφθίνειν γήρᾳ πενθίμῳ,
ἔθηκε δὲ
πάσαις γυναιξὶν
βίον εὐκλεέστερον,
τλᾶσα τόδε ἔργον γενναῖον.
Ὦ σώσασα μὲν τόνδε,
ἀναστήσασα δὲ
ἡμᾶς πίτνοντας,
χαῖρε,
καὶ γένοιτο εὖ σοι
ἐν δόμοις Ἅιδου.
Φημὶ τοιούτους γάμους
λύειν βροτοῖσιν,
ἢ οὐκ ἄξιον
γαμεῖν.
ΑΔΜΗΤΟΣ. Οὔτε ἦλθες
ἐς τόνδε τάφον
κληθεὶς ἐξ ἐμοῦ,
οὔτε λέγω σὴν παρουσίαν
ἐν φίλοισιν.
Οὔποτε δὲ ἥδε
ἐνδύσεται τὸν σὸν κόσμον·
οὐ γὰρ ἐνδεής τι
τῶν σῶν
ταφήσεται.
Χρῆν σε ξυναλγεῖν
τότε ὅτε ἐγὼ ὠλλύμην·
σὺ δὲ στὰς ἐκποδὼν
καὶ ὢν γέρων
παρεὶς ἄλλῳ νέῳ θανεῖν,
ἀποιμώζεις τόνδε νεκρόν;
Οὐκ ἦσθα ἄρα ὀρθῶς
πατὴρ τοῦδε σώματος,
οὐδὲ ἡ φάσκουσα
τεκεῖν
καὶ κεκλημένη μήτηρ
ἔτικτέ με·
ἀπὸ δὲ αἵματος δουλίου
ὑπεβλήθην λάθρα
μαστῷ σῆς γυναικός.
Ἐξελθὼν εἰς ἔλεγχον
ἔδειξας ὃς εἶ,
καὶ οὐ νομίζω
με πεφυκέναι τὸν σὸν παῖδα.

dépérir par une vieillesse lugubre,
d'autre part elle a placé (rendu)
pour toutes les femmes
la vie plus glorieuse,
en osant cet acte noble. [lui-ci,
O *toi* ayant sauvé d'une part ce-
d'autre part ayant relevé
nous tombant,
réjouis-toi (adieu),
et qu'il soit bien à toi
dans les demeures de Pluton.
Je dis de tels mariages
être-utiles aux mortels,
ou ne pas *être* la peine
de se marier
ADMÈTE. Ni tu n'es venu
à cette sépulture-ci
appelé par moi,
ni je dis ta présence
parmi les choses amies.
D'autre part jamais celle-ci
ne revêtira ta parure; [chose
car non ayant-besoin en quelque
de tes *dons*
elle sera ensevelie.
Il fallait toi compatir
alors que moi je périssais;
mais toi t'étant tenu à l'écart
et étant vieillard [mourir
ayant laissé à un autre jeune de
Tu pleures ce mort?
tu n'étais donc pas directement
le père de ce corps-ci (de moi),
ni celle prétendant
*m'*avoir enfanté
et appelée *ma* mère
*n'*enfantait moi;
mais *né* d'un sang esclave
j'ai été substitué subrepticement
à la mamelle de ton épouse.
Étant venu à l'épreuve
tu as montré qui tu es,
et je ne crois pas
moi être né ton enfant.

ἦ τἄρα πάντων διαπρέπεις ἀψυχίᾳ,
ὃς τηλικόσδ' ὢν κἀπὶ τέρμ' ἥκων βίου
οὐκ ἠθέλησας οὐδ' ἐτόλμησας θανεῖν
[τοῦ σοῦ πρὸ παιδός, ἀλλὰ τήνδ' εἰάσατε
γυναῖκ' ὀθνείαν, ἣν ἐγὼ καὶ μητέρα
πατέρα τ' ἂν ἐνδίκως ἂν ἡγοίμην μόνην].
Καίτοι καλόν γ' ἂν τόνδ' ἀγῶν' ἠγωνίσω
τοῦ σοῦ πρὸ παιδὸς κατθανών, βραχὺς δέ σοι
πάντως ὁ λοιπὸς ἦν βιώσιμος χρόνος·
[κἀγώ τ' ἂν ἔζων χἥδε τὸν λοιπὸν χρόνον,
κοὐκ ἂν μονωθεὶς ἔστενον κακοῖς ἐμοῖς [1].]
Καὶ μὴν ὅσ' ἄνδρα χρὴ παθεῖν εὐδαίμονα,
πέπονθας· ἥβησας μὲν ἐν τυραννίδι,
παῖς δ' ἦν ἐγώ σοι τῶνδε διάδοχος δόμων,
ὥστ' οὐκ ἄτεκνος κατθανὼν ἄλλοις δόμον
λείψειν ἔμελλες ὀρφανὸν [2] διαρπάσαι·
οὐ μὴν ἐρεῖς γέ μ' ὡς ἀτιμάζοντα σὸν
γῆρας θανεῖν προύδωκας, ὅστις αἰδόφρων
πρὸς σ' ἦ [3] μάλιστα, κἀντὶ τῶνδέ μοι χάριν
τοιάνδε καὶ σὺ χἠ τεκοῦσ' ἠλλαξάτην.

enfanté et qui est appelée ma mère, ne m'a pas non plus donné le jour ; mais issu d'un sang servile j'ai été porté subrepticement au sein de ta femme. Tu as montré à l'épreuve qui tu es, et je ne crois pas être ton fils, ou bien tu l'emportes sur tous en lâcheté, toi qui, à ton âge, arrivé au terme de la vie, n'as eu ni la volonté ni le courage de mourir pour ton enfant, mais, tous deux, vous avez laissé mourir à sa place cette femme, une étrangère, que je dois seule regarder comme mon père et ma mère. Cependant tu aurais livré un beau combat en mourant pour ton fils, d'autant plus qu'en tout cas, court était le temps qui te restait à vivre. D'ailleurs tu as eu tout ce qui fait le bonheur : tu as passé ta jeunesse dans la royauté ; tu avais en moi un fils, héritier de cette demeure ; tu n'avais donc pas à craindre, en mourant, sans enfants, de laisser à des étrangers une maison déserte à piller. Tu ne diras pas non plus que c'est parce que je n'honore pas ta vieillesse que tu m'as laissé périr, moi qui me montrais si respectueux envers toi ; et voilà comme vous m'en avez récompensé tous deux, toi et celle qui m'a donné le

ἤ τοι ἄρα διαπρέπεις
πάντων ἀψυχίᾳ,
ὃς ὢν τηλικόσδε
καὶ ἥκων ἐπὶ τέρμα βίου
οὐκ ἠθέλησας
οὐδὲ ἐτόλμησας θανεῖν
πρὸ τοῦ σοῦ παιδὸς,
ἀλλὰ εἰάσατε
τήνδε γυναῖκα ὀθνείαν,
ἣν μόνην ἐγὼ
ἡγοίμην ἂν ἐνδίκως
καὶ μητέρα πατέρα τε.
Καίτοι ἠγωνίσω ἂν
τόνδε ἀγῶνα καλόν γε
κατθανὼν πρὸ τοῦ σοῦ παιδὸς,
πάντως δὲ
ὁ λοιπὸς χρόνος βιώσιμος
ἦν βραχύς σοι.
Καὶ μὴν πέπονθας
ὅσα χρὴ
ἄνδρα εὐδαίμονα
παθεῖν·
ἥβησας μὲν
ἐν τυραννίδι,
ἐγὼ δὲ ἦν σοι παῖς
διάδοχος τῶνδε δόμων,
ὥστε οὐκ ἔμελλες
κατθανὼν ἄτεκνος
λείψειν ἄλλοις
δόμον ὀρφανὸν διαρπάσαι·
οὐ μὴν ἐρεῖς γε
ὡς προύδωκάς με θανεῖν
ὡς ἀτιμάζοντα σὸν γῆρας,
ὅστις ἦ μάλιστα αἰδόφρων
πρός σε,
καὶ σὺ καὶ ἡ τεκοῦσα
ἠλλαξάτην μοι
χάριν τοιάνδε
τῶνδε.

ou bien certes tu te-distingues
de tous par la lâcheté,
toi qui étant si-âgé
et arrivé au terme de la vie
n'as pas voulu
ni n'as osé mourir
pour ton enfant,
mais vous avez laissé *mourir pour lui*
cette femme étrangère,
laquelle seule moi
je considérerais justement
comme et *ma* mère et *mon* père.
Et cependant tu aurais combattu
ce combat beau certes
en mourant pour ton enfant,
en-tout-cas d'ailleurs
le reste du temps à-vivre
était court pour toi.
Et certes tu as éprouvé
tout ce qu'il faut
un homme heureux
éprouver :
d'une part tu as passé-ta-jeunesse
dans la tyrannie,
d'autre part j'étais à toi fils
héritier de ces demeures-ci,
de sorte que tu ne devais pas
mourant sans-enfants
laisser à d'autres
une maison orpheline à piller;
certes tu ne diras pas du moins
que tu as laissé moi mourir
comme méprisant ta vieillesse,
moi qui étais très respectueux
envers toi,
et toi et celle *m'*ayant enfanté
vous avez-tous-deux-payé à moi
une reconnaissance telle
de cela.

Τοιγὰρ φυτεύων παῖδας οὐκέτ' ἂν φθάνοις[1],
οἳ γηροβοσκήσουσι καὶ θανόντα σε
περιστελοῦσι καὶ προθήσονται νεκρόν.
Οὐ γάρ σ' ἔγωγε τῇδ' ἐμῇ θάψω χερί·
[τέθνηκα γὰρ δὴ τοὐπὶ σ'· εἰ δ' ἄλλου τυχὼν
σωτῆρος αὐγὰς εἰσορῶ, κείνου λέγω
καὶ παῖδά μ' εἶναι καὶ φίλον γηροτρόφον.]
Μάτην ἄρ' οἱ γέροντες εὔχονται θανεῖν,
γῆρας ψέγοντες καὶ μακρὸν χρόνον βίου·
ἢν δ' ἐγγὺς ἔλθῃ θάνατος, οὐδεὶς βούλεται
θνῄσκειν, τὸ γῆρας δ' οὐκέτ' ἔστ' αὐτοῖς βαρύ.

ΧΟΡΟΣ.

(Ἄδμη)θ', ἅλις γὰρ ἡ παροῦσα συμφορά,
παῦσαι[2]· πατρὸς δὲ μὴ παροξύνῃς φρένας.

ΦΕΡΗΣ.

Ὦ παῖ, τίν' αὐχεῖς, πότερα Λυδὸν ἢ Φρύγα[3]
κακοῖς ἐλαύνειν ἀργυρώνητον σέθεν;
Οὐκ οἶσθα Θεσσαλόν με κἀπὸ Θεσσαλοῦ
πατρὸς γεγῶτα γνησίως ἐλεύθερον;
Ἄγαν ὑβρίζεις, παῖ, νεανίας λόγους

jour. Cependant tu ne saurais plus avoir d'enfants qui te nourrissent dans ta vieillesse, qui t'ensevelissent lorsque tu auras rendu le dernier soupir, ni qui exposent ton corps. Car ce ne seront pas mes mains qui t'enseveliront : je suis mort, autant qu'il a dépendu de toi : si j'ai trouvé un autre sauveur, grâce auquel je vois la lumière, voilà celui dont je dis être le fils, le soutien affectueux dans la vieillesse. Ce n'est donc pas sérieusement que les vieillards souhaitent de mourir, quand ils accusent la vieillesse et la longue durée de leur vie. Que la mort approche : aucun d'eux ne veut mourir : la vieillesse cesse d'être pour eux un fardeau.

LE CHŒUR. Silence. Admète, c'est assez du malheur présent ; n'aigris pas le cœur de ton père.

PHÉRÈS. O mon fils, qui prétends-tu poursuivre de tes sarcasmes? Est-ce un Lydien ou un Phrygien que tu aurais acheté à prix d'argent? Ne sais-tu pas que je suis Thessalien, né d'un père thessalien et véritablement libre ! Tes outrages dépassent les bornes, tu lances contre nous d'insolents propos ;

Τοιγὰρ οὐκέτι ἂν φθάνοις	Certes tu ne devancerais plus
φυτεύων παῖδας	procréant des enfants
οἳ γηροβοσκήσουσι	qui *te* nourriront-dans-ta-vieillesse
καὶ περιστελοῦσί σε θανόντα	et enseveliront toi mort
καὶ προθήσονται νεκρόν.	et exposeront *ton* corps
Ἔγωγε γὰρ	Car moi-du-moins
οὐ θάψω σε	je n'ensevelirai pas toi
τῇδε χερὶ ἐμῇ·	de cette main mienne;
τέθνηκα γὰρ δὴ	car je suis mort certes
τὸ ἐπὶ σέ·	en ce qui concerne toi;
εἰ δὲ τυχὼν ἄλλου σωτῆρος	et si ayant trouvé un autre sauveur
εἰσορῶ αὐγάς,	je vois les clartés,
λέγω με εἶναι	je dis moi être
καὶ παῖδα	et fils
καὶ φίλον	et affectueux
γηροτρόφον	nourricier-de la vieillesse
κείνου.	de celui-là.
Ἆρα οἱ γέροντες	Donc les vieillards
εὔχονται μάτην	souhaitent inconsidérément
θανεῖν,	mourir,
ψέγοντες γῆρας	accusant la vieillesse
καὶ μακρὸν χρόνον βίου·	et la longue durée de la vie;
ἢν δὲ θάνατος ἔλθῃ ἐγγύς,	mais si la mort vient près,
οὐδεὶς βούλεται θνήσκειν,	aucun ne veut mourir;
τὸ δὲ γῆρας	d'autre part la vieillesse
οὐκέτι ἐστὶ βαρὺ αὐτοῖς.	n'est plus pesante pour eux.
ΧΟΡΟΣ.	LE CHŒUR.
Ἄδμητε,	Admète,
ἡ γὰρ συμφορὰ παροῦσα ἅλις·	car le malheur présent *est* assez,
παῦσαι·	cesse;
μὴ δὲ παροξύνῃς	et n'aigris pas
φρένας πατρός.	les esprits d'un père.
ΦΕΡΗΣ.	PHÉRÈS.
Ὦ παῖ,	O *mon* fils,
τίνα αὐχεῖς	qui te glorifies-tu [*paroles*,
ἐλαύνειν κακοῖς	de poursuivre par de mauvaises
πότερα Λυδὸν ἢ Φρύγα	est-ce un Lydien ou un Phrygien
ἀργυρώνητον σέθεν;	acheté-à-prix-d'-argent par toi?
Οὐκ οἶσθά με Θεσσαλὸν	Ne sais-tu pas moi Thessalien
καὶ γεγῶτα πατρὸς Θεσσαλοῦ	et né d'un père thessalien
γνησίως ἐλεύθερον;	véritablement libre?
Ὑβρίζεις ἄγαν, παῖ,	Tu insultes trop, enfant,
ῥίπτων ἐς ἡμᾶς	lançant contre nous
λόγους νεανίας·	des propos juvéniles;

ῥίπτων ἐς ἡμᾶς · οὐ βαλὼν οὕτως ἄπει.
Ἐγὼ δέ σ' οἴκων δεσπότην ἐγεινάμην
κἄθρεψ', ὀφείλω δ' οὐχ ὑπερθνήσκειν σέθεν·
οὐ γὰρ πατρῷον τόνδ' ἐδεξάμην νόμον,
παίδων προθνήσκειν πατέρας, οὐδ' Ἑλληνικόν.
Σαυτῷ γάρ, εἴτε δυστυχὴς, εἴθ' εὐτυχὴς,
ἔφυς · ἃ δ' ἡμῶν χρῆν σε τυγχάνειν, ἔχεις.
Πολλῶν μὲν ἄρχεις, πολυπλέθρους δέ σοι γύας
λείψω[1] · πατρὸς γὰρ ταὔτ' ἐδεξάμην πάρα.
Τί δῆτά σ' ἠδίκηκα; τοῦ σ' ἀποστερῶ;
Μὴ θνῆσχ' ὑπὲρ τοῦδ' ἀνδρὸς, οὐδ' ἐγὼ πρὸ σοῦ.
Χαίρεις ὁρῶν φῶς · πατέρα δ' οὐ χαίρειν δοκεῖς;
Ἦ μὴν πολύν γε τὸν κάτω λογίζομαι
χρόνον, τὸ δὲ ζῆν μικρὸν, ἀλλ' ὅμως γλυκύ.
Σὺ γοῦν ἀναιδῶς διεμάχου τὸ μὴ θανεῖν,
καὶ ζῇς παρελθὼν τὴν πεπρωμένην τύχην
ταύτην κατακτάς · εἶτ' ἐμὴν ἀψυχίαν
λέγεις, γυναικὸς, ὦ κάκισθ', ἡσσημένος,
ἣ τοῦ καλοῦ σοῦ προύθανεν νεανίου;

mais tu ne partiras pas ainsi après nous avoir attaqué. Je t'ai engendré et élevé pour être le maître de cette maison, mais je ne dois pas mourir pour toi; car je n'ai pas reçu cette loi de mon père, que les pères mourussent pour leurs enfants, et ce n'est pas conforme aux usages de la Grèce. Tu es né pour toi-même, heureux ou malheureux; et tout ce que tu devais avoir de nous, tu l'as. Tu commandes à de nombreux sujets, et je te laisserai de nombreux arpents; car c'est l'héritage que j'ai reçu de mon père. Quel tort t'ai-je donc fait? de quoi t'ai-je privé? Ne meurs pas pour moi, pas plus que je ne mourrai pour toi. Tu aimes à voir la lumière; crois-tu que ton père n'aime pas à la voir? Je calcule qu'aux enfers le temps est long, et que, si la vie est courte, elle est agréable. Pour toi, tu as lutté impudemment pour ne pas mourir; tu vis, tu as franchi le terme fatal, en tuant celle-ci, et tu parles de ma lâcheté, toi le plus lâche de tous, vaincu par une femme, qui est morte pour ce beau jeune homme? Tu as trouvé un moyen ingénieux

οὐκ ἄπει οὕτως βαλών.
Ἐγὼ δὲ ἐγεινάμην
καὶ ἔθρεψά σε
δεσπότην οἴκων,
οὐ δὲ ὀφείλω
ὑπερθνήσκειν σέθεν.
Οὐ γὰρ ἐδεξάμην
τόνδε νόμον πατρῷον,
πατέρας προθνήσκειν παίδων,
οὐδὲ Ἑλληνικόν.
Ἔφυς γὰρ σαυτῷ,
εἴτε δυστυχής, εἴτε εὐτυχής·
ἔχεις δὲ
ἃ χρῆν σε τυγχάνειν ἡμῶν.
Ἄρχεις μὲν
πολλῶν,
λείψω δὲ σοι
γύας πολυπλέθρους·
ἐδεξάμην γὰρ ταῦτα
παρὰ πατρός.
Τί δῆτα
ἠδίκηκά σε;
τοῦ ἀποστερῶ σε;
Μὴ θνῆσκε
ὑπὲρ τοῦδε ἀνδρός,
οὐδε ἐγὼ πρὸ σοῦ.
Χαίρεις ὁρῶν φῶς·
δοκεῖς δὲ πατέρα
οὐ χαίρειν;
Ἦ μὴν λογίζομαι
τὸν χρόνον κάτω πολύν γε,
τὸ δὲ ζῆν μικρὸν,
ἀλλὰ ὅμως γλυκύ.
Σὺ γοῦν διεμάχου ἀναιδῶς
τὸ μὴ θανεῖν,
καὶ ζῇς παρελθὼν
τὴν τύχην πεπρωμένην,
κατακτὰς ταύτην·
εἶτα λέγεις ἐμὴν ἀψυχίαν,
ὦ κάκιστε,
ἡσσημένος γυναικὸς,
ἣ προύθανεν σοῦ
τοῦ καλοῦ νεανίου;
Ἐφηῦρες δὲ σοφῶς

tu ne partiras pas ainsi *nous* ayant [frappé.
Or moi j'ai engendré
et j'ai élevé toi
comme maître de *cette* maison,
d'autre part je ne dois pas
mourir-pour toi.
Car je n'ai pas reçu
cette loi paternelle,
les pères mourir-pour les enfants,
ni *cela n'est* grec.
Car tu es né pour toi-même,
soit malheureux, soit heureux;
d'ailleurs tu as
ce qu'il fallait toi obtenir de nous.
Tu commandes d'une part
à beaucoup,
d'autre part je laisserai à toi
des sillons de-beaucoup-de-plè- [thres;
car j'ai reçu ces *biens*
de *mon* père.
En quoi donc
ai-je traité-injustement toi?
de quoi priverai-je toi?
Ne meurs pas
pour cet homme-ci (pour moi),
ni moi pour toi.
Tu te réjouis voyant la lumière;
mais crois-tu *ton* père
ne pas *s'en* réjouir?
Certes je calcule
le temps en-bas *être* long certes,
et le vivre court,
mais cependant doux.
Toi du moins tu as lutté impu- [demment
pour le ne pas mourir,
et tu vis ayant dépassé
le sort marqué-par-le-destin,
en tuant celle-ci;
puis tu parles de ma lâcheté,
ô très lâche,
vaincu par une femme,
qui est morte pour toi
le beau jeune-homme?
Or tu as trouvé ingénieusement

Σοφῶς δ' ἐφηῦρες ὥστε μὴ θανεῖν ποτε,
εἰ τὴν παροῦσαν κατθανεῖν πείσεις ἀεὶ
γυναῖχ' ὑπὲρ σοῦ· κᾆτ' ὀνειδίζεις φίλοις
τοῖς μὴ θέλουσι δρᾶν τάδ', αὐτὸς ὢν κακός;
Σίγα· νόμιζε δ', εἰ σὺ τὴν σαυτοῦ φιλεῖς
ψυχὴν, φιλεῖν ἅπαντας· εἰ δ' ἡμᾶς κακῶς
ἐρεῖς, ἀκούσει πολλὰ κοὐ ψευδῆ κακά.

ΧΟΡΟΣ.

Πλείω λέλεκται νῦν τε καὶ τὸ πρὶν κακά·
παῦσαι δὲ, πρέσβυ, παῖδα σὸν κακορροθῶν.

ΑΔΜΗΤΟΣ.

Λέγ', ὡς ἐμοῦ λέξαντος· εἰ δ' ἀλγεῖς κλύων
τἀληθές, οὐ χρῆν σ' εἰς ἔμ' ἐξαμαρτάνειν.

ΦΕΡΗΣ.

Σοῦ δ' ἂν προθνήσκων μᾶλλον ἐξημάρτανον.

ΑΔΜΗΤΟΣ.

Ταὐτὸν γὰρ ἡβῶντ' ἄνδρα καὶ πρέσβυν θανεῖν;

ΦΕΡΗΣ.

Ψυχῇ μιᾷ ζῆν, οὐ δυοῖν ὀφείλομεν.

ΑΔΜΗΤΟΣ.

Καὶ μὴν Διός γε μείζονα ζώης χρόνον.

pour ne jamais mourir, c'est de persuader toujours à la femme que tu auras de mourir à ta place. Peux-tu reprocher à tes amis de ne pas faire cela, quand tu es lâche toi-même? Tais-toi, et songe que, si tu aimes la vie, tous les autres l'aiment aussi. Si tu dis du mal de nous, tu entendras des reproches nombreux et mérités.

LE CHŒUR. Trop de paroles outrageantes ont été prononcées tout à l'heure et maintenant : cesse, vieillard, d'injurier ton fils.

ADMÈTE. Parle, car je te confondrai; si tu es affligé d'entendre la vérité, il ne fallait pas commettre de faute envers moi.

PHÉRÈS. C'est en mourant à ta place que j'en aurais plutôt commis une.

ADMÈTE. La mort est-elle la même chose pour un jeune homme ou pour un vieillard?

PHÉRÈS. Nous devons vivre une seule vie, et non deux.

ADMÈTE. Eh bien ! puisses-tu vivre plus longtemps que Jupiter !

ὥστε μὴ θανεῖν ποτε,
εἰ πείσεις ἀεὶ
τὴν γυναῖκα παροῦσαν·
κατθανεῖν ὑπὲρ σοῦ·
καὶ εἶτα ὀνειδίζεις
φίλοις
τοῖς μὴ θέλουσι
δρᾶν τάδε,
ὢν αὐτὸς κακός;
Σίγα· νόμιζε δὲ,
εἰ σὺ φιλεῖς
τὴν ψυχὴν σεαυτοῦ,
ἅπαντας φιλεῖν·
εἰ δὲ ἐρεῖς κακῶς ἡμᾶς,
ἀκούσει
πολλὰ κακὰ
καὶ οὐ ψευδῆ.
ΧΟΡΟΣ. Πλείω κακὰ
λέλεκται
νῦν τε καὶ τὸ πρίν·
παῦσαι δὲ, πρέσβυ,
κακορροθῶν σὸν παῖδα.
ΑΔΜΗΤΟΣ. Λέγε,
ὡς ἐμοῦ ἐλέγξοντος·
εἰ δὲ ἀλγεῖς κλύων
τὸ ἀληθές,
οὐ χρῆν σε ἐξαμαρτάνειν
εἰς ἐμέ.
ΦΕΡΗΣ. Ἐξημάρτανον δὲ ἂν
μᾶλλον
προθνήσκων σοῦ.
ΑΔΜΗΤΟΣ. Τὸ αὐτὸν γὰρ
ἄνδρα ἡβῶντα καὶ πρέσβυν
θανεῖν;
ΦΕΡΗΣ. Ὀφείλομεν ζῆν
μιᾷ ψυχῇ, οὐ δυοῖν.
ΑΔΜΗΤΟΣ. Καὶ μὴν
ζώης χρόνον,
μείζονα Διός γε.

pour ne mourir jamais,
si tu persuaderas toujours
à *ta* femme présente
de mourir pour toi ;
et ensuite tu-fais-des-reproches
à *tes* amis
à ceux ne voulant pas
faire cela,
étant *toi*-même lâche ?
Tais-toi ; et pense,
si toi tu aimes
la vie de toi-même,
tous aimer *la leur;*
et si tu parleras mal de nous,
tu entendras
beaucoup de maux (de reproches),
et non faux.
LE CHŒUR. Plus (trop) de maux
ont été dits
et maintenant et auparavant;
mais cesse, vieillard,
disant (de dire)-du-mal de ton fils.
ADMÈTE. Parle,
comme moi devant *te* confondre;
mais si tu es-affligé entendant
la vérité,
il ne fallait pas toi faillir
envers moi.
PHÉRÈS. Mais j'aurais failli
plutôt
en mourant-pour toi.
ADMÈTE. Car est-ce la même [chose
un homme jeune et un vieux
mourir ?
PHÉRÈS. Nous devons vivre
d'une seule vie, non de deux.
ADMÈTE. Eh bien!
puisses-tu-vivre un temps
plus long que Jupiter, certes !

ΦΕΡΗΣ.

Ἀρᾷ γονεῦσιν[1] οὐδὲν ἔκδικον παθών;

ΑΔΜΗΤΟΣ.

Μακροῦ βίου γὰρ ᾐσθόμην ἐρῶντά σε.

ΦΕΡΗΣ.

Ἀλλ' οὐ σὺ νεκρὸν ἀντὶ σοῦ τόνδ' ἐκφέρεις;

ΑΔΜΗΤΟΣ.

Σημεῖα τῆς σῆς, ὦ κάκιστ', ἀψυχίας.

ΦΕΡΗΣ.

Οὔτοι πρὸς ἡμῶν γ' ὤλετ' · οὐκ ἐρεῖς τόδε.

ΑΔΜΗΤΟΣ.

Φεῦ ·
εἴθ' ἀνδρὸς ἔλθοις τοῦδέ γ' ἐς χρείαν ποτέ.

ΦΕΡΗΣ.

Μνήστευε πολλάς, ὡς θάνωσι πλείονες.

ΑΔΜΗΤΟΣ.

Σοὶ τοῦτ' ὄνειδος · οὐ γὰρ ἤθελες θανεῖν.

ΦΕΡΗΣ.

Φίλον τὸ φέγγος τοῦτο τοῦ θεοῦ[2], φίλον.

ΑΔΜΗΤΟΣ.

Κακὸν τὸ λῆμα κοὐκ ἐν ἄρσεσιν τὸ σόν.

ΦΕΡΗΣ.

Οὐκ ἐγγελᾷς γέροντα βαστάζων νεκρόν.

PHÉRÈS. Tu maudis tes parents, sans avoir éprouvé d'eux aucune injustice.

ADMÈTE. Je me suis aperçu que tu aimes une longue vie.

PHÉRÈS. Et toi n'enterres-tu pas cette femme à ta place?

ADMÈTE. C'est une preuve de ta lâcheté, ô le plus vil des hommes.

PHÉRÈS. Ce n'est toujours pas nous qui l'avons tuée; tu ne le diras pas.

ADMÈTE. Hélas! puisses-tu avoir un jour besoin de moi!

PHÉRÈS. Épouse plusieurs femmes, afin d'en avoir plusieurs qui meurent pour toi.

ADMÈTE. Ce que tu dis-là est une honte pour toi; car tu n'as pas voulu mourir.

PHÉRÈS. Douce est la lumière, la lumière de ce dieu.

ADMÈTE. Ton cœur est lâche et n'a rien de viril.

PHÉRÈS. Tu n'as pas la joie d'enterrer un vieillard.

ΦΕΡΗΣ. Ἀρᾷ	PHÉRÈS. Tu maudis
γονεῦσιν,	*tes* parents,
παθὼν οὐδὲν	n'ayant souffert rien
ἔκδικον.	d'injuste.
ΑΔΜΗΤΟΣ. Ἠισθόμην γάρ	ADMÈTE. Car je me suis aperçu
σε ἐρῶντα	toi aimant
μακροῦ βίου.	une longue vie.
ΦΕΡΗΣ. Ἀλλὰ σὺ	PHÉRÈS. Mais toi
οὐκ ἐκφέρεις	n'emportes-tu pas
τόνδε νεκρὸν	ce mort
ἀντὶ σοῦ ;	à la place de toi?
ΑΔΜΗΤΟΣ. Σημεῖα,	ADMÈTE. Preuves,
ὦ κάκιστε,	ô très vil
τῆς σῆς ἀψυχίας.	de ta lâcheté.
ΦΕΡΗΣ. Οὔτοι ὤλετο	PHÉRÈS. Certes elle n'a pas péri
πρὸς ἡμῶν γε·	par nous du moins;
οὐκ ἐρεῖς τόδε.	tu ne diras pas cela.
ΑΔΜΗΤΟΣ. Φεῦ·	ADMÈTE. Hélas!
εἴθε	plaise-aux-dieux-que
ἔλθοις ποτὲ	tu viennes jamais
εἰς χρείαν	en besoin
τοῦδε ἀνδρός γε.	de cet homme-ci certes (de moi).
ΦΕΡΗΣ. Μνήστευε	PHÉRÈS. Recherche
πολλὰς	plusieurs *femmes*
ὡς πλείονες	afin que plusieurs
θάνωσι.	meurent *pour toi.*
ΑΔΜΗΤΟΣ. Τοῦτο	ADMÈTE. Cela
ὄνειδός σοι,	*est* une honte pour toi,
οὐ γὰρ ἤθελες	car tu n'as pas voulu
θανεῖν.	mourir.
ΦΕΡΗΣ. Τοῦτο τὸ φέγγος	PHÉRÈS. Cette lumière
τοῦ θεοῦ	du dieu
φίλον, φίλον.	*est* chère, chère.
ΑΔΜΗΤΟΣ. Τὸ λῆμα	ADMÈTE. *Ta* volonté
τὸ σὸν κακὸν,	la tienne *est* lâche,
καὶ οὐκ ἐν ἄρσεσιν.	et non dans les *volontés* viriles.
ΦΕΡΗΣ. Οὐκ ἐγγελᾷς	PHÉRÈS. Tu ne ris pas
βαστάζων	emportant
νεκρὸν γέροντα.	un mort vieux.

ΑΔΜΗΤΟΣ.

Θανεῖ γε μέντοι δυσκλεὴς, ὅταν θάνῃς.

ΦΕΡΗΣ.

Κακῶς ἀκούειν οὐ μέλει θανόντι μοι.

ΑΔΜΗΤΟΣ.

Φεῦ φεῦ· τὸ γῆρας ὡς ἀναιδείας πλέων.

ΦΕΡΗΣ.

Ἥδ' οὐκ ἀναιδής· τήνδ' ἐφηῦρες ἄφρονα.

ΑΔΜΗΤΟΣ.

Ἄπελθε, κἀμὲ τόνδ' ἔα θάψαι νεκρόν.

ΦΕΡΗΣ.

Ἄπειμι· θάψεις δ' αὐτὸς ὢν αὐτῆς φονεὺς,
δίκας τε δώσεις σοῖσι κηδεσταῖς ἔτι.
Ἦ τἄρ' Ἄκαστος οὐκέτ' ἔστ' ἐν ἀνδράσιν,
εἰ μή σ' ἀδελφῆς αἷμα τιμωρήσεται.

ΑΔΜΗΤΟΣ.

Ἔρρων νυν αὐτὸς χἠ ξυνοικήσασά σοι
ἄπαιδε παιδὸς ὄντος, ὥσπερ ἄξιοι,
γηράσκετ'· οὐ γὰρ τῷδ' ἔτ' ἐς ταὐτὸν στέγος
νεῖσθ'· εἰ δ' ἀπειπεῖν [1] χρῆν με κηρύκων ὕπο
τὴν σὴν πατρῴαν ἑστίαν, ἀπεῖπον ἄν.

ADMÈTE. Tu mourras pourtant, mais sans gloire.

PHÉRÈS. Peu m'importe qu'on dise du mal de moi, quand je serai mort.

ADMÈTE. Hélas ! hélas ! que la vieillesse est impudente !

PHÉRÈS. Celle-ci n'était pas impudente ; c'est une insensée, que tu as trouvée en elle.

ADMÈTE. Va-t'en et laisse-moi ensevelir ce corps.

PHÉRÈS. Je m'en vais : tu l'enseveliras toi-même, toi son meurtrier, et en outre tu seras puni par ceux auxquels ce mariage t'a allié. Certes Acaste ne sera plus compte parmi les hommes s'il ne venge sur toi le sang de sa sœur.

ADMÈTE. Malheur donc à toi et à ta compagne. Tous deux sans enfants, quoique votre fils soit vivant, vieillissez comme vous le méritez : car vous ne viendrez plus sous le même toit que moi, et s'il me fallait renoncer par la voix d'un héraut, à ton foyer, au foyer paternel, j'y renoncerais.

ΑΔΜΗΤΟΣ. Θανεῖ γε μέντοι	ADMÈTE. Tu mourras pourtant
δυσκλεής,	sans-gloire,
ὅταν θάνῃς.	lorsque tu mourras.
ΦΕΡΗΣ. Οὐ μέλει	PHÉRÈS. Il n'est-pas-souci
μοι θανόντι	à moi étant mort
ἀκούειν κακῶς.	d'entendre mal *parler de moi.*
ΑΔΜΗΤΟΣ. Φεῦ φεῦ·	ADMÈTE. Hélas! hélas!
ὡς τὸ γῆρας	comme la vieillesse
πλέων ἀναιδείας.	*est* pleine d'impudence!
ΦΕΡΗΣ. Ἥδε οὐκ	PHÉRÈS. Celle-ci n'*était* pas
ἀναιδής·	impudente;
ἐφηῦρες τήνδε ἄφρονα.	tu as trouvé celle-ci insensée.
ΑΔΜΗΤΟΣ. Ἄπελθε,	ADMÈTE. Va-t'en,
καὶ ἔα ἐμὲ	et laisse-moi
θάψαι τόνδε νεκρόν.	ensevelir ce cadavre.
ΦΕΡΗΣ. Ἄπειμι·	PHÉRÈS. Je m'en vais;
ὢν δὲ φονεὺς αὐτῆς	et étant meurtrier d'elle
θάψεις αὐτός,	tu *l*'enseveliras toi-même,
δώσεις τε ἔτι δίκας	et tu payeras en outre des peines
σοῖσι κηδεσταῖς.	à tes alliés-par-mariage.
Ἦ τοι ἄρα Ἄκαστος	Certes Acaste
οὐκέτι ἐστὶν	n'est plus *à compter*
ἐν ἀνδράσιν,	parmi les hommes,
εἰ μὴ τιμωρήσεταί σε	s'il ne venge pas sur toi
αἷμα ἀδελφῆς.	le sang de *sa* sœur.
ΑΔΜΗΤΟΣ. Ἔρρων	ADMÈTE. Allant-à-mal
νυν αὐτὸς	donc toi-même
καὶ ἡ ξυνοικήσασά σοι,	et celle habitant avec toi
ἄπαιδε	tous-deux-sans-enfant ·
παιδὸς ὄντος,	*votre* enfant existant,
γηράσκετε,	vieillissez
ὥσπερ ἄξιοι·	comme *vous en êtes* dignes;
οὐ γὰρ νεῖσθε ἔτι	car vous ne viendrez plus
ἐς τὸ αὐτὸν στέγος	dans le même toit
τῷδε·	que celui-ci (que moi);
εἰ δὲ χρῆν με ἀπειπεῖν	et s'il fallait moi renoncer
ὑπὸ κηρύκων	par hérauts
τὴν σὴν ἑστίαν πατρῴαν,	à ton foyer paternel,
ἀπεῖπον ἄν.	*j'y* renoncerais.

Ἡμεῖς δὲ (τοὐν ποσὶν γὰρ οἰστέον κακὸν)
στείχωμεν, ὡς ἂν ἐν πυρᾷ θῶμεν νεκρόν.

ΧΟΡΟΣ.

Ἰὼ ἰώ · σχετλία τόλμης.
Ὦ γενναία καὶ μέγ' ἀρίστη,
χαῖρε · πρόφρων σὲ χθόνιός θ' Ἑρμῆς
Ἅιδης τε δέχοιτ'. Εἰ δέ τι κἀκεῖ
πλέον ἔστ' ἀγαθοῖς, τούτων μετέχουσ'
Ἅιδου νύμφῃ παρεδρεύοις [1].

ΘΕΡΑΠΩΝ.

Πολλοὺς μὲν ἤδη κἀπὸ παντοίας χθονὸς
ξένους μολόντας οἶδ' ἐς Ἀδμήτου δόμους,
οἷς δεῖπνα προὔθηκ' · ἀλλὰ τοῦδ' οὔπω ξένου
κακίον' ἐς τήνδ' ἑστίαν ἐδεξάμην.
ὃς πρῶτα μὲν πενθοῦντα δεσπότην ὁρῶν
ἐσῆλθε κἀτόλμησ' ἀμείψασθαι πύλας.
Ἔπειτα δ' οὔτι σωφρόνως ἐδέξατο
τὰ προστυχόντα ξένια, συμφορὰν μαθών,
ἀλλ', εἴ τι μὴ φέροιμεν, ὤτρυνεν φέρειν.
Ποτῆρα δ' ἐν χείρεσσι κίσσινον λαβὼν

Mais nous, car il nous faut supporter le malheur qui nous frappe, allons porter le corps sur le bûcher.

LE CHŒUR. Oh ! oh ! O noble femme, victime de ton courage, de beaucoup la meilleure de toutes, adieu. Puissent Mercure qui descend sous la terre et Pluton te recevoir avec bienveillance ! et si là-bas il y a quelque privilége pour les bons, puisses-tu en jouir, assise à côté de l'épouse de Pluton !

UN SERVITEUR. Certes j'ai vu venir déjà dans la maison d'Admète bien des étrangers et des étrangers de tout pays, auxquels j'ai servi des repas ; mais je n'ai pas encore reçu dans ce foyer d'hôte plus détestable que celui-ci. D'abord, voyant le maître dans le deuil, il n'a pas craint d'entrer et de franchir ce seuil. Puis il ne s'est pas contenté des premières choses venues, comme présents d'hospitalité ; mais ce que nous n'apportions pas, il se l'est fait apporter. Alors, prenant dans ses mains une coupe en bois de lierre,

Ἡμεῖς δὲ στείχωμεν	Mais nous allons
(τὸ γὰρ κακὸν ἐν ποσὶν	(car le mal *qui est* devant nos [pieds
οἰστέον),	*est* devant être supporté),
ὡς θῶμεν ἂν νεκρὸν	afin que nous placions le cadavre
ἐν πυρᾷ.	sur un bûcher.
ΧΟΡΟΣ.	LE CHŒUR.
Ἰὼ ἰώ·	Oh! oh!
σχετλία τόλμης,	malheureuse à cause de *ton* audace!
ὦ γενναία	O *femme* noble
καὶ μέγα ἀρίστη,	et grandement la meilleure,
χαῖρε·	réjouis-toi (adieu);
Ἑρμῆς τε χθόνιος	et que Mercure souterrain
Ἅιδης τε δέχοιτο	et Pluton *te* reçoive
πρόφρων.	bienveillant.
Εἰ δὲ καὶ ἐκεῖ	Et si aussi là-bas,
τι πλέον ἐστὶν ἀγαθοῖς,	quelque chose de plus est aux bons,
μετέχουσα τούτων	participant à ces *avantages*
παρεδρεύοις	puisses-tu-siéger-à-côté-de
νύμφη Ἅιδου.	la femme de Pluton.
ΘΕΡΑΠΩΝ.	UN SERVITEUR.
Οἶδα μὲν	Je sais certes
πολλοὺς ξένους	beaucoup d'étrangers
καὶ ἀπὸ παντοίας χθονὸς	et de toute terre
μολόντας ἤδη	étant venus déjà
ἐς δόμους Ἀδμήτου,	dans les demeures d'Admète,
οἷς προύθηκα δεῖπνα·	auxquels j'ai servi des repas;
ἀλλὰ οὔπω ἐδεξάμην	mais je n'ai pas-encore reçu
ἐς τήνδε ἑστίαν	dans ce foyer-ci
ξένου κακίονα τοῦδε.	d'hôte pire que celui-ci.
Ὃς πρῶτα μὲν ὁρῶν	*Lui* qui d'abord d'une part voyant
δεσπότην πενθοῦντα	le maître étant-affligé
ἐσῆλθε καὶ ἐτόλμησε	est entré et a osé
ἀμείψασθαι πύλας.	franchir les portes.
Ἔπειτα δὲ	Puis d'autre part,
οὔτι ἐδέξατο σωφρόνως	il n'a pas reçu modestement
τὰ ξένια	les présents-d'hospitalité
προστυχόντα,	s'étant rencontrés,
μαθὼν συμφοράν,	ayant appris *notre* malheur,
ἀλλὰ ὤτρυνεν φέρειν	mais il *nous* pressait d'apporter,
εἰ μὴ φέροιμέν	si nous n'apportions pas
τι.	quelque chose.
Λαβὼν δὲ ἐν χείρεσσι	Et ayant pris dans *ses* mains
ποτῆρα	une coupe
κίσσινον	de-bois-de-lierre

πίνει μελαίνης μητρὸς[1] εὔζωρον μέθυ,
ἕως ἐθέρμην' αὐτὸν ἀμφιβᾶσα φλὸξ
οἴνου· στέφει δὲ κρᾶτα μυρσίνης κλάδοις.
ἄμουσ' ὑλακτῶν· δισσὰ δ' ἦν μέλη κλύειν·
ὁ μὲν γὰρ ᾖδε, τῶν ἐν Ἀδμήτου κακῶν
οὐδὲν προτιμῶν, οἰκέται δ' ἐκλαίομεν
δέσποιναν· ὄμμα δ' οὐκ ἐδείκνυμεν ξένῳ
τέγγοντες· Ἄδμητος γὰρ ὧδ' ἐφίετο.
Καὶ νῦν ἐγὼ μὲν ἐν δόμοισιν ἑστιῶ
ξένον, πανοῦργον κλῶπα καὶ λῃστήν τινα·
ἡ δ' ἐκ δόμων βέβηκεν, οὐδ' ἐφεσπόμην
οὐδ' ἐξέτεινα χεῖρ' ἀπομώζων ἐμὴν
δέσποιναν, ἣ 'μοὶ πᾶσί τ' οἰκέταισιν ἦν
μήτηρ· κακῶν γὰρ μυρίων ἐρρύετο,
ὀργὰς μαλάσσουσ' ἀνδρός. Ἆρα τὸν ξένον
στυγῶ δικαίως, ἐν κακοῖς ἀφιγμένον;

ΗΡΑΚΛΗΣ.

Οὗτος, τί σεμνὸν καὶ πεφροντικὸς βλέπεις;
Οὐ χρὴ σκυθρωπὸν τοῖς ξένοις τὸν πρόσπολον
εἶναι, δέχεσθαι δ' εὐπροσηγόρῳ φρενί.

il boit pur le jus de la grappe colorée, jusqu'à ce que la flamme du vin le pénétrant de toutes parts l'ait échauffé ; puis il se couronne la tête de branches de myrte et hurle des chants grossiers. Alors on pouvait entendre une double mélodie ; car pendant qu'il chantait, sans égard pour les malheurs de la maison d'Admète, nous, les serviteurs, nous pleurions notre maîtresse; mais nous cachions à notre hôte les larmes qui mouillaient nos yeux: tel était l'ordre d'Admète. Et maintenant, tandis que je régale dans cette maison un hôte, quelque rusé voleur, ou quelque brigand, elle a quitté la maison, sans que je l'accompagnasse, sans que j'étendisse la main vers elle, pleurant ma maîtresse, qui était une mère pour moi et pour tous les serviteurs; car elle nous préservait de mille maux en calmant les colères de son époux! N'ai-je pas raison de haïr cet hôte qui est arrivé au milieu de nos malheurs.

HERCULE. Holà, toi! Pourquoi cet air grave et soucieux? Un serviteur ne doit pas montrer aux hôtes une mine refrognée, mais leur faire un accueil affable, et toi, voyant ici un

πίνει μέθυ εὔζωρον
μητρὸς μελαίνης.
ἕως φλὸξ οἴνου
ἀμφιβᾶσα ἐθέρμηνεν αὐτόν·
στέφει δὲ κρᾶτα
κλάδοις μυρσίνης,
ὑλακτῶν ἄμουσα·
ἦν δὲ κλύειν
δισσὰ μέλη·
ὁ μὲν γὰρ ᾖδε,
προτιμῶν οὐδὲν
τῶν κακῶν
ἐν Ἀδμήτου,
οἰκέται δὲ
ἐκλαίομεν δέσποιναν·
τέγγοντες δὲ ὄμμα
οὐκ ἐδείκνυμεν ξένῳ·
Ἄδμητος γὰρ ἐφίετο οὕτω.
Καὶ νῦν ἐγὼ μὲν
ἑστιῶ ἐν δόμοισιν ξένον,
τινὰ πανοῦργον κλῶπα
καὶ λῃστήν·
ἡ δὲ βέβηκεν ἐκ δόμων,
οὐδὲ ἐφεσπόμην,
οὐδὲ ἐξέτεινα χεῖρα,
ἀποιμώζων ἐμὴν δέσποιναν,
ἣ ἦν μήτηρ ἐμοὶ
πᾶσί τε οἰκέταισιν·
ἐρρύετο γὰρ
κακῶν μυρίων,
μαλάσσουσα ὀργὰς ἀνδρός.
Ἆρα στυγῶ δικαίως
τὸν ξένον,
ἀφιγμένον ἐν κακοῖς;
ΗΡΑΚΛΗΣ. Οὗτος,
τί βλέπεις
σεμνὸν καὶ πεφροντικός;
Οὐ χρὴ τὸν πρόσπολον
εἶναι σκυθρωπὸν τοῖς ξένοις,
δέχεσθαι δὲ
φρενὶ εὐπροσηγόρῳ.

il boit un vin pur
d'une mère noire,
jusqu'à ce que la flamme du vin
l'ayant enveloppé ait échauffé lui;
et il couronne *sa* tête
de branches de myrte,
aboyant des *chants* grossiers;
or il était-possible d'entendre
doubles mélodies;
car lui d'une part chantait
ne se-souciant en rien
des maux
qui sont dans *la maison* d'Admète,
nous d'autre part serviteurs
nous pleurions *notre* maîtresse;
et mouillant *notre* œil
nous ne *le* montrions pas à l'hôte;
car Admète ordonnait ainsi.
Et maintenant moi d'une part,
je régale dans *cette* maison un [hôte,
quelque rusé voleur
et brigand;
elle d'autre part est sortie de la [maison,
et je ne *l*'ai pas suivie,
ni je n'ai étendu la main,
pleurant ma maîtresse,
qui était une mère pour moi
et pour tous les serviteurs;
car elle *nous* préservait
de maux innombrables,
adoucissant les colères de *son* mari.
Est-ce-que je hais justement
l'hôte,
arrivé dans *nos* malheurs?
HERCULE. O celui-là (ô toi),
pourquoi regardes-tu
d'un *air* grave et soucieux?
Il ne faut pas le serviteur
être refrogné pour les hôtes,
mais *les* recevoir
avec un esprit affable.

Σὺ δ' ἄνδρ' ἑταῖρον δεσπότου παρόνθ' ὁρῶν,
στυγνῷ προσώπῳ καὶ συνωφρυωμένῳ
δέχει, θυραίου[1] πήματος σπουδὴν ἔχων.
Δεῦρ' ἔλθ', ὅπως ἂν καὶ σοφώτερος γένῃ.
Τὰ θνητὰ πράγματ' οἶδας ἣν ἔχει φύσιν;
Οἶμαι μὲν οὔ· πόθεν γάρ; ἀλλ' ἄκουέ μου.
Βροτοῖς ἅπασι κατθανεῖν ὀφείλεται,
κοὐκ ἔστι θνητῶν ὅστις ἐξεπίσταται
τὴν αὔριον μέλλουσαν εἰ βιώσεται·
τὸ τῆς τύχης γὰρ ἀφανὲς οἷ προβήσεται,
κἄστ' οὐ διδακτὸν οὐδ' ἁλίσκεται τέχνῃ.
Ταῦτ' οὖν ἀκούσας καὶ μαθὼν ἐμοῦ πάρα
εὔφραινε σαυτόν, πῖνε, τὸν καθ' ἡμέραν
βίον λογίζου σόν, τὰ δ' ἄλλα τῆς τύχης.
Τίμα δὲ καὶ τὴν πλεῖστον ἡδίστην θεῶν
Κύπριν βροτοῖσιν· εὐμενὴς γὰρ ἡ θεός.
Τὰ δ' ἄλλ' ἔασον ταῦτα, καὶ πιθοῦ λόγοις
ἐμοῖσιν, εἴπερ ὀρθά σοι δοκῶ λέγειν·
οἶμαι μέν. Οὔκουν τὴν ἄγαν λύπην ἀφεὶς
πίει μεθ' ἡμῶν τάσδ' ὑπερβαλὼν τύχας,

ami de ton maître tu le reçois avec un visage sombre et les sourcils froncés, préoccupé d'un malheur étranger. Approche ici, afin de devenir plus sage. Sais-tu quelle est la nature de ce qui est mortel? Je crois que non; car d'où l'aurais-tu appris? mais écoute-moi. Tous les mortels doivent mourir, et il n'en est pas un seul qui sache s'il vivra demain. Car incertaine est la marche de la fortune; elle déjoue toute science, toute habileté. Sachant donc cela et instruit, par moi, réjouis-toi, bois, estime que le jour présent t'appartient, mais que le reste dépend de la fortune. Honore aussi la déesse la plus agréable de toutes aux mortels, Vénus; car son cœur est bienveillant. Mais laisse là tout le reste, et écoute mes paroles, si, comme je le crois, ce que je dis te paraît juste. N'oublieras-tu pas cette douleur immodérée pour boire avec nous, dédaignant ces coups du sort, et te couronner

Σὺ δὲ ὁρῶν	Mais toi voyant
ἄνδρα ἑταῖρον δεσπότου	un homme ami de *ton* maître
παρόντα,	étant présent,
δέχει προσώπῳ στυγνῷ	tu *le* reçois avec un visage chagrin
καὶ συνωφρυωμένῳ,	et qui fronce-les-sourcils,
ἔχων σπουδὴν	ayant souci
πήματος θυραίου.	d'un malheur étranger.
Ἐλθὲ δεῦρο, ὅπως γένῃ ἂν	Viens ici, afin que tu deviennes
καὶ σοφώτερος.	aussi plus sage.
Οἶδας τὰ πράγματα θνητὰ	Sais-tu les choses mortelles
ἣν φύσιν ἔχει;	quelle nature elles ont?
Οἶμαι μὲν οὔ·	je pense certes *que* non:
πόθεν γάρ;	car d'où *le saurais-tu*?
ἀλλὰ ἄκουέ μου.	mais écoute-moi.
Κατθανεῖν ὀφείλεται	Mourir est dû
ἅπασι βροτοῖς,	par tous les mortels,
καὶ οὐκ ἔστι θνητῶν	et il n'est pas d'entre les mortels
ὅστις ἐξεπίσταται εἰ βιώσεται	qui sache s'il vivra
τὴν μέλλουσαν αὔριον.	le *jour* devant *être* demain.
Τὸ γὰρ τῆς τύχης	Car la *marche* de la fortune
οἷ προβήσεται	où elle ira
ἀφανές,	*est* obscure,
καὶ οὐκ ἔστι διδακτὸν	et elle n'est pas possible-à-enseigner
οὐδὲ ἁλίσκεται τέχνῃ.	ni elle n'est surprise par art.
Ἀκούσας οὖν	Ayant donc entendu
καὶ μαθὼν ταῦτα παρὰ ἐμοῦ	et ayant appris cela de moi,
εὔφραινε σαυτόν, πῖνε,	réjouis-toi toi-même, bois,
λογίζου τὸν βίον κατὰ ἡμέραν	calcule la vie de chaque jour
σόν,	*être* tienne,
τὰ δὲ ἄλλα	mais les autres choses
τῆς τύχης.	*être* du (au) hasard.
Τίμα δὲ καὶ Κύπριν	D'autre part honore aussi Cypris
τὴν πλεῖστον ἡδίστην	de beaucoup la plus agréable
θεῶν βροτοῖσιν·	des déesses pour les mortels;
ἡ γὰρ θεὸς εὐμενής.	car cette déesse *est* bienveillante.
Ἔασον δὲ ταῦτα τὰ ἄλλα,	Mais laisse ces autres choses,
καὶ πιθοῦ ἐμοῖσι λόγοις,	et obéis à mes paroles,
εἴπερ δοκῶ σοι	si-toutefois je parais à toi
λέγειν ὀρθά·	dire des choses droites (justes)
οἶμαι μέν.	je *le* pense certes.
Ἀφεὶς τὴν λύπην ἄγαν	Ayant laissé la douleur excessive
οὔκουν πίει μετὰ ἡμῶν	ne boiras-tu pas avec nous,
ὑπερβαλὼν	t'étant mis au-dessus
τάσδε τύχας,	de ces événements,

στεφάνοις πυκασθείς; Καὶ σάφ' οἶδ' ὁθούνεκα
τοῦ νῦν σκυθρωποῦ καὶ ξυνεστῶτος φρενῶν
μεθορμιεῖ σε [1] πίτυλος ἐμπεσὼν σκύφου.
Ὄντας δὲ θνητοὺς θνητὰ καὶ φρονεῖν χρεών·
ὡς τοῖς γε σεμνοῖς καὶ συνωφρυωμένοις
ἅπασίν ἐστιν, ὥς γ' ἐμοὶ χρῆσθαι κριτῇ,
οὐ βίος ἀληθῶς ὁ βίος, ἀλλὰ συμφορά.

ΘΕΡΑΠΩΝ.

Ἐπιστάμεσθα ταῦτα· νῦν δὲ πράσσομεν
οὐχ οἷα κώμου καὶ γέλωτος ἄξια.

ΗΡΑΚΛΗΣ.

Γυνὴ θυραῖος ἡ θανοῦσα· μὴ λίαν
πένθει· δόμων γὰρ ζῶσι τῶνδε δεσπόται.

ΘΕΡΑΠΩΝ.

Τί ζῶσιν; οὐ κάτοισθα τὰν δόμοις κακά;

ΗΡΑΚΛΗΣ.

Εἰ μή τι σός με δεσπότης ἐψεύσατο.

ΘΕΡΑΠΩΝ.

Ἄγαν ἐκεῖνός ἐστ', ἄγαν φιλόξενος.

ΗΡΑΚΛΗΣ.

Μῶν ξυμφοράν τιν' οὖσαν οὐκ ἔφραζέ μοι;

de fleurs? Je suis sûr que de nombreuses rasades dissiperont ta tristesse et tes ennuis. Mortels, nous devons avoir des pensées qui conviennent à des mortels; car pour les gens graves et tristes, la vie, selon moi, n'est pas véritablement une vie, mais un malheur.

LE CHŒUR. Nous savons cela; mais les joyeux festins et le rire ne conviennent guère à notre situation.

HERCULE. La morte est une femme étrangère: ne t'afflige pas sans mesure, puisque les maîtres de cette maison sont vivants.

LE SERVITEUR. Comment! vivants? Ne sais-tu pas le malheur de cette maison?

HERCULE. Quel malheur? à moins que ton maître ne m'ait trompé.

LE SERVITEUR. Il pousse trop loin le respect de l'hospitalité.

HERCULE. Est-ce qu'il m'a caché un malheur qui lui serait arrivé?

πυκασθεὶς στέφανοις;	couvert de couronnes?
Καὶ οἶδα σάφα ὁθούνεκα	Et je sais clairement que [venue
πίτυλος σκύφου ἐμπεσὼν	fréquence de coupes étant inter-
μεθορμιεῖ σε	déplacera toi
τοῦ σκυθρώπου νῦν	de la tristesse de maintenant
καὶ ξυνεστῶτος	et de la contraction (du sérieux)
φρενῶν.	de *ton* esprit.
Χρεὼν δὲ ὄντας θνητοὺς	Or il faut *nous* étant mortels
καὶ φρονεῖν θνητά·	penser aussi des choses mortelles;
ὡς ὁ βίος	car la vie
οὐκ ἀληθῶς βίος,	*n'est* pas véritablement vie,
ἀλλὰ συμφορὰ,	mais malheur,
ὥς γε	du moins comme *il est possible*
χρῆσθαι ἐμοὶ κριτῇ,	de se servir de moi pour juge,
τοῖς γε σέμνοις	pour les *gens* graves du moins
καὶ συνωφρυωμένοις.	et fronçant-les-sourcils.
ΘΕΡΑΠΩΝ. Ἐπιστάμεσθα	LE SERVITEUR. Nous savons
ταῦτα·	cela; [maintenant
πράσσομεν δὲ νῦν	mais nous faisons (éprouvons)
οὐχ οἷα	non des choses telles
ἄξια	*qu'elles soient* dignes
κώμου καὶ γέλωτος.	de festin-joyeux et de rire.
ΗΡΑΚΛΗΣ. Ἡ θανοῦσα	HERCULE. La morte
γυνὴ θυραῖος·	*est* une femme étrangère
μὴ πένθει λίαν·	ne t'afflige pas trop·
δεσπόται γὰρ τῶνδε δόμων	car les maîtres de cette maison
ζῶσιν.	vivent.
ΘΕΡΑΠΩΝ. Τί	LE SERVITEUR. En quoi
ζῶσιν;	vivent-ils?
οὐ κάτοισθα τὰ κακὰ	ne connais-tu pas les maux
ἐν δόμοις;	*qui sont* dans la maison?
ΗΡΑΚΛΗΣ. Εἰ μὴ	HERCULE. A moins que
σὸς δεσπότης	ton maître
ἐψεύσατο μέ τι.	n'ait trompé moi en quelque chose.
ΘΕΡΑΠΩΝ. Ἐκεῖνος ἄγαν,	LE SERVITEUR. Il *est* trop,
ἄγαν φιλόξενος.	trop hospitalier.
ΗΡΑΚΛΗΣ. Μῶν	HERCULE. Est-ce que
οὐκ ἔφραζέ μοι	il ne disait pas à moi
τινὰ ξυμφορὰν οὖσαν;	quelque malheur existant?

ΘΕΡΑΠΩΝ.

Χαίρων ἴθ'· ἡμῖν δεσποτῶν μέλει κακά.

ΗΡΑΚΛΗΣ.

Ὅδ' οὐ θυραίων πημάτων ἄρχει λόγος.

ΘΕΡΑΠΩΝ.

Οὐ γάρ τι κωμάζοντ' ἂν ἠχθόμην σ' ὁρῶν.

ΗΡΑΚΛΗΣ.

Οὐ χρῆν μ' ὀθνείου γ' οὕνεκ' εὖ παθεῖν νεκροῦ;

ΘΕΡΑΠΩΝ.

Ἦ κάρτα μέντοι καὶ λίαν οἰκεῖος ἦν.

ΗΡΑΚΛΗΣ.

['Αλλ' ἦ πέπονθα δείν'[1] ὑπὸ ξένων ἐμῶν;

ΘΕΡΑΠΩΝ.

Οὐκ' ἦλθες ἐν δέοντι δέξασθαι δόμοις.
Πένθος γὰρ ἡμῖν ἐστι· καὶ κουρὰν βλέπεις
μελαμπέπλους στολμούς τε.

ΗΡΑΚΛΗΣ.

Τίς δ' ὁ κατθανών;]
Μῶν ἤ τέκνων τι φροῦδον, ἢ γέρων πατήρ;

ΘΕΡΑΠΩΝ.

Γυνὴ μὲν οὖν ὄλωλεν 'Αδμήτου, ξένε.

LE SERVITEUR. Adieu et va-t'en; je suis occupé des maux de mes maîtres.

HERCULE. Ces paroles n'annoncent pas des maux étrangers.

LE SERVITEUR. Si c'étaient des maux étrangers, je ne me serais pas indigné de te voir faire bonne chère.

HERCULE. Un mort étranger devrait-il empêcher que je fusse bien traité?

LE SERVITEUR. Ce mort est de la maison; il n'en est que trop.

HERCULE. Eh quoi! mes hôtes m'auraient-ils fait une grave injure?

LE SERVITEUR. Tu n'es pas venu à propos pour être reçu dans cette maison, car je suis dans le deuil; et tu vois nos têtes rasées et nos noirs vêtements.

HERCULE. Mais quel est le mort? Est-ce un de ses enfants, ou son vieux père. qu'il a perdu?

LE SERVITEUR. Non, c'est la femme d'Admète qui est morte, ô étranger.

ΘΕΡΑΠΩΝ. Ἴθι	LE SERVITEUR. Va-t'en
χαίρων·	te réjouissant;
κακὰ δεσποτῶν	les malheurs de *mes* maîtres
μέλει ἡμῖν.	sont-à-souci à nous.
ΗΡΑΚΛΗΣ. Ὅδε λόγος	HERCULE. Ce discours
οὐκ ἄρχει	ne commence pas
πημάτων θυραίων.	des malheurs étrangers.
ΘΕΡΑΠΩΝ.	LE SERVITEUR.
Οὐ γὰρ ἠχθόμην ἄν	Car je ne me serais pas indigné
τι	en quelque chose
ὁρῶν σε	en voyant toi
κωμάζοντα.	festinant.
ΗΡΑΚΛΗΣ. Οὐ χρῆν με	HERCULE. Ne fallait-il pas moi
παθεῖν εὖ	être traité bien
οὕνεκα νεκροῦ	à cause d'un mort
ὀθνείου γε;	étranger certes?
ΘΕΡΑΠΩΝ Ἦ μέντοι	LE SERVITEUR. Certes
ἦν κάρτα	il était tout à fait
καὶ λίαν οἰκεῖος.	et trop de-la-maison.
ΗΡΑΚΛΗΣ. Ἀλλὰ ἦ	HERCULE. Mais est-ce-que
πέπονθα δεινὰ	j'ai éprouvé des choses terribles
ὑπὸ ἐμῶν ξένων.	de la part de mes hôtes?
ΘΕΡΑΠΩΝ.	LE SERVITEUR.
Οὐκ ἦλθες	Tu n'es pas venu
ἐν δέοντι	en *temps* convenable
δέξασθαι	pour qu'on te reçoive
δόμοις.	dans la maison.
Πένθος γάρ	Car deuil
ἐστιν ἡμῖν·	est à nous;
καὶ βλέπεις κουρὰν	et tu vois tonsure
στολμούς τε μελαμπέπλους;	et vêtements noirs.
ΗΡΑΚΛΗΣ. Τίς δὲ	HERCULE. Mais qui
ὁ κατθανών;	*est* le mort ?
Μῶν ἤ τι τέκνων	Est-ce-que ou un de *ses* enfants
φροῦδον,	*est* parti,
ἢ γέρων πατήρ;	ou *son* vieux père ?
ΘΕΡΑΠΩΝ. Μὲν οὖν	LE SERVITEUR. Or donc
γυνὴ Ἀδμήτου	la femme d'Admète
ὄλωλε, ξένε.	a péri, hôte.

ΗΡΑΚΛΗΣ.

Τί φής; ἔπειτα δῆτά μ' ἐξένιζετε;

ΘΕΡΑΠΩΝ.

Ἠιδεῖτο γάρ σε τῶνδ' ἀπώσασθαι δόμων.

ΗΡΑΚΛΗΣ.

Ὦ σχέτλι', οἵας ἤμπλακες ξυναόρου.

ΘΕΡΑΠΩΝ.

Ἀπωλόμεσθα πάντες, οὐ κείνη μόνη.

ΗΡΑΚΛΗΣ.

Ἀλλ' ᾐσθόμην μὲν ὄμμ' ἰδὼν δακρυρροοῦν
κουράν τε καὶ πρόσωπον· ἀλλ' ἔπειθέ με
λέγων θυραῖον κῆδος ἐς τάφον φέρειν.
Βίᾳ δὲ θυμοῦ τάσδ' ὑπερβαλὼν πύλας
ἔπινον ἀνδρὸς ἐν φιλοξένου δόμοις,
πράσσοντος οὕτω. Κᾆτα κωμάζω κάρα
στεφάνοις πυκασθείς; Ἀλλὰ σοῦ τὸ μὴ φράσαι,
κακοῦ τοσούτου δώμασιν προσκειμένου.
Ποῦ καί σφε θάπτει; ποῦ νιν εὑρήσω μολών;

ΘΕΡΑΠΩΝ.

Ὀρθὴν παρ' οἶμον, ἣ 'πὶ Λάρισαν φέρει,
τύμβον κατόψει ξεστὸν ἐκ προαστίου.

HERCULE. Que dis-tu? Et vous m'avez donné l'hospitalité?

LE SERVITEUR. Il aurait rougi de te repousser de cette maison.

HERCULE. O malheureux! quelle compagne tu as perdue!

LE SERVITEUR. C'en est fait de nous tous, et non pas d'elle seule.

HERCULE. Mais je m'en étais bien aperçu en voyant ses yeux mouillés de larmes, sa tête rasée, son visage sombre; seulement il m'a persuadé le contraire en me disant que c'était un mort étranger qu'il portait au tombeau. J'ai franchi ce seuil à contre-cœur, et j'ai bu dans la maison de ce mortel hospitalier, lorsqu'il était aussi malheureux. Puis j'ai fait bonne chère, la tête couronnée de fleurs? Mais c'est ta faute à toi de n'avoir pas parlé, quand une telle calamité avait fondu sur cette maison. Et où l'ensevelit-il? Où faut-il que j'aille pour la trouver?

LE SERVITEUR. Le long de la route qui mène droit à Larisse, tu verras, hors du faubourg, un tombeau en marbre poli.

ΗΡΑΚΛΗΣ. Τί φής;	HERCULE. Que dis-tu?
ἔπειτα δῆτα	ensuite donc [moi?
ἐξενίζετέ με.	vous receviez-hospitalièrement
ΘΕΡΑΠΩΝ.	LE SERVITEUR.
Ἠιδεῖτο γὰρ	Car il avait-honte
ἀπώσασθαί σε	de repousser toi
τῶνδε δόμων.	de cette maison.
ΗΡΑΚΛΗΣ. Ὦ σχέτλιε,	HERCULE. O malheureux,
οἵας ξυναόρου ἤμπλακες.	de quelle compagne tu es privé!
ΘΕΡΑΠΩΝ. Ἀπωλόμεσθα	LE SERVITEUR. Nous avons
πάντες, οὐ κείνη μόνη.	tous, non celle-là seule. [péri
ΗΡΑΚΛΗΣ. Ἀλλὰ	HERCULE. Mais
ᾐσθόμην μὲν	je m'*en* étais aperçu certes
ἰδὼν ὄμμα	en voyant *son* œil
δακρυρροοῦν	versant-des larmes
κουράν τε	et *sa* tonsure
καὶ πρόσωπον,	et *son* visage,
ἀλλά με ἔπειθε	mais il me persuadait
λέγων φέρειν ἐς τάφον	disant porter à la sépulture
κῆδος θυραῖον.	des funérailles étrangères.
Ὑπερβαλὼν δὲ τάσδε πύλας	Et ayant franchi ces portes
βίᾳ θυμοῦ	malgré *mon* cœur
ἔπινον ἐν δόμοις	je buvais dans la maison
ἀνδρὸς φιλοξένου	d'un homme hospitalier
πράσσοντος οὕτω.	faisant *ses affaires* ainsi.
Καὶ εἶτα κωμάζω	Et ensuite je festine
πυκασθεὶς στεφάνοις	couvert de couronnes
κάρα;	quant à la tête?
Ἀλλὰ τὸ μὴ φράσαι,	Mais le n'avoir pas parlé,
τοσούτου κακοῦ	un si grand mal
προσκειμένου δώμασιν,	étant attaché à la maison,
σοῦ.	*est* de toi,
Ποῦ καὶ θάπτει σφε;	Où aussi ensevelit-il elle?
ποῦ εὑρήσω νιν μολών;	où trouverai-je elle étant allé?
ΘΕΡΑΠΩΝ. Παρὰ	LE SERVITEUR. Près
οἶμον ὀρθὴν,	de la route droite,
ἣ φέρει ἐπὶ Λάρισαν,	qui porte à Larisse,
κατόψει ἐκ προαστίου	tu verras du faubourg
τύμβον ξεστόν.	un tombeau poli.

ΗΡΑΚΛΗΣ.

Ὦ πολλὰ τλᾶσα καρδία καὶ χεὶρ ἐμή,
νῦν δεῖξον οἷον παῖδά σ' [1] ἡ Τιρυνθία
Ἠλεκτρυόνος ἐγείνατ' Ἀλκμήνη Διί.
Δεῖ γάρ με σῶσαι τὴν θανοῦσαν ἀρτίως
γυναῖκα, κἀς τόνδ' αὖθις ἱδρῦσαι δόμον
Ἄλκηστιν, Ἀδμήτῳ θ' ὑπουργῆσαι χάριν.
Ἐλθὼν δ' ἄνακτα τὸν μελάμπεπλον νεκρῶν,
Θάνατον, φυλάξω, καί νιν εὑρήσειν δοκῶ
πεινῶντα τύμβου πλησίον προσφαγμάτων.
Κἄνπερ λοχαίας αὐτὸν ἐξ ἕδρας συθεὶς
μάρψω, κύκλον δὲ περιβάλω χεροῖν ἐμαῖν,
οὐκ ἔστιν ὅστις αὐτὸν ἐξαιρήσεται
μογοῦντα πλευρά, πρὶν γυναῖκ' ἐμοὶ μεθῇ.
Ἢν δ' οὖν ἁμάρτω τῆσδ' ἄγρας, καὶ μὴ μόλῃ
πρὸς αἱματηρὸν πέλανον, εἶμι τῶν κάτω
Κόρης ἄνακτός τ' εἰς ἀνηλίους δόμους
αἰτήσομαί τε· καὶ πέποιθ' ἄξειν ἄνω
Ἄλκηστιν, ὥστε χερσὶν ἐνθεῖναι ξένου,
ὅς μ' ἐς δόμους ἐδέξατ' οὐδ' ἀπήλασεν,

HERCULE. O cœur et bras éprouvés par tant de travaux, c'est le moment de montrer quel fils la fille d'Électryon, Alcmène de Tirynthe, a donné en moi à Jupiter. Car il faut que je sauve cette femme qui vient de mourir, que je ramène Alceste dans cette maison, et que je rende service à Admète. J'irai épier la souveraine de ceux qui ne sont plus, la Mort aux sombres voiles, et j'espère la trouver près de la tombe, occupée à boire le sang des victimes récemment égorgées. Et si m'élançant de mon embuscade je la saisis, et l'entoure de mes deux bras, il n'y a personne qui puisse arracher de mon étreinte ses flancs meurtris, avant qu'elle lâche cette femme. Si je ne puis la prendre ainsi, et qu'elle ne soit pas venue goûter au gâteau sanglant, je descendrai dans les sombres demeures des divinités infernales, Proserpine et Pluton, je leur demanderai Alceste; et je suis sûr de la ramener sur la terre et de la remettre aux mains de l'hôte qui, loin de me repousser, m'a reçu dans sa maison, malgré le

ΗΡΑΚΛΗΣ. Ὦ καρδία	HERCULE. O *mon* cœur
καὶ ἐμὴ χεὶρ	et ma main [*vaux*,
τλᾶσα πολλὰ,	ayant enduré beaucoup de *tra-*
δεῖξον νῦν	montre maintenant
οἷον παῖδα	quel fils
ἡ Τιρυνθία Ἀλκμήνη	la tirynthienne Alcmène,
Ἠλεκτρύονος	*fille* d'Électryon,
ἐγείνατό σε Διΐ.	a enfanté toi pour Jupiter.
Δεῖ γάρ με σῶσαι	Car il faut moi sauver
τὴν γυναῖκα θανοῦσαν ἀρτίως	la femme morte récemment,
καὶ ἱδρῦσαι αὖθις Ἄλκηστιν	et placer de nouveau Alceste
εἰς τόνδε δόμον,	dans cette maison-ci,
ὑπουργῆσαί τε χάριν	et rendre service
Ἀδμήτῳ.	à Admète.
Ἐλθὼν δὲ φυλάξω Θάνατον	Or étant allé, j'épierai la Mort
τὸν ἄνακτα μελάμπεπλον	la souveraine aux-noirs-vêtements
νεκρῶν,	des morts,
καὶ δοκῶ εὑρήσειν νιν	et je crois devoir trouver elle
πλησίον τύμβου	près du tombeau [paravant.
πεινῶντα προσφαγμάτων.	affamé des victimes-égorgées-au-
Καὶ ἄνπερ συθεὶς	Et si m'étant élancé [cades.
ἐξ ἕδρας λοχαίας	d'une place propre-aux-embus-
μάρψω αὐτὸν,	j'aurai saisi elle, [cercle
περιβάλω δὲ κύκλον	et *si* j'aurais mis-autour d'*elle* un
ἐμαῖν χεροῖν,	avec mes deux-mains,
οὐκ ἔστιν ὅστις	il n'est pas qui
ἐξαιρήσεται αὐτὸν	arrachera elle
μογοῦντα πλευρὰ,	souffrant des flancs,
πρὶν μεθῇ μοι	avant qu'elle ait lâché pour moi
γυναῖκα.	cette femme.
Ἢν δὲ οὖν ἁμάρτω	Mais si donc j'aurai manqué
τῆσδε ἄγρας,	*cette* capture,
καὶ μὴ μόλῃ	et *si* elle n'est pas venue
πρὸς τὸν πέλανον αἱματηρὸν,	vers ce gâteau ensanglanté,
εἶμι εἰς δόμους	j'irai dans les demeures
ἀνηλίους	sans-soleil
τῶν κάτω	de ceux d'-en-bas,
Κόρης ἄνακτός τε	Proserpine et le *roi des enfers*
αἰτήσομαί τε,	et je *la* demanderai;
καὶ πέποιθα	et j'ai-confiance [ceste,
ἄξειν ἄνω Ἄλκηστιν,	*moi* devoir emmener en-haut Al-
ὥστε ἐνθεῖναι χερσὶ	pour *la* mettre dans les mains,
ξένου, ὅς ἐδέξατό με	de l'hôte, qui a reçu moi
ἐς δόμους,	dans *sa* maison,
οὐδὲ ἀπήλασεν,	et ne *m'a* pas repoussé,

καίπερ βαρείᾳ συμφορᾷ πεπληγμένος,
ἔκρυπτε δ' ὢν γενναῖος, αἰδεσθεὶς ἐμέ.
Τίς τοῦδε μᾶλλον Θεσσαλῶν φιλόξενος,
τίς Ἑλλάδ' οἰκῶν; Τοιγὰρ οὐκ ἐρεῖ κακὸν
εὐεργετῆσαι φῶτα γενναῖος γεγώς.

ΑΔΜΗΤΟΣ.

Ἰώ, ἰώ· στυγναὶ πρόσοδοι,
στυγναὶ δ' ὄψεις χήρων μελάθρων.
Ἰώ μοί μοι. Αἰαῖ, αἰαῖ.
Ποῖ βῶ; πᾷ στῶ; τί λέγω; τί δὲ μή;
πῶς ἂν ὀλοίμαν;
Ἡ βαρυδαίμονα μήτηρ μ' ἔτεκεν.
Ζηλῶ φθιμένους, κείνων ἔραμαι,
κεῖν' ἐπιθυμῶ δώματα ναίειν.
Οὔτε γὰρ αὐγὰς χαίρω προσορῶν
οὔτ' ἐπὶ γαίας πόδα πεζεύων·
τοῖον ὅμηρόν μ' ἀποσυλήσας
"Αιδῃ Θάνατος παρέδωκεν.

ΧΟΡΟΣ.

Πρόβα πρόβα· βᾶθι κεῦθος οἴκων. [Strophe 1.]

ΑΔΜΗΤΟΣ.

Αἰαῖ.

malheur accablant qui le frappait, et que dans sa générosité il cachait par égard pour moi. Quel est le Thessalien, quel est l'habitant de la Grèce qui pratique mieux que lui les devoirs de l'hospitalité? Mais, s'il est généreux, il ne dira pas non plus qu'il a obligé un ingrat.

ADMÈTE. Ah! triste abord, triste aspect de mon palais désert! Ah! ah! Hélas! où aller? où rester? que dire? Plût aux dieux que je périsse. Bien malheureux est le fils auquel ma mère a donné le jour. J'envie ceux qui ne sont plus, je suis jaloux de leur sort, je désire habiter ces lointaines demeures. Car je n'ai de plaisir ni à voir la clarté du jour ni à fouler la terre de mon pied; tant m'était cher l'otage que m'a ravi la Mort pour le livrer à Pluton!

LE CHŒUR. Avance, avance; va au fond de ton palais.

ADMÈTE. Hélas!

καίπερ πεπληγμένος	quoique frappé
συμφορᾷ βαρείᾳ,	d'un malheur accablant,
ὢν δε γενναῖος	mais étant généreux
ἔκρυπτε,	il *le* cachait,
αἰδεσθεὶς ἐμέ.	respectant moi.
Τίς Θεσσαλῶν,	Qui des Thessaliens,
τίς οἰκῶν Ἑλλάδα	qui habitant la Grèce
μᾶλλον φιλόξενος τοῦδε;	*est* plus hospitalier que lui?
Τοιγὰρ γεγὼς γενναῖος	Or donc étant généreux
οὐκ ἐρεῖ	il ne dira pas
εὐεργετῆσαι	avoir-fait-du-bien
φῶτα κακόν.	à un mortel mauvais.
ΑΔΜΗΤΟΣ. Ἰώ, ἰώ.	ADMÈTE. Ah! ah!
στυγναὶ πρόσοδοι,	tristes abords,
στυγναὶ δὲ ὄψεις	et tristes vues
μελάθρων χήρων.	du palais désert.
Ἰώ μοί μοι.	Ah! pour moi, pour moi!
Αἰαῖ, αἰαῖ.	Hélas! hélas!
Ποῖ βῶ;	Où irai-je?
πᾷ στῶ;	où resterai-je?
τί λέγω;	que dirai-je?
τί δὲ μή;	et que ne dirai-je pas?
πῶς ἂν ὀλοίμαν;	comment périrais-je?
Ἡ μήτηρ ἔτεκε με	Certes *ma* mère a enfanté moi
βαρυδαίμονα.	profondément-malheureux.
Ζηλῶ φθιμένους,	J'envie *ceux* qui ont péri,
ἔραμαι κείνων,	je suis épris d'eux (de leur sort),
ἐπιθυμῶ ναίειν	je désire habiter
κεῖνα δώματα.	ces demeures-là.
Χαίρω γὰρ	Car je *ne* me réjouis
οὔτε προσορῶν αὐγὰς	ni voyant les clartés
οὔτε πεζεύων πόδα	ni posant le pied
ἐπὶ γαίας·	sur la terre;
Θάνατος ἀποσυλήσας με	la Mort ayant dépouillé moi
τοῖον ὅμηρον	d'un tel ôtage
παρέδωκεν Ἅιδῃ.	*l'a* livré à Pluton.
ΧΟΡΟΣ. Πρόβα πρόβα·	LE CHŒUR. Avance, avance;
Βᾶθι κεῦθος οἴκων.	va au fond de la maison.
ΑΔΜΗΤΟΣ. Αἰαῖ.	ADMÈTE. Hélas!

ΧΟΡΟΣ.

Πέπονθας ἄξι' αἰαγμάτων.

ΑΔΜΗΤΟΣ.

Ἐή.

ΧΟΡΟΣ.

Δι' ὀδύνας ἔβας,
σάφ' οἶδα,

ΑΔΜΗΤΟΣ.

Φεῦ φεῦ.

ΧΟΡΟΣ.

τὰν νέρθε δ' οὐδὲν ὠφελεῖς.

ΑΔΜΗΤΟΣ.

Ἰώ μοί μοι.

ΧΟΡΟΣ.

τὸ μήποτ' εἰσιδεῖν φιλίας ἀλόχου
πρόσωπον ἄντα λυπρόν [1].

ΑΔΜΗΤΟΣ.

Ἔμνησας ὅ μου φρένας ἥλκωσεν·
τί γὰρ ἀνδρὶ κακὸν μεῖζον ἁμαρτεῖν
πιστῆς ἀλόχου; Μή ποτε γήμας
ὤφελον οἰκεῖν μετὰ τῆσδε δόμους.
Ζηλῶ δ' ἀγάμους ἀτέκνους τε βροτῶν·
μία γὰρ ψυχή, τῆς ὑπεραλγεῖν
μέτριον ἄχθος·

LE CHŒUR. Ce que tu souffres est digne de gémissements

ADMÈTE. Ah ! ah !

LE CHŒUR. Tu es plongé dans la douleur, je le sais bien.

ADMÈTE. Hélas ! hélas !

LE CHŒUR. Tes gémissements ne servent de rien à celle qui est dans les enfers.

ADMÈTE. Ah ! ah !

LE CHŒUR. Ne jamais voir en face le visage d'une compagne chérie est chose triste.

ADMÈTE. Tu viens de rappeler ce qui me déchire le cœur. Car est-il un mal plus grand pour un homme que de perdre une compagne fidèle? Heureux les mortels qui n'ont ni femme ni enfants ! car ils n'ont qu'une vie, et s'affliger pour elle est un médiocre tourment. Mais voir ses enfants malades,

ΧΟΡΟΣ. Πέπονθας	LE CHŒUR Tu as éprouvé
ἄξια	des *maux* dignes
αἰαγμάτων.	de gémissements
ΑΔΜΗΤΟΣ. Ἐή.	ADMÈTE. Ah!
ΧΟΡΟΣ. Ἔβας	LE CHŒUR. Tu as marché
διὰ ὀδύνας·	à travers la douleur,
οἶδα σάφα,	je *le* sais clairement,
ΑΔΜΗΤΟΣ.	ADMÈTE.
Φεῦ φεῦ.	Hélas! hélas!
ΧΟΡΟΣ.	LE CHŒUR.
Ὠφελεῖς δὲ οὐδὲν	Mais tu ne sers en rien
τὰν νέρθε.	à celle d'en-bas.
ΑΔΜΗΤΟΣ. Ἰώ	ADMÈTE. Ah!
μοί μοι.	pour moi, pour moi!
ΧΟΡΟΣ. Τὸ μήποτε	LE CHŒUR. Le ne jamais
εἰσιδεῖν ἄντα	voir en face
πρόσωπον	le visage
φιλίας ἀλόχου	d'une chère compagne
λυπρόν.	*est* triste.
ΑΔΜΗΤΟΣ.	ADMÈTE.
Ἔμνησας	Tu as rappelé
ὅ ἥλκωσε φρένας μου·	ce qui a ulcéré les esprits de moi:
τί γὰρ κακὸν μεῖζον	car quel mal plus grand
ἀνδρὶ	pour un homme
ἁμαρτεῖν	*que* d'être privé
πιστῆς ἀλόχου;	d'une épouse fidèle?
Μή ποτε ὤφελον	Je n'aurais jamais dû
γήμας	étant marié
οἰκεῖν δόμους	habiter cette maison
μετὰ τῆσδε.	avec celle-ci.
Ζηλῶ δὲ	Mais j'envie
ἀγάμους ἀτέκνους τε	*ceux* sans-femme et sans-enfants
βροτῶν·	d'entre les mortels;
μία γὰρ ψυχή,	car une seule vie *est à eux*,
τῆς	pour laquelle
ὑπεραλγεῖν	s'affliger
ἄχθος μέτριον	*est* un fardeau modéré;
ὁρᾶν δὲ	mais voir
νόσους παίδων	les maladies de *ses* enfants

παίδων δὲ νόσους καὶ νυμφιδίους
εὐνὰς θανάτοις κεραϊζομένας
οὐ τλητὸν ὁρᾶν, ἐξὸν ἀτέκνους
ἀγάμους τ' εἶναι διὰ παντός.

ΧΟΡΟΣ.

Τύχα τύχα δυσπάλαιστος ἥκει. [Antistrophe I.]

ΑΔΜΗΤΟΣ.

Αἰαῖ.

ΧΟΡΟΣ.

Πέρας δέ γ' οὐδὲν ἀλγῶν τιθεῖς.

ΑΔΜΗΤΟΣ.

Ἐή.

ΧΟΡΟΣ.

Βαρέα μὲν φέρειν
ὅμως δὲ

ΑΔΜΗΤΟΣ.

Φεῦ φεῦ.

ΧΟΡΟΣ.

τλᾶθ' · οὐ σὺ πρῶτος ὤλεσας

ΑΔΜΗΤΟΣ.

Ἰώ μοί μοι.

ΧΟΡΟΣ.

γυναῖκα · συμφορὰ δ' ἑτέρους ἑτέρα
πιέζει φανεῖσα θνατῶν.

son lit nuptial désolé par la mort, voilà ce qui est intolérable, quand on pouvait passer toute sa vie sans femme et sans enfants.

LE CHŒUR. Un malheur, un malheur inévitable est venu.

ADMÈTE. Hélas !

LE CHŒUR. Ne mettras-tu pas un terme à tes plaintes ?

ADMÈTE. Ah ! ah !

LE CHŒUR. Cela est pénible à supporter, mais pourtant...

ADMÈTE. Hélas ! hélas !

LE CHŒUR. Supporte-le ; tu n'es pas le premier qui ait perdu...

ADMÈTE. Ah ! ah !

LE CHŒUR. Une femme ; mais parmi les mortels les uns sont accablés par un malheur, les autres par un autre.

καὶ εὐνὰς	et les couches
νυμφιδίους	nuptiales
κεραϊζομένας θανάτοις	ravagées par des morts.
οὐ τλητὸν,	n'est pas supportable,
ἐξὸν	étant (quand il eût été) permis
εἶναι διὰ παντὸς	d'être à travers tout *temps*
ἀτέκνους	sans-enfants
ἀγάμους τε.	et sans-femme.
ΧΟΡΟΣ.	LE CHŒUR.
Τύχα	Un malheur,
τύχα	malheur,
δυσπάλαιστος	difficile-à-combattre
ἥκει.	est venu.
ΑΔΜΗΤΟΣ.	ADMÈTE.
Αἰαῖ.	Hélas !
ΧΟΡΟΣ.	LE CHŒUR.
Τιθεῖς δὲ	Mais tu ne mets
οὐδὲν πέρας γε	aucune fin certes
ἀλγῶν.	de *tes* douleurs.
ΑΔΜΗΤΟΣ.	ADMÈTE.
Ἐή.	Hélas !
ΧΟΡΟΣ.	LE CHŒUR.
Βαρέα μὲν	*Maux* d'une part lourds
φέρειν,	à supporter,
ὅμως δὲ	d'autre part pourtant
ΑΔΜΗΤΟΣ.	ADMÈTE.
Φεῦ φεῦ.	Hélas ! hélas !
ΧΟΡΟΣ.	LE CHŒUR.
τλᾶθι·	supporte-*les*;
σὺ οὐκ ὤλεσας πρῶτος,	toi tu n'as pas perdu le premier
ΑΔΜΗΤΟΣ.	ADMÈTE.
Ἰώ μοί	Ah, pour moi
μοι.	pour moi !
ΧΟΡΟΣ.	LE CHŒUR.
Γυναῖκα·	Une femme;
ἑτέρα δὲ συμφορὰ	mais différent malheur
φανεῖσα	paraissant
πιέζει ἑτέρους	accable différents
θνατῶν.	d'entre les mortels.

ΑΔΜΗΤΟΣ.

Ὦ μακρὰ πένθη λῦπαί τε φίλων
τῶν ὑπὸ γαῖαν.
Τί μ' ἐκώλυσας ῥῖψαι τύμβου
τάφρον ἐς κοίλην καὶ μετ' ἐκείνης
τῆς μέγ' ἀρίστης κεῖσθαι φθίμενον;
Δύο δ' ἀντὶ μιᾶς Ἅιδης ψυχὰς
τὰς πιστοτάτας σὺν ἂν ἔσχεν, ὁμοῦ
χθονίαν λίμνην διαβάντε.

ΧΟΡΟΣ.

Ἐμοί τις ἦν [Strophe 1.]
ἐν γένει [1], ᾧ κόρος ἀξιόθρηνος
ὤλετ' ἐν δόμοισιν
μονόπαις· ἀλλ' ἔμπας
ἔφερε κακὸν ἅλις, ἄτεκνος ὢν
πολιὰς ἐπὶ χαίτας
ἤδη προπετὴς ὢν
βιότου τε πόρσω.

ΑΔΜΗΤΟΣ.

Ὦ σχῆμα δόμων [2], πῶς εἰσέλθω;
πῶς δ' οἰκήσω μεταπίπτοντος
δαίμονος; οἴμοι. Πολὺ γὰρ τὸ μέσον·
τότε μὲν πεύκαις σὺν Πηλιάσιν

ADMÈTE. O longs deuils, regrets d'êtres chéris descendus sous la terre. Pourquoi m'as-tu empêché de me jeter dans la fosse profonde du tombeau, et de reposer, mort, à côté de celle qui fut de beaucoup la meilleure des femmes? Au lieu d'une âme, Pluton en aurait eu deux à la fois, unies par une fidélité invincible, et traversant ensemble le lac souterrain.

LE CHŒUR. J'avais un parent qui vit mourir dans sa maison un fils digne d'être pleuré, un fils unique; mais pourtant il supporta son malheur avec modération, bien qu'il n'eût plus d'enfants, que ses cheveux commençassent déjà à blanchir, et qu'il fût avancé dans la vie.

ADMÈTE. O palais, comment franchir ce seuil? Comment habiter ces murs après ce changement de fortune? Hélas! quelle différence! Jadis c'était avec des torches de pin coupées

ΑΔΜΗΤΟΣ Ὦ μακρὰ πένθη	ADMÈTE. O longs deuils
λῦπαί τε φίλων	et regrets d'*êtres* chers
τῶν ὑπὸ γαῖαν.	de ceux *descendant* sous terre.
Τί ἐκώλυσάς με	Pourquoi as-tu empêché moi
ῥῖψαι	de *me* jeter
ἐς κοίλην τάφρον	dans la creuse fosse
τύμβου,	du tombeau.
καὶ φθίμενον	et ayant péri
κεῖσθαι	d'être étendu
μετὰ ἐκείνης	avec celle-là
τῆς μέγα ἀρίστης;	celle grandement la meilleure?
Ἅιδης ἔσχεν ἂν σὺν	Pluton aurait eu ensemble
ἀντὶ μιᾶς	au lieu d'une seule
δύο ψυχὰς	deux âmes
τὰς πιστοτάτας,	les plus fidèles,
διαβάντε ὁμοῦ	traversant ensemble
λίμνην χθονίαν.	le lac souterrain.
ΧΟΡΟΣ.	LE CHŒUR.
Τὶς ἦν μοι	Quelqu'un était à moi
ἐν γένει,	dans *ma* famille
ᾧ κόρος μονόπαις	auquel un fils unique
ἀξιόθρηνος	digne-de-gémissements
ὤλετο ἐν δόμοισιν ·	périt dans la maison;
ἀλλὰ ἔμπας	mais pourtant
ἔφερε κακὸν ἅλις,	il supportait le mal assez-bien,
ὢν ἄτεκνος	étant sans-enfant,
ὢν ἤδη προπετὴς	étant déjà penché
ἐπὶ χαίτας πολιὰς	vers les cheveux blancs
πόρσω τε βιότου.	et en-avant-dans la vie.
ΑΔΜΗΤΟΣ.	ADMÈTE.
Ὦ σχῆμα δομων,	O forme de *ma* maison,
πῶς εἰσελθῶ;	comment entrerai-je?
πῶς δὲ οἰκήσω	et comment habiterai-je
δαίμονος μεταπίπτοντος; οἴμοι.	la fortune changeant? hélas!
Τὸ γὰρ μέσον πολύ·	Car l'intervalle *est* grand;
τότε μὲν ἔστειχον	alors d'une part j'allais
ἔσω	à-l'-intérieur
σὺν πεύκαις	avec des torches-de-pin
Πηλιάσιν	du *mont* Pélion,

σύν θ' ὑμεναίοις ἔστειχον ἔσω,
φιλίας ἀλόχου χέρα βαστάζων,
πολυάχητος δ' εἵπετο κῶμος,
τήν τε θανοῦσαν κἄμ' ὀλβίζων,
ὡς εὐπατρίδαι καὶ ἀπ', ἀμφοτέρων[1]
ὄντες ἀριστέων σύζυγες εἶμεν·
νῦν δ' ὑμεναίων γόος ἀντίπαλος
λευκῶν τε πέπλων μέλανες στολμοὶ
πέμπουσί μ' ἔσω
λέκτρων κοίτας ἐς ἐρήμους.

ΧΟΡΟΣ.

Παρ' εὐτυχῆ [Antistrophe 2.]
σοὶ πότμον ἦλθεν ἀπειροκάκῳ τόδ'
ἄλγος· ἀλλ' ἔσωσας
βίοτον καὶ ψυχάν.
Ἔθανε δάμαρ, ἔλιπε φιλίαν·
τί νέον τόδε; πολλοῖς
ἤδη παρέλυσεν
θάνατος δάμαρτα.

ΑΔΜΗΤΟΣ.

Φίλοι, γυναικὸς δαίμον' εὐτυχέστερον
τοὐμοῦ νομίζω, καίπερ οὐ δοκοῦνθ' ὅμως·

sur le Pélion, au milieu des chants de l'hyménée que j'entrais ici, tenant par la main une compagne chérie; un cortège bruyant et joyeux me suivait, me félicitant moi et celle qui n'est plus, de ce que nobles et issus d'ancêtres paternels et maternels également illustres, nous unissions nos destinées. Aujourd'hui ce ne sont plus les chants de l'hyménée mais des gémissements, ce ne sont plus de blancs péplums, mais le noir appareil du deuil qui m'accompagnent à ma chambre nuptiale, maintenant déserte.

LE CHŒUR. C'est dans le cours d'une fortune prospère que cette affliction t'a frappé, alors que tu ne connaissais pas le malheur. Mais tu vis, tu respires encore, tandis que ton épouse est morte : elle a quitté ce qui lui était cher. Qu'y a-t-il de nouveau à cela? Ils sont nombreux ceux auxquels la mort a déjà ravi leurs épouses.

ADMÈTE. Mes amis, je trouve le sort de ma femme plus heureux que le mien, quoique cela ne paraisse pas ainsi. Pour

σύν τε ὑμεναίοις,	et avec des chants-d'-hyménée,
βαστάζων χέρα	soutenant la main
ἀλόχου φιλίας,	d'une compagne chérie,
κῶμος δὲ πολυάχητος	et un joyeux-cortège bruyant
εἵπετο,	suivait,
ὀλβίζων	félicitant
τήν τε θανοῦσαν	et celle qui est morte
καὶ ἐμὲ,	et moi,
ὡς ὄντες εὐπατρίδαι	de-ce-qu'étant nobles
καὶ ἀπὸ ἀριστέων	et de *parents* très nobles
ἀμφοτέρων	les uns-et-les-autres
εἶμεν σύζυγες·	nous étions unis;
νῦν δὲ	maintenant d'autre part
γόος	le gémissement
ἀντίπαλος	tenant-lieu
ὑμεναίων	des chants-d'-hyménée
στολμοί τε μέλανες	et des vêtements noirs
πέπλων λεύκων	*tenant lieu* de péplums blancs
πέμπουσί με ἔσω	escortent moi à-l'-intérieur
ἐς κοίτας ἐρήμους	dans le gîte désert
λέκτρων.	de *ma* couche.
ΧΟΡΟΣ.	LE CHŒUR.
Τόδε ἄλγος	Cette affliction
ἦλθεν	est arrivée
παρὰ πότμον εὐτυχῆ	pendant une destinée heureuse
σοὶ ἀπειροκάκῳ·	à toi n'ayant-pas-éprouvé-le-malheur;
ἀλλὰ ἔσωσας	mais tu as sauvé
βίοτον καὶ ψυχάν.	*ta* vie et *ton* souffle.
Δάμαρ ἔθανεν,	*Ton* épouse est morte,
ἔλιπε φιλίαν·	elle a laissé *son* amour;
τί τόδε νέον;	en quoi cela *est-il* nouveau?
ἤδη θάνατος	déjà la mort
πάρελυσε	a délié (fait périr)
δάμαρτα πολλοῖς.	l'épouse à beaucoup.
ΑΔΜΗΤΟΣ. Φίλοι, νομίζω	ADMÈTE. Amis, je pense
δαίμονα γυναικὸς	la destinée de *ma* femme
εὐτυχέστερον τοῦ ἐμοῦ,	plus heureuse que la mienne,
καίπερ ὅμως	quoique pourtant
οὐ δοκοῦντα·	ne paraissant pas *telle*;

τῆς μὲν γὰρ οὐδὲν ἄλγος ἅψεταί ποτε,
πολλῶν δὲ μόχθων εὐκλεὴς ἐπαύσατο.
Ἐγὼ δ', ὃν οὐ χρῆν ζῆν, παρεὶς τὸ μόρσιμον
λυπρὸν διάξω βίοτον· ἄρτι μανθάνω.
Πῶς γὰρ δόμων τῶνδ' εἰσόδους ἀνέξομαι;
τίν ἂν προσειπὼν, τοῦ δὲ προσρηθεὶς ὕπο,
τερπνῆς τύχοιμ' ἂν εἰσόδου; ποῖ τρέψομαι;
Ἡ μὲν γὰρ ἔνδον ἐξελᾷ μ' ἐρημία,
γυναικὸς εὐνὰς εὖτ' ἂν εἰσίδω κενὰς
θρόνους τ' ἐν οἷσιν ἷζε, καὶ κατὰ στέγας
αὐχμηρὸν οὖδας, τέκνα δ' ἀμφὶ γούνασιν
πίπτοντα κλαίῃ μητέρ', οἱ δὲ δεσπότιν
στένωσιν οἵαν ἐκ δόμων ἀπώλεσαν.
Τὰ μὲν κατ' οἶκον τοιάδ'· ἔξωθεν δέ με
γάμοι τ' ἐλῶσι Θεσσαλῶν καὶ ξύλλογοι
γυναικοπληθεῖς· οὐ γὰρ ἐξανέξομαι
λεύσσων δάμαρτος τῆς ἐμῆς ὁμήλικας.
Ἐρεῖ δέ μ', ὅστις ἐχθρὸς ὢν κυρεῖ, τάδε·
« Ἰδοῦ τὸν αἰσχρῶς ζῶνθ', ὃς οὐκ ἔτλη θανεῖν,
ἀλλ' ἣν ἔγημεν ἀντιδοὺς ἀψυχίᾳ

elle, aucun chagrin ne l'atteindra plus; une fin glorieuse l'a délivrée de mille peines. Mais moi, qui ne devrais plus vivre, qui ai franchi le terme fatal, je mènerai une triste existence; je le comprends maintenant. Comment oserai-je entrer dans cette demeure? qui saluerai-je? qui répondra à mon salut par des paroles de bienvenue? où me tourner? Car la solitude qui régnera dans mon palais me sera un supplice lorsque je verrai vides la couche de mon épouse et le siége sur lequel elle s'asseyait, partout l'abandon et le désordre, et, à mes genoux, mes enfants pleurant leur mère, tandis que les serviteurs gémiront sur la maîtresse que la mort leur a enlevée. Voilà ce que je souffrirai dans mon palais; mais, au dehors, la vue des épouses thessaliennes et des réunions de femmes, feront mon tourment; car je ne pourrai voir sans douleur des femmes du même âge que celle qui fut ma compagne. Et tous mes ennemis diront de moi. « Voyez cet homme qui vit honteusement; il n'a pas eu le courage de mourir, et il a eu la lâcheté de mettre à sa place son épouse pour

οὐδὲν γὰρ μὲν ἄλγος	car d'une part aucune affliction
ἅψεται τῆς ποτε,	n'atteindra elle jamais,
ἐπαύσατο δὲ εὐκλεὴς	d'autre part elle a fini glorieuse
πολλῶν μόχθων.	beaucoup de peines. [vivre,
Ἐγὼ δὲ, ὃν οὐ χρῆν ζῆν,	Et moi, lequel il ne fallait pas
παρεὶς τὸ μόρσιμον	ayant-laissé-de-côté le *terme* fatal,
διάξω βίοτον λυπρόν·	je mènerai une vie triste :[même.
μανθάνω ἄρτι.	je *l'*apprends dans-ce-moment-
Πῶς γὰρ ἀνέξομαι	Car comment supporterai-je
εἰσόδους τῶνδε δόμων;	l'entrée de (dans) cette maison ?
τίνα προσειπὼν ἄν,	qui ayant salué
ὑπὸ δὲ τοῦ προσρηθεὶς	et par qui ayant été salué
τύχοιμι ἂν εἰσόδου τερπνῆς;	obtiendrai-je une entrée agréable?
ποῖ τρέψομαι;	où me tournerai-je? [rieur
ἡ μὲν γὰρ ἐρημία ἔνδον	car d'une part la solitude à-l'-inté-
ἐξελᾷ με,	chassera moi,
εὖτε ἂν εἰσίδω κενὰς	lorsque je verrai vides
εὐνὰς γυναικὸς,	la couche de *mon* épouse,[seyait,
θρόνους τε ἐν οἷσιν ἵζε,	et le siége sur lequel elle s'as-
καὶ κατὰ στέγας	et dans la demeure
οὖδας αὐχμηρὸν,	le plancher sale,
τέκνα δὲ πίπτοντα	et *lorsque mes* enfants tombant
ἀμφὶ γούνασιν	autour de *mes* genoux
κλαίῃ μητέρα,	pleureront *leur* mère,
οἱ δὲ στένωσιν	et *que* les autres gémiront
οἵαν δεσπότιν ἀπώλεσαν	quelle maîtresse ils ont perdue
ἐκ δόμων.	*enlevée* de la maison. [son
Τὰ μὲν κατὰ οἶκον	D'une part les choses dans la mai-
τοιάδε·	*seront* telles; [Thessaliens
γάμοι δέ τε Θεσσαλῶν	d'autre part et les épouses des
καὶ ξύλλογοι γυναικοπληθεῖς	et les réunions pleines-de-femmes
ἐλῶσί με ἔξωθεν·	chasseront moi de dehors;
οὐ γὰρ ἐξανέξομαι	car je ne supporterai pas
λεύσσων ὁμήλικας	en voyant des contemporaines
τῆς ἐμῆς δάμαρτος.	de mon épouse.
ὅστις δὲ κυρεῖ	D'autre part quiconque se trouve
ὢν ἐχθρὸς,	étant *mon* ennemi,
ἐρεῖ με τάδε·	dira de moi ces choses-ci :
Ἰδοῦ τὸν ζῶντα αἰσχρῶς,	Vois celui-ci vivant honteusement,
ὃς οὐκ ἔτλη	qui n'a point eu-le-courage
θανεῖν.	de mourir,
ἀλλὰ ἀντιδοὺς	mais ayant donné-en-échange
ἀψυχίᾳ	par lâcheté
ἣν ἔγημεν,	*celle* qu'il avait épousée,

πέφευγεν Ἅιδην· κᾆτ' ἀνὴρ εἶναι δοκεῖ;
στυγεῖ δὲ τοὺς τεκόντας, αὐτὸς οὐ θέλων
θανεῖν. » Τοιάνδε πρὸς κακοῖσι κληδόνα
ἕξω. Τί μοι ζῆν δῆτα κύδιον, φίλοι,
κακῶς κλύοντι καὶ κακῶς πεπραγότι;

ΧΟΡΟΣ.

Ἐγὼ καὶ διὰ μούσας [Strophe 1.]
καὶ μετάρσιος [1] ᾖξα, καὶ
πλείστων ἁψάμενος λόγων
κρεῖσσον οὐδὲν Ἀνάγκας
ηὗρον, οὐδέ τι φάρμακον
Θρῄσσαις ἐν σανίσιν [2], τὰς
Ὀρφεία [3] κατέγραψεν
γῆρυς, οὐδ' ὅσα Φοῖβος Ἀ-
σκληπιάδαις ἔδωκεν
φάρμακα πολυπόνοις
ἀντιτεμὼν βροτοῖσιν.

Μόνας δ' οὔτ' ἐπὶ βωμοὺς [Antistrophe 1.]
ἔστιν οὔτε βρέτας θεᾶς
ἐλθεῖν, οὐ σφαγίων κλύει [4].
Μή μοι, πότνια, μείζων
ἔλθοις ἢ τὸ πρὶν ἐν βίῳ.

échapper à Platon. Et il croit être un homme? Il hait ses parents, quand lui-même ne veut pas mourir. « Voilà la réputation qui s'ajoutera à mes maux. Quel prix donc la vie a-t-elle pour moi, mes amis, apres avoir perdu l'honneur, perdu le bonheur?

LE CHŒUR. Avec l'aide de la muse, je me suis élancé sur les sommets sublimes, j'ai touché à toutes les sciences, et je n'ai rien trouvé de plus fort que la nécessité. Contre elle point de remède, ni dans les chants qu'Orphée a gravés sur les tablettes de Thrace, ni dans les herbes qu'Apollon a montrées aux fils d'Esculape, pour secourir les mortels.

Elle est la seule divinité dont on ne puisse adorer les autels, ni la statue, la seule qui ne soit point touchée par les sacrifices. Puisses-tu, ô vénérable déesse, ne pas te montrer à moi plus repoutable dans le cours de ma vie que tu ne l'as été jusqu'ici.

πέφευγεν Ἅιδην·	il a échappé à Pluton;
καὶ εἶτα δοκεῖ	et ensuite il croit
εἶναι ἀνήρ;	être un homme?
στυγεῖ δὲ	D'autre part il hait
τοὺς τεκόντας,	ceux qui l'*ont* procréé,
αὐτὸς οὐ θέλων	lui-même ne consentant pas
θανεῖν.	à mourir.
Ἕξω τοιάνδε κληδόνα	J'aurai une telle réputation
πρὸς κακοῖσι.	outre *mes* maux.
Τί δῆτα ζῆν	En quoi donc vivre
κύδιον μοι, φίλοι,	*est-il* plus beau pour moi, amis,
κλύοντι κακῶς	entendant mal *parler de moi*,
καὶ πεπραγότι κακῶς;	et faisant mal *mes affaires*?
ΧΟΡΟΣ.	LE CHŒUR.
Ἐγὼ καὶ διὰ μούσας	Moi et par la muse
καὶ ἦξα μετάρσιος,	et je me suis élancé élevé,
καὶ ἁψάμενος	et ayant touché
πλείστων λόγων	à beaucoup de sciences
ηὗρον οὐδὲν κρεῖσσον	je n'ai trouvé rien de plus fort
Ἀνάγκας,	que la Nécessité,
οὐδέ τι φάρμακον	ni quelque remède
ἐν σανίσιν Θρῄσσαις,	dans les tablettes thraces,
τὰς κατέγραψεν	qu'a tracées
γῆρυς Ὀρφεία,	la voix d'-Orphée,
οὐδὲ ὅσα φάρμακα	ni quelques remèdes que
Φοῖβος ἔδωκεν	Phébus ait donnés
Ἀσκληπιάδαις	aux-fils-d'Esculape [*des herbes*
ἀντιτεμὼν	ayant coupé-contre *les maladies*
βροτοῖσιν	pour les mortels
πολυπόνοις.	malheureux.
Ἔστι δὲ	D'autre part il *n*'est-possible
ἐλθεῖν	d'aller
οὔτε ἐπὶ βωμοὺς	ni vers les autels
οὔτε βρέτας	ni *vers* la statue
μόνας θεᾶς,	de *cette* seule déesse,
οὐ κλύει σφαγίων.	elle n'entend pas les sacrifices.
Πότνια, μή ἔλθοις	Vénérable, ne viens pas
μοι μείζων	pour moi plus forte
ἢ τὸ πρὶν ἐν βίῳ.	qu'auparavant dans la vie.

Καὶ γὰρ Ζεὺς ὅ τι νεύσῃ,
σὺν σοὶ τοῦτο τελευτᾷ.
Καὶ τὸν ἐν Χαλύβοις[1] δαμάζεις σὺ βίᾳ σίδαρον,
οὐδέ τις ἀποτόμου
λήματός ἐστιν αἰδώς.

Καὶ σ' ἐν ἀφύκτοισι χερῶν εἷλε θεὰ δεσμοῖς. [Strophe 2.]
Τόλμα δ'· οὐ γὰρ ἀνάξεις ποτ' ἔνερθεν
κλαίων τοὺς φθιμένους ἄνω·
καὶ θεῶν σκότιοι[2] φθίνουσι
παῖδες ἐν θανάτῳ.
Φίλα μὲν ὅτ' ἦν μεθ' ἡμῶν,
φίλα δὲ κάτω θανοῦσα·
γενναιοτάταν δὲ πασᾶν
ἐζεύξω κλισίαις ἄκοιτιν.

Μηδὲ νεκρῶν ὡς φθιμένων χῶμα νομιζέσθω [Antistrophe 2.]
τύμβος σᾶς ἀλόχου, θεοῖσι δ' ὁμοίως
τιμάσθω, σέβας ἐμπόρων.
Καί τις δοχμίαν κέλευθον
ἐμβαίνων τόδ' ἐρεῖ·
« Αὕτα ποτὲ προύθαν' ἀνδρός,

C'est par toi que s'accomplissent tous les arrêts de Jupiter. Tu domptes par la force le fer des Chalybes, et ton âpre volonté ne respecte rien.

Et toi aussi, Admète, cette déesse t'a enveloppé des liens indissolubles de ses mains; supporte ce mal ; car tes pleurs ne ramèneront jamais des ténèbres à la lumière ceux qui ne sont plus. Les enfants mêmes des dieux s'éteignent dans les ombres de la mort. Chère elle était à notre cœur, lorsqu'elle était avec nous, chère elle nous sera, maintenant qu'elle n'est plus. Tu avais reçu dans ta couche la plus noble de toutes les femmes.

Le tombeau de ta compagne ne sera pas regardé comme une sépulture ordinaire, mais recevra des honneurs divins, objet de vénération pour les étrangers. Plus d'un se détournant de sa route, dira : « Celle-ci mourut jadis pour son

Καὶ γὰρ Ζεὺς
ὅ τι νεύσῃ
τελευτᾷ τοῦτο σὺν σοί.
Καὶ σὺ
δαμάζεις βίᾳ
τὸν σίδαρον ἐν Χαλύβοις,
οὐδέ τις αἰδώς ἐστιν
λήματος ἀποτόμου.
Θεὰ εἷλε καί σε
ἐν δεσμοῖς ἀφύκτοισι
χερῶν.
Τόλμα δέ·
οὐ γάρ ποτε ἀνάξεις
κλαίων
ἔνερθεν ἄνω
τοὺς φθιμένους·
καὶ παῖδες θεῶν
φθίνουσιν σκότιοι
ἐν θανάτῳ.
Φίλα μέν,
ὅτε ἦν μετὰ ἡμῶν,
φίλα δὲ
κάτω
θανοῦσα·
ἐζεύξω δὲ κλισίαις
ἄκοιτιν γενναιοτάταν
πασᾶν.
Μηδὲ τύμβος
σᾶς ἀλόχου
νομιζέσθω χῶμα
νεκρῶν φθιμένων,
τιμάσθω δε
ὁμοίως θεοῖσι,
σέβας ἐμπόρων.
Καί τις ἐμβαίνων
κέλευθον δοχμίαν
ἐρεῖ τόδε·
Αὕτα προύθανέ ποτε
ἀνδρός,

Et en effet Jupiter,
quelque chose qu'il veuille,
accomplit cela avec toi.
Et toi
tu domptes par la force
le fer chez les Chalybes,
ni quelque respect n'est
de (dans) *ta* volonté âpre.
La déesse a pris toi aussi
dans les liens inévitables
de *ses* mains;
Or supporte-*le* ;
car jamais tu ne ramèneras
en pleurant
d'en-bas en-haut
ceux ayant péri;
même les enfants des dieux
périssent dans-les-ténèbres
dans la mort.
D'une part *elle était* chère,
lorsqu'elle était avec nous,
chère d'autre part *elle sera*,
en bas,
étant morte;
et tu avais attaché à *ton* lit
l'épouse la plus généreuse
de toutes.
Ni que le tombeau
de ton épouse
ne soit regardé *comme* une tombe
de cadavres ayant péri,
mais qu'il soit honoré [dieux,
semblablement à (à l'égal) des
vénération des passants.
Et quelqu'un s'avançant
par une route oblique
dira ceci :
Celle-ci est jadis morte-pour
son époux,

νῦν δ' ἐστὶ μάκαιρα δαίμων·
χαῖρ', ὦ πότνι', εὖ δὲ δοίης.»
Τοῖαί νιν προσεροῦσι φᾶμαι.

Καὶ μὴν ὅδ', ὡς ἔοικεν, Ἀλκμήνης γόνος,
Ἄδμητε, πρὸς σὴν ἑστίαν πορεύεται.

ΗΡΑΚΛΗΣ.

Φίλον πρὸς ἄνδρα χρὴ λέγειν ἐλευθέρως,
Ἄδμητε, μομφὰς δ' οὐχ ὑπὸ σπλάγχνοις ἔχειν
σιγῶντ'. Ἐγὼ δὲ σοῖς κακοῖσιν ἠξίουν
ἐγγὺς παρεστὼς ἐξετάζεσθαι φίλος·
σὺ δ' οὐκ ἔφραζες σῆς προκείμενον νέκυν
γυναικός, ἀλλά μ' ἐξένιζες ἐν δόμοις
[ὡς δὴ θυραίου πήματος σπουδὴν ἔχων].
Κἄστεψα κρᾶτα καὶ θεοῖς ἐλειψάμην
σπονδὰς ἐν οἴκοις δυστυχοῦσι τοῖσι σοῖς.
Καὶ μέμφομαι μέν, μέμφομαι παθὼν τάδ',
οὐ μήν σε λυπεῖν ἐν κακοῖσι βούλομαι.
Ὧν δ' εἵνεχ' ἥκω δεῦρ' ὑποστρέψας πάλιν
λέξω. Γυναῖκα τήνδε[1] μοι σῶσον λαβών,
ἕως ἂν ἵππους δεῦρο Θρῃκίας ἄγων

mari ; maintenant c'est une divinité bienheureuse : Salut, ô vénérable déesse. Puisses-tu nous accorder le bonheur ! » Telles sont les paroles qui la salueront. Mais voici, je crois, le fils d'Alcmène, qui s'avance, Admète, vers ton foyer.

HERCULE. Il faut parler librement à un ami, et ne point garder en silence ses ressentiments au fond de son âme. Me trouvant près de toi dans ton malheur, il me semble que tu devais éprouver mon amitié. Mais, au lieu de me dire que le corps de ta femme était exposé, tu m'as donné l'hospitalité sous ton toit, comme si c'était une étrangère que tu pleurais. Je me suis couronné la tête de fleurs, j'ai offert des libations aux dieux dans ta maison qu'avait frappé le malheur. Je me plains, oui, je me plains d'avoir été traité ainsi ; pourtant je ne veux pas t'affliger dans ton infortune. Mais je te dirai quel motif ramène ici mes pas. Prends cette femme et garde-la-moi jusqu'à ce que je revienne avec les cavales thraces, après avoir tué le

νῦν δέ ἐστι	et maintenant elle est
δαίμων μάκαιρα·	une déesse bienheureuse :
χαῖρε, ὦ ποτνία,	réjouis-toi (salut), ô vénérable,
δοίης δὲ εὖ.	et donne-*nous* bien (des biens).
Τοῖαι φᾶμαι	De telles paroles
προσεροῦσί νιν.	salueront elle.
Καὶ μὴν, ὡς ἔοικεν,	Et certes, à ce qu'il me semble,
ὅδε γόνος Ἀλκμήνης	ce rejeton d'Alcmène
πορεύεται, Ἄδμητε,	s'avance, Admète,
πρὸς σὴν ἑστίαν.	vers ton foyer.
ΗΡΑΚΛΗΣ. Χρὴ	HERCULE. Il faut
λέγειν ἐλευθερῶς	parler librement
πρὸς ἄνδρα φίλον,	à un homme ami, [sentiments
μηδὲ σιγῶντα ἔχειν μομφὰς	et-non se taisant garder des res-
ὑπὸ σπλάγχνοις.	sous *ses* entrailles (son cœur).
Ἐγὼ δὲ	Or moi
παρεστὼς ἐγγὺς σοῖς κακοῖσιν	me trouvant près de tes malheurs
ἠξίουν	je croyais-devoir
ἐξετάζεσθαι φίλος·	être éprouvé *comme* ami ;
σὺ δὲ οὐκ ἔφραζες	mais toi tu ne *me* parlais pas
νέκυν σῆς γυναικὸς	du cadavre de ta femme
προκείμενον,	exposé, [rement
ἀλλά με ἐξένιζες	mais tu m'accueillais-hospitaliè-
ἐν δόμοις	dans ta maison
ὡς δὴ ἔχων σπουδὴν	comme certes ayant souci
πήματος θυραίου,	d'un malheur étranger,
καὶ ἔστεψα κρᾶτα	et j'ai couronné *ma* tête, [dieux
καὶ ἐλειψάμην σπονδὰς θεοῖς	et j'ai versé-des-libations aux
ἐν τοῖσι σοῖς οἴκοις	dans ta maison
δυστυχοῦσι.	étant-malheureuse.
Καὶ μέμφομαι μὲν,	Et je me plains certes,
μέμφομαι παθὼν τάδε·	je me plains ayant éprouvé cela ;
οὐ μὴν βούλομαι	pourtant je ne veux pas
λυπεῖν σε ἐν κακοῖσι.	affliger toi dans *tes* maux.
Λέξω δὲ εἵνεκα ὧν	Mais je dirai à cause de quoi
ἥκω δεῦρο πάλιν	je viens ici de-nouveau
ὑποστρέψας.	étant retourné.
Λαβὼν τήνδε γυναῖκα	Ayant reçu cette femme
σῶσόν μοι,	garde-*la* moi,
ἕως ἂν ἔλθω δεῦρο	jusqu'à ce que je sois venu ici
ἄγων ἵππους Θρῃκίας	amenant les cavales thraces

ἔλθω, τύραννον Βιστόνων κατακτανών.
Πράξας δ' ὃ μὴ τύχοιμι (νοστήσαιμι γάρ),
δίδωμι τήνδε σοῖσι προσπολεῖν δόμοις.
Πολλῷ δὲ μόχθῳ χεῖρας ἦλθεν εἰς ἐμάς·
ἀγῶνα γὰρ πάνδημον εὑρίσκω τινὰς
τιθέντας, ἀθληταῖσιν ἄξιον πόνον,
ὅθεν κομίζω τήνδε νικητήρια
λαβών· τὰ μὲν γὰρ κοῦφα τοῖς νικῶσιν ἦν
ἵππους ἄγεσθαι, τοῖσι δ' αὖ τὰ μείζονα
νικῶσι, πυγμὴν καὶ πάλην, βουφόρβια·
γυνὴ δ' ἐπ' αὐτοῖς εἵπετ'· ἐντυχόντι δὲ
αἰσχρὸν παρεῖναι· κέρδος ἦν τόδ' εὐκλεές·
Ἀλλ', ὥσπερ εἶπον, σοὶ μέλειν γυναῖκα χρή·
οὐ γὰρ κλοπαίαν, ἀλλὰ σὺν πόνῳ λαβὼν
ἥκω· χρόνῳ δὲ καὶ σύ μ' αἰνέσεις ἴσως.

ΑΔΜΗΤΟΣ.

Οὔτοι σ' ἀτίζων οὐδ' ἐν ἐχθροῖσιν τιθεὶς
ἔκρυψ' ἐμῆς γυναικὸς ἀθλίου τύχας·
ἀλλ' ἄλγος ἄλγει τοῦτ' ἂν ἦν προσκείμενον,

tyran des Bistoniens. Si, ce qu'aux dieux ne plaise! il m'arrivait malheur et que je ne revinsse pas, je te la donne pour te servir dans ta maison. Ce n'est qu'avec beaucoup de peine qu'elle est venue dans mes mains. J'ai trouvé des jeux publics institués pour des athlètes, avec des récompenses dignes de leurs efforts. C'est de là que j'amène cette femme qui m'a été donnée comme prix de la victoire. Les vainqueurs à la course recevaient des chevaux : les vainqueurs dans les exercices plus importants, au pugilat, à la lutte, des troupeaux de bœufs ; une femme en outre y était jointe. Me trouvant là par hasard, il eût été honteux pour moi de négliger cette récompense glorieuse. Mais, comme je te l'ai dit, prends soin de cette femme ; car je ne l'ai point ravie furtivement ; c'est une conquête qui m'a coûté cher. Peut-être avec le temps, m'en remercieras-tu toi-même.

ADMÈTE. Certes, ce n'est point par mépris pour toi, ni parce que je te regardais comme un ennemi que je t'ai caché la destinée de mon épouse infortunée, mais c'eût été une affliction

κατακτανὼν τύραννον Βιστόνων.	ayant tué le tyran des Bistoniens.
Πράξας δὲ	D'autre part ayant fait (éprouvé)
ὃ μὴ τύχοιμι	*ce* que je voudrais ne pas rencon-
νοστήσαιμι γάρ,	(car puissé-je revenir), [trer
δίδωμι τήνδε	je *te* donne celle-ci [meures.
προσπολεῖν σοῖσι δόμοις.	*pour* être-servante dans tes de-
Ἦλθεν δὲ εἰς ἐμὰς χεῖρας	Or elle est venue dans mes mains
πολλῷ μόχθῳ·	avec beaucoup de peine.
Εὑρίσκω γάρ τινας	Car je trouve quelques-uns
τιθέντας	établissant
ἀγῶνα πάνδημον,	une lutte publique,
πόνον ἄξιον ἀθληταῖσιν,	travail digne pour les athlètes.
ὅθεν κομίζω τήνδε	d'où je rapporte celle-ci [victoire;
λαβὼν νικητήρια·	*l'* ayant reçue *comme* prix-de-la
ἦν γὰρ	car il était *donné*
τοῖς μὲν νικῶσι	à ceux d'une part vainquant
τὰ κοῦφα	dans les *exercices* légers
ἄγεσθαι ἵππους,	d'emmener des chevaux, quant
τοῖσι δὲ αὖ νικῶσι	à ceux d'autre part encore vain-
τὰ μείζονα,	dans les *exercices* plus grands,
πυγμὴν καὶ πάλην,	pugilat et lutte
βουφόρβια·	des troupeaux-de-bœufs;
γυνὴ δὲ εἵπετο	d'autre part une femme suivait
ἐπὶ αὐτοῖς·	outre cela :
ἦν δὲ αἰσχρὸν	or il eût été honteux [sard
ἐντυχόντι	*à moi* m'étant trouvé-là-par-ha-
παρεῖναι τόδε κέρδος εὐκλεές·	de négliger ce gain glorieux.
Ἀλλὰ χρή, ὡς εἶπον,	Mais il faut, comme j'ai dit,
γυναῖκα μέλειν σοι·	*cette* femme être-à-soin à toi;
οὐ γὰρ λαβὼν κλοπαίαν,	car n'ayant pas pris *elle* furtive,
ἀλλὰ σὺν πόνῳ	mais avec peine
ἥκω·	je suis venu;
χρόνῳ δὲ καὶ σὺ	et avec le temps toi aussi
αἰνέσεις με ἴσως.	tu approuveras moi peut-être.
ΑΔΜΗΤΟΣ. Οὔτοι	ADMÈTE. Non-certes
ἀτίζων σε	méprisant toi
οὐδὲ τιθεὶς ἐν ἐχθροῖσιν	ni *te* plaçant parmi *mes* ennemis
ἔκρυψα τύχας	je *t'*ai caché les destinées
ἐμῆς ἀθλίου γυναικός·	de ma malheureuse femme;
ἀλλὰ τοῦτο ἄλγος	mais cette affliction

εἴ του πρὸς ἄλλου δώμαθ' ὡρμήθης ξένου·
ἅλις δὲ κλαίειν τοὐμὸν ἦν ἐμοὶ κακόν.
Γυναῖκα δ', εἴ πως ἔστιν, αἰτοῦμαί σ', ἄναξ,
ἄλλον τιν', ὅστις μὴ πέπονθεν οἷ' ἐγώ,
σῴζειν ἄνωχθι Θεσσαλῶν, πολλοὶ δέ σοι
ξένοι Φεραίων, μή μ' ἀναμνήσῃς κακῶν.
Οὐκ ἂν δυναίμην, τήνδ' ὁρῶν ἐν δώμασιν,
ἄδακρυς εἶναι· μὴ νοσοῦντι μοι νόσον
προσθῇς· ἅλις γὰρ συμφορᾷ βαρύνομαι.
Ποῦ καὶ τρέφοιτ' ἂν δωμάτων νέα γυνή;
νέα γάρ, ὡς ἐσθῆτι καὶ κόσμῳ πρέπει.
Πότερα μετ' ἀνδρῶν δῆτ' ἐνοικήσει στέγην;
καὶ πῶς ἀκραιφνὴς ἐν νέοις στρωφωμένη
ἔσται; τὸν ἡβῶνθ', Ἡράκλεις, οὐ ῥᾴδιον
εἴργειν· ἐγὼ δὲ σοῦ προμηθίαν ἔχω.
Ἢ τῆς θανούσης θάλαμον ἐσβήσας τρέφω;
καὶ πῶς ἐπεσφρῶ τήνδε τῷ κείνης λέχει;

ajoutée à mon affliction que de te voir aller demander l'hospitalité à un autre. C'était assez pour moi d'avoir à pleurer mon malheur. Mais, je t'en prie, ô prince, si cela est possible, ordonne à quelque autre Thessalien qui n'ait pas souffert comme moi, de garder cette femme, tu as beaucoup d'hôtes parmi les habitants de Phères ; ne ravive pas le souvenir de mes maux. Je ne pourrais, en voyant cette femme dans ma maison, retenir mes pleurs. N'ajoute pas un nouveau tourment à celui que j'endure déjà ; car je suis assez accablé par le sort. D'ailleurs où nourrir une jeune femme dans mon palais ? car elle est jeune, à en juger par ses vêtements et par sa parure. Habitera-t-elle avec les hommes ? Mais comment restera-t-elle pure au milieu de jeunes gens ? Il n'est pas facile, Hercule, de contenir la jeunesse; or, tes intérêts me sont à cœur. La ferai-je entrer dans la chambre de celle qui n'est plus et comment l'introduire dans le lit de mon épouse?

ἣν ἂν προσκείμενον ἄλγει,
εἰ ὡρμήθης
πρὸς δώματά
του ἄλλου ξένου·
ἣν δὲ ἅλις ἐμοὶ
κλαίειν τὸ ἐμὸν κακόν.
Αἰτοῦμαι δέ σε, ἄναξ,
εἰ ἔστι
πως,
ἄνωχθί τινα ἄλλον Θεσσαλῶν
ὅστις μὴ πέπονθεν
οἷα ἐγὼ,
σῴζειν γυναῖκα,
πολλοὶ δὲ Φεραίων
ξένοι σοι·
μὴ ἀναμνήσῃς με
κακῶν,
Οὐκ ἂν δυναίμην
ὁρῶν τήνδε ἐν δώμασιν,
εἶναι ἄδακρυς·
μὴ προσθῇς νόσον
μοι νοσοῦντι·
βαρύνομαι γὰρ ἅλις
συμφορᾷ.
Καὶ ποῦ δωμάτων
νέα γυνὴ
τρέφοιτο ἄν;
νέα γὰρ, ὡς πρέπει
ἐσθῆτι καὶ κόσμῳ.
Πότερα δῆτα
ἐνοικήσει στέγην
μετὰ ἀνδρῶν;
καὶ πῶς ἔσται ἀκραιφνὴς
στρωφωμένη
ἐν νέοις;
οὐ ῥᾴδιον, Ἡράκλεις,
εἴργειν τὸν ἡβῶντα·
ἐγὼ δὲ ἔχω προμηθίαν σοῦ.
Ἢ τρέφω
ἐσβήσας
θάλαμον τῆς θανούσης;
καὶ πῶς
ἐπεσφρῶ τήνδε
τῷ λέχει κείνης;

eût été ajoutée à l'affliction,
si tu t'étais élancé
vers les demeures
de quelque autre étranger ;
or *c*'était assez pour moi
de pleurer mon malheur.
Mais je demande à toi, ô prince,
si *cela* est-possible
en-quelque-manière, [saliens
ordonne quelque autre des Thes-
qui n'a pas souffert
des choses telles que moi,
garder *cette* femme, [res
or beaucoup d'habitants-de-Phè-
sont hôtes à toi ;
ne fais-pas-souvenir moi
de *mes* maux.
Je ne pourrais pas, [meures
en voyant celle-ci dans *mes* de-
être sans-larmes;
n'ajoute pas une maladie
à moi étant-malade;
car je suis accablé assez
par le malheur. [meure
Et dans-quelle-partie de *ma* de-
une jeune femme
serait-elle nourrie? [distingue
car elle est jeune, comme elle-se
par le vêtement et la parure.
Est-ce-que donc
elle habitera-dans la maison
avec les hommes?
et comment sera-t-elle pure
se tournant
au milieu de jeunes-gens ?
il *n'est* pas facile, Hercule,
de contenir celui qui est-jeune;
or moi j'ai souci de toi.
Ou bien-nourris-je (nourrirai-je)
*l'*ayant-fait-entrer
dans la chambre de la morte ?
et comment [le-ci
introduis-je (introduirai-je) cel-
dans le lit de celle-là ?

Διπλῆν φοβοῦμαι μέμψιν, ἔκ τε δημοτῶν,
μή τις μ' ἐλέγχῃ, τὴν ἐμὴν εὐεργέτιν
προδόντ', ἐν ἄλλης δεμνίοις πίτνειν νέας,
καὶ τῆς θανούσης· ἀξία δέ μοι σέβειν.
Πολλὴν πρόνοιαν δεῖ μ' ἔχειν. Σὺ δ', ὦ γύναι,
ἥτις ποτ' εἶ σὺ, ταὔτ' ἔχεις Ἀλκήστιδι
μορφῆς μέτρ' [1], ἴσθι, καὶ προσήϊξαι δέμας.
Οἴμοι. Κόμιζε πρὸς θεῶν ἐξ ὀμμάτων
γυναῖκα τήνδε, μή μ' ἕλῃς ᾑρημένον.
Δοκῶ γὰρ αὐτὴν εἰσορῶν γυναῖχ' ὁρᾶν
ἐμήν· θολοῖ δὲ καρδίαν, ἐκ δ' ὀμμάτων
πηγαὶ κατερρώγασιν· ὦ τλήμων ἐγὼ,
ὡς ἄρτι πένθους τοῦδε γεύομαι πικροῦ.

ΧΟΡΟΣ.

Ἐγὼ μὲν οὐκ ἔχοιμ' ἂν εὖ λέγειν τύχην·
χρὴ δ', ὅστις εἶσι [2] καρτερεῖν θεοῦ δόσιν.

ΗΡΑΚΛΗΣ.

Εἰ γὰρ τοσαύτην δύναμιν εἶχον ὥστε σὴν
ἐς φῶς πορεῦσαι νερτέρων ἐκ δωμάτων
γυναῖκα καί σοι τήνδε πορσῦναι χάριν.

Je crains d'être blâmé à la fois par mes concitoyens qui m'accuseront de trahir ma bienfaitrice si je partage la couche d'une autre jeune femme, et par celle qui n'est plus ; or elle mérite que je l'honore. Il faut donc que j'agisse avec une grande prudence. Mais toi, jeune femme, qui que tu sois, sache que tu as la même taille, le même air qu'Alceste. Hélas! au nom des dieux, emmène-la hors de ma vue ; ne frappe pas un homme déjà abattu. Je crois, en la regardant voir ma femme, elle porte le trouble dans mon cœur; de mes yeux s'échappent des torrents de larmes. Infortuné que je suis ! Comme je goûte à présent toute l'amertume de mon deuil!

LE CHŒUR. Je ne saurais dire que tu es heureux ; mais, quel que soit le dieu qui entre chez nous, nous devons accepter ce qu'il nous apporte.

HERCULE. Ah ! si j'avais le pouvoir de tirer ta femme des enfers pour la ramener au jour et de te rendre ce service!

Φοβοῦμαι διπλῆν μέμψιν,	Je crains un double reproche,
ἔκ τε δημοτῶν,	et de la part des citoyens,
μή τις ἐλέγχῃ με,	de peur qu'on ne blâme moi,
προδόντα	ayant trahi
τὴν ἐμὴν εὐεργέτιν,	ma bienfaitrice,
πίτνειν ἐν δεμνίοις	de tomber dans la couche
ἄλλης νέας,	d'une autre jeune *femme*,
καὶ τῆς θανούσης·	et le *reproche* de la morte;
ἀξία δέ μοι	or *elle est* digne pour moi
σέβειν.	que je *l*'honore.
Δεῖ με ἔχειν	Il faut moi avoir
πολλὴν πρόνοιαν.	une grande prévoyance.
Σὺ δὲ, ὦ γύναι,	Mais toi, ô femme ;
ἥτις σὺ εἶ ποτε,	qui que tu sois par hasard,
ἔχεις, ἴσθι,	tu as, sache-*le*,
τὰ αὐτὰ μέτρα μορφῆς	les mêmes mesures de forme
Ἀλκήστιδι,	qu'Alceste,
καὶ προσήϊξαι δέμας.	et tu *lui* ressembles de corps.
Οἴμοι. Πρὸς θεῶν	Hélas ! Au nom des dieux
κόμιζε ἐξ ὀμμάτων	emmène hors de *mes* yeux
τήνδε γυναῖκα,	cette femme-ci,
μὴ ἕλῃς με ᾑρημένον.	ne prends pas moi *déjà* pris.
Δοκῶ γὰρ εἰσορῶν αὐτὴν	Car je crois en regardant elle
ὁρᾶν ἐμὴν γυναῖκα·	voir ma femme ;
θολοῖ δὲ καρδίαν·	et elle trouble *mon* cœur ;
πηγαὶ δὲ κατερρώγασιν	et des sources se précipitent
ἐξ ὀμμάτων·	de *mes* yeux;
ὦ ἐγὼ τλήμων,	ô moi, infortuné,
ὡς γεύομαι	comme je goûte
ἄρτι	présentement
τοῦδε πένθους πικροῦ.	ce deuil amer !
ΧΟΡΟΣ. Ἐγὼ μὲν	LE CHŒUR. Moi d'une part
οὐκ ἔχοιμι ἂν	je ne pourrais
λέγειν εὖ τύχην·	dire bien (du bien de) la fortune ;
χρὴ δὲ,	d'autre part il faut,
καρτερεῖν δόσιν θεοῦ,	supporter le don de dieu,
ὅστις εἶσι.	quel-que-soit-*le-dieu* qui vient.
ΗΡΑΚΛΗΣ. Εἰ γὰρ εἶχον	HERCULE. Ah ! si j'avais
δύναμιν τοσαύτην	une puissance si-grande
ὥστε πορεῦσαι	que de faire-passer
σὴν γυναῖκα	ta femme
ἐκ δωμάτων νερτέρων	des demeures souterraines
ἐς φῶς	à la lumière
καὶ πορσῦναί σοι	et de procurer à toi
τήνδε χάριν.	ce service !

ΑΔΜΗΤΟΣ.

Σάφ' οἶδα βούλεσθαί σ' ἄν. Ἀλλὰ ποῦ[1] τόδε;
οὐκ ἔστι τοὺς θανόντας ἐς φάος μολεῖν.

ΗΡΑΚΛΗΣ.

Μή νυν ὑπέρβαλλ', ἀλλ' ἐναισίμως φέρε.

ΑΔΜΗΤΟΣ.

Ῥᾷον παραινεῖν ἢ παθόντα καρτερεῖν.

ΗΡΑΚΛΗΣ.

Τί δ' ἂν προκόπτοις, εἰ θέλοις ἀεὶ στένειν;

ΑΔΜΗΤΟΣ.

Ἔγνωκα καὐτός, ἀλλ' ἔρως τις ἐξάγει.

ΗΡΑΚΛΗΣ.

Τὸ γὰρ φιλῆσαι τὸν θανόντ' ἄγει δάκρυ.

ΑΔΜΗΤΟΣ.

Ἀπώλεσέν με, κἄτι μᾶλλον ἢ λέγω.

ΗΡΑΚΛΗΣ.

Γυναικὸς ἐσθλῆς ἤμπλακες· τίς ἀντερεῖ;

ΑΔΜΗΤΟΣ.

Ὥστ' ἄνδρα τόνδε μηκέθ' ἥδεσθαι βίῳ.

ΗΡΑΚΛΗΣ.

Χρόνος μαλάξει, νῦν δ' ἔθ' ἡβάσκει κακόν.

ADMÈTE. Tu le voudrais, je le sais bien ; mais comment cela pourrait-il se faire ? Il n'est pas possible que les morts reviennent à la lumière.

HERCULE. Ne te livre donc pas à une douleur exagérée ; supporte ton sort avec modération.

ADMÈTE. Il est plus facile de donner des conseils que d'endurer le malheur.

HERCULE. Que gagneras-tu à vouloir toujours gémir ?

ADMÈTE. Rien, je le reconnais moi-même ; mais je ne sais quel désir m'entraîne.

HERCULE. En effet, l'amour que l'on a pour le mort provoque les larmes.

ADMÈTE. Cet amour m'a perdu, et plus encore que je ne le dis.

HERCULE. Tu as perdu une épouse vertueuse, qui le nierait ?

ADMÈTE. Aussi la vie n'a-t-elle plus de charmes pour moi.

HERCULE. Le temps adoucira ta douleur ; maitenant le mal est dans toute sa force.

ΑΔΜΗΤΟΣ.	ADMÈTE.
Ἰοδα σάφα	Je sais clairement
σε βούλεσθαι ἄν.	que tu *le* voudrais.
Ἀλλὰ ποῦ τόδε ;	Mais où cela *peut-il se faire?*
οὐκ ἔστι	il n'est-pas-possible
τοὺς θανόντας	les morts
μολεῖν ἐς φάος.	venir à la lumière.
ΗΡΑΚΛΗΣ.	HERCULE.
Μὴ ὑπέρβαλλέ νυν,	Ne dépasse donc pas *les bornes*,
ἀλλὰ φέρε	mais supporte
ἐναισίμως.	convenablement
ΑΔΜΗΤΟΣ. Ῥᾷον	ADMÈTE. *Il est* plus facile
παραινεῖν	de conseiller
ἢ παθόντα	que souffrant
καρτερεῖν.	d'endurer.
ΗΡΑΚΛΗΣ. Τί δὲ	HERCULE. Mais en quoi
προκόπτοις ἄν,	avancerais-tu,
εἰ θέλοις	si tu voulais
ἀεὶ στένειν ;	toujours gémir?
ΑΔΜΗΤΟΣ. Καὶ αὐτὸς	ADMÈTE. Moi-même aussi
ἔγνωκα,	je *l'*ai reconnu (je le sais),
ἀλλά τις ἔρως	mais un certain désir
ἐξάγει με.	entraîne moi
ΗΡΑΚΛΗΣ. Τὸ γὰρ φιλῆσαι	HERCULE. Car le aimer
τὸν θανόντα	le mort
ἄγει δάκρυ.	amène la larme.
ΑΔΜΗΤΟΣ. Ἀπώλεσέν με,	ADMÈTE. *Cela* a perdu moi.
καὶ ἔτι μᾶλλον	et encore plus
ἢ λέγω.	que je ne *le* dis.
ΗΡΑΚΛΗΣ. Ἤμπλακες	HERCULE. Tu as perdu
ἐσθλῆς γυναικός·	une bonne épouse ;
τίς ἀντερεῖ ;	qui *le* contredira?
ΑΔΜΗΤΟΣ. Ὥστε	ADMÈTE. De sorte que
τόνδε ἄνδρα	cet homme-ci (moi)
μηκέτι ἥδεσθαι	ne-plus être charmé
βίῳ.	de la vie.
ΗΡΑΚΛΗΣ. Χρόνος	HERCULE. Le temps
μαλάξει,	adoucira *ton mal*,
νῦν δὲ κακὸν	mais maintenant *ton* mal
ἡβάσκει ἔτι.	est-jeune encore.

ΑΔΜΗΤΟΣ.
Χρόνον λέγοις ἄν, εἰ χρόνος τὸ κατθανεῖν.
ΗΡΑΚΛΗΣ.
Γυνή σε παύσει καὶ νέος γάμος πόθου.
ΑΔΜΗΤΟΣ.
Σίγησον· οἷον εἶπας. Οὐκ ἂν ᾠόμην.
ΗΡΑΚΛΗΣ.
Τί δ'; οὐ γαμεῖς γὰρ, ἀλλὰ χηρεύσει λέχος;
ΑΔΜΗΤΟΣ.
Οὐκ ἔστιν ἥτις τῷδε συγκλιθήσεται.
ΗΡΑΚΛΗΣ.
Μῶν τὴν θανοῦσαν ὠφελεῖν τι προσδοκᾷς;
ΑΔΜΗΤΟΣ.
Κείνην, ὅπουπερ ἔστι, τιμᾶσθαι χρεών.
ΗΡΑΚΛΗΣ.
Αἰνῶ μὲν, αἰνῶ· μωρίαν δ' ὀφλισκάνεις[1].
ΑΔΜΗΤΟΣ.
Ὡς[2] μήποτ' ἄνδρα τόνδε νυμφίον καλῶν[3].
ΗΡΑΚΛΗΣ.
Ἐπήνεσ' ἀλόχῳ πιστὸς οὕνεκ' εἶ φίλος.

ADMÈTE. Oui, le temps, si le temps dont tu parles est la mort.

HERCULE. Une femme et un nouvel hymen mettront fin à tes regrets.

ADMÈTE. Tais-toi; que dis-tu là? Est-ce toi qui parles ainsi?

HERCULE. Eh quoi! tu ne te marieras pas? ta couche restera solitaire?

ADMÈTE. Nulle femme ne partagera mon lit.

HERCULE. Espères-tu que cela soit utile à celle qui n'est plus?

ADMÈTE. Il faut qu'elle soit honorée, en quelque lieu qu'elle se trouve.

HERCULE. J'approuve, j'approuve cette parole; mais tu seras accusé de folie.

ADMÈTE. Approuve-moi, car jamais tu ne me donneras le nom de fiancé.

HERCULE. Je te loue d'être pour ton épouse un ami fidèle.

ΑΔΜΗΤΟΣ.
Λέγοις ἂν
χρόνον
εἰ τὸ κατθανεῖν χρόνος.
ΗΡΑΚΛΗΣ.
Γυνὴ
καὶ νέος γάμος
παύσει σε πόθου.
ΑΔΜΗΤΟΣ.
Σίγησον·
οἷον εἶπας.
Οὐκ ἂν ᾤόμην.
ΗΡΑΚΛΗΣ.
Τί δέ;
οὐ γὰρ γαμεῖς,
ἀλλὰ λέχος χηρεύσει;
ΑΔΜΗΤΟΣ.
Οὐκ ἔστιν
ἥτις
συγκλιθήσεται τῷδε.
ΗΡΑΚΛΗΣ.
Μῶν προσδοκᾷς
ὠφελεῖν τι
τὴν θανοῦσαν;
ΑΔΜΗΤΟΣ.
Χρεὼν κείνην
τιμᾶσθαι,
ὅπουπερ ἔστι.
ΗΡΑΚΛΗΣ.
Αἰνῶ μὲν,
αἰνῶ·
ὀφλισκάνεις δὲ μωρίαν.
ΑΔΜΗΤΟΣ.
Ὡς
μήποτε καλῶν
τόνδε ἄνδρα νυμφίον.
ΗΡΑΚΛΗΣ.
Ἐπῄνεσα
οὕνεκα εἶ φίλος πιστὸς
ἀλόχῳ.

ADMÈTE.
Tu pourrais diro
le temps,
si le mourir *est* le temps.
HERCULE.
Une femme
et un nouveau mariage
délivreront toi du regret.
ADMÈTE.
Tais-toi;
qu'as-tu dit!
Je ne *l*'aurais pas cru.
HERCULE.
Et quoi?
est-ce-que tu ne te marieras pas,
mais *ton* lit restera-vide?
ADMÈTE.
Il n'est pas
de femme qui
couchera-avec celui-ci (moi).
HERCULE.
Est-ce-que tu espères
être-utile en quelque chose
à la morte?
ADMÈTE.
Il faut celle-ci
être honorée,
en quelque-lieu-qu'elle soit.
HERCULE.
Je loue certes,
je loue;
mais tu te-fais-taxer de folie.
ADMÈTE.
Loue-moi comme
ne devant appeler jamais
cet homme-ci (moi) fiancé.
HERCULE.
Je *t'ai* loué (je te loue)
parce que tu es un ami fidèle
à *ton* épouse.

ΑΔΜΗΤΟΣ.
Θάνοιμ' ἐκείνην καίπερ οὐκ οὖσαν προδούς.
ΗΡΑΚΛΗΣ.
Δέχου νυν εἴσω τήνδε γενναίων[1] δόμων.
ΑΔΜΗΤΟΣ.
Μή, πρός σε τοῦ σπείραντος ἄντομαι Διός.
ΗΡΑΚΛΗΣ.
Καὶ μὴν ἁμαρτήσει γε μὴ δράσας τάδε.
ΑΔΜΗΤΟΣ.
Καὶ δρῶν γε λύπῃ καρδίαν δηχθήσομαι.
ΗΡΑΚΛΗΣ.
Πιθοῦ · τάχ' ἂν γὰρ ἐς δέον πέσοι χάρις.
ΑΔΜΗΤΟΣ.
Φεῦ.
εἴθ' ἐξ ἀγῶνος τήνδε μὴ 'λαβές ποτε.
ΗΡΑΚΛΗΣ.
Νικῶντι μέντοι καὶ σὺ συννικᾷς ἐμοί[2].
ΑΔΜΗΤΟΣ.
Καλῶς ἔλεξας · ἡ γυνὴ δ' ἀπελθέτω.
ΗΡΑΚΛΗΣ.
Ἄπεισιν, εἰ χρή · πρῶτα δ' εἰ χρεὼν ἄθρει.

ADMÈTE. Que je meure, si je la trahis, même après sa mort.

HERCULE. Reçois donc cette femme dans ta noble demeure.

ADMÈTE. Ne m'y force pas; c'est au nom de Jupiter qui t'a donné le jour, que je t'en conjure.

HERCULE. Tu commettras une faute si tu ne le fais pas.

ADMÈTE. Et si je le fais, mon cœur sera rongé par le chagrin.

HERCULE. Obéis, car peut-être de ce présent résultera-t-il pour toi quelque avantage?

ADMÈTE. Hélas! Plût aux dieux que tu n'eusses jamais ramené cette femme de ces jeux!

HERCULE. Tu partages pourtant avec moi le fruit de la victoire.

ADMÈTE. Tu as bien parlé; mais que cette femme s'en aille.

HERCULE. Elle s'en ira s'il le faut; mais considère d'abord s'il le faut.

ΑΔΜΗΤΟΣ.	ADMÈTE.
Θάνοιμι	Que je meure
προδοὺς	ayant trahi (si je trahis)
ἐκείνην,	celle-là,
καίπερ οὐκ οὖσαν.	quoique n'existant pas.
ΗΡΑΚΛΗΣ.	HERCULE.
Δέχου νυν τήνδε	Reçois donc celle-ci
εἴσω γενναίων δόμων.	dans *ta* noble demeure.
ΑΔΜΗΤΟΣ. Μή,	ADMÈTE. Non,
ἄντομαι	je *te* prie
πρὸς Διὸς	par Jupiter
τοῦ σπείραντός σε.	qui a engendré toi.
ΗΡΑΚΛΗΣ.	HERCULE.
Καὶ μὴν	Et pourtant
ἁμαρτήσει γε	tu commettras-une-faute certes
μὴ δράσας τάδε.	n'ayant pas fait cela.
ΑΔΜΗΤΟΣ.	ADMÈTE.
Καὶ δρῶν γε	Et *le* faisant certes
δηχθήσομαι καρδίαν	je serai mordu au cœur
λύπῃ.	par le chagrin.
ΗΡΑΚΛΗΣ. Πιθοῦ·	HERCULE. Obéis;
τάχα γὰρ χάρις	car peut-être *ce* présent
ἂν πέσοι	tomberait (tournerait-il)
ἐς δέον.	en utilité.
ΑΔΜΗΤΟΣ. Φεῦ·	ADMÈTE. Hélas!
εἴθε	plût-aux-dieux que
μὴ ἔλαβές ποτε τήνδε	tu n'eusses reçu jamais celle-ci
ἐξ ἀγῶνος.	de la lutte!
ΗΡΑΚΛΗΣ.	HERCULE.
Καὶ σὺ μέντοι	Toi aussi pourtant
συννικᾷς ἐμοὶ νικῶντι.	tu vaincs-avec moi vainquant.
ΑΔΜΗΤΟΣ. Ἔλεξας καλῶς·	ADMÈTE. Tu as parlé bien;
ἡ δὲ γυνὴ	mais que cette femme
ἀπελθέτω.	s'en aille.
ΗΡΑΚΛΗΣ.	HERCULE.
Ἄπεισιν,	Elle s'en ira,
εἰ χρή·	s'il *le* faut;
πρῶτα δὲ ἄθρει	mais d'abord considère
εἰ χρεών.	s'il *le* faut.

ΑΔΜΗΤΟΣ.

Χρή, σοῦ γε μὴ μέλλοντος ὀργαίνειν ἐμοί.

ΗΡΑΚΛΗΣ.

Εἰδώς τι κἀγὼ τήνδ' ἔχω προθυμίαν.

ΑΔΜΗΤΟΣ.

Νίκα νυν. Οὐ μὴν ἁνδάνοντά μοι ποιεῖς.

ΗΡΑΚΛΗΣ.

Ἀλλ' ἔσθ' ὅθ' ἡμᾶς αἰνέσεις· πιθοῦ μόνον.

ΑΔΜΗΤΟΣ.

Κομίζετ'[1], εἰ χρὴ τήνδε δέξασθαι δόμοις.

ΗΡΑΚΛΗΣ.

Οὐκ ἂν μεθείην τὴν γυναῖκα προσπόλοις.

ΑΔΜΗΤΟΣ.

Σὺ δ' αὐτὸς αὐτὴν εἴσαγ', εἰ βούλει, δόμους.

ΗΡΑΚΛΗΣ.

Ἐς σὰς μὲν οὖν ἔγωγε θήσομαι χέρας.

ΑΔΜΗΤΟΣ.

Οὐκ ἂν θίγοιμι· δῶμα δ' εἰσελθεῖν πάρα.

ΗΡΑΚΛΗΣ.

Τῇ σῇ πέποιθα χειρὶ δεξιᾷ μόνῃ.

ADMÈTE. Il le faut, à moins que cela ne te fâche contre moi.

HERCULE. Si j'insiste autant, c'est que je sais quelque chose.

ADMÈTE. Triomphe donc; mais ce que tu fais-là ne m'est pas agréable.

HERCULE. Un jour viendra où tu nous remercieras; obéis seulement.

ADMÈTE. (A ses serviteurs.) Emmenez-la, puisqu'il faut que je la reçoive dans ma maison.

HERCULE. Je ne puis abandonner cette femme à des serviteurs.

ADMÈTE. Eh bien! conduis-la toi-même dans ma demeure, si tu le veux.

HERCULE. Non, mais je la mettrai entre tes mains.

ADMÈTE. Je ne saurais la toucher, mais elle peut entrer.

HERCULE. C'est à ta main seule que je la confie.

ΑΔΜΗΤΟΣ. Χρή,	ADMÈTE. Il *le* faut,
σοῦ γε	toi du moins
μὴ μέλλοντος	ne devant pas (si tu ne dois pas)
ὀργαίνειν ἐμοί.	t'irriter contre moi.
ΗΡΑΚΛΗΣ.	HERCULE.
Καὶ ἐγὼ	Et moi
εἰδώς τι	sachant quelque chose
ἔχω τήνδε προθυμίαν.	j'ai cet empressement.
ΑΔΜΗΤΟΣ.	ADMÈTE.
Νίκα νῦν.	Vaincs donc;
οὐ μὴν ποιεῖς	toutefois tu ne fais pas
ἁνδάνοντά μοι.	des choses plaisant à moi.
ΗΡΑΚΛΗΣ.	HERCULE.
Ἀλλὰ ἔστιν ὅτε	Mais *un temps* est que
αἰνέσεις ἡμᾶς·	tu loueras nous;
πιθοῦ μόνον.	obéis seulement.
ΑΔΜΗΤΟΣ.	ADMÈTE.
Κομίζετε,	Emmenez-*la*,
εἰ χρὴ δέξασθαι τήνδε	s'il faut recevoir celle-ci
δόμοις.	dans *ma* maison.
ΗΡΑΚΛΗΣ.	HERCULE.
Οὐκ ἂν μεθείην	Je n'abandonnerais pas
προσπόλοις	à des serviteurs
τὴν γυναῖκα.	cette femme.
ΑΔΜΗΤΟΣ.	ADMÈTE.
Σὺ δὲ αὐτὸς	Mais toi-même
εἴσαγε αὐτὴν	conduis-la
δόμους,	dans la maison,
εἰ βούλει.	si tu *le* veux.
ΗΡΑΚΛΗΣ.	HERCULE.
Ἔγωγε μὲν οὖν	Moi certes donc
θήσομαι	je *la* déposerai
ἐς σὰς χέρας.	dans tes mains.
ΑΔΜΗΤΟΣ.	ADMÈTE.
Οὐκ ἂν θίγοιμι·	Je ne la toucherais pas;
πάρα δὲ εἰσελθεῖν	mais il *lui* est permis d'entrer
δῶμα.	dans la demeure.
ΗΡΑΚΛΗΣ.	HERCULE.
Πέποιθα	Je *la* confie
τῇ σῇ χειρὶ δεξιᾷ μόνῃ.	à ta main droite seule.

ΑΔΜΗΤΟΣ.

Ἄναξ, βιάζει μ' οὐ θέλοντα δρᾶν τάδε.

ΗΡΑΚΛΗΣ.

Τόλμα προτεῖναι χεῖρα καὶ θιγεῖν ξένης.

ΑΔΜΗΤΟΣ.

Καὶ δὴ προτείνω.

ΗΡΑΚΛΗΣ.

Γοργόν' ὡς καρατομῶν[1].

Ἔχεις;

ΑΔΜΗΤΟΣ.

Ἔχω νιν.

ΗΡΑΚΛΗΣ.

Σῷζέ νυν, καὶ τὸν Διὸς
φήσεις ποτ' εἶναι παῖδα γενναῖον ξένον.
Βλέψον πρὸς αὐτὴν[2], εἴ τι σῇ δοκεῖ πρέπειν
γυναικί· λύπης δ' εὐτυχῶν μεθίστασο.

ΑΔΜΗΤΟΣ.

Ὦ θεοί, τί λέξω; θαῦμ' ἀνέλπιστον τόδε·
γυναῖκα λεύσσω τὴν ἐμὴν ἐτητύμως,
ἢ κέρτομός με θεοῦ τις ἐκπλήσσει χαρά;

ΗΡΑΚΛΗΣ.

Οὐκ ἔστιν, ἀλλὰ τήνδ' ὁρᾷς δάμαρτα σήν.

ADMÈTE. Prince, tu me forces de faire là ce que je ne voulais pas.

HERCULE. Ne crains pas d'étendre la main et de toucher cette étrangère.

ADMÈTE. Eh bien ! je l'étends. en détournant les yeux, comme si je coupais la tête de la Gorgone.

HERCULE. Tu la tiens?

ADMÈTE. Je la tiens.

HERCULE. Bien, garde-la, et tu diras un jour que le fils de Jupiter est un hôte généreux. Regarde-la; vois si elle ne ressemble pas à ton épouse; sois heureux, et cesse de t'affliger.

ADMÈTE. O dieux! que dirai-je? Quel prodige inattendu ! Est-ce bien mon épouse que je vois, ou est-ce une illusion qu'un dieu m'envoie pour se jouer de moi ?

HERCULE. Non, c'est bien ta femme que tu vois ici.

ΑΔΜΗΤΟΣ. Ἄναξ,	ADMÈTE. Prince,
βιάζει με	tu violentes moi
οὐ θέλοντα δρᾶν τάδε.	ne voulant pas faire cela
ΗΡΑΚΛΗΣ.	HERCULE.
Τόλμα	Ose
προτεῖναι χεῖρα	avancer la main
καὶ θιγεῖν ξένης.	et toucher l'étrangère.
ΑΔΜΗΤΟΣ.	ADMÈTE.
Καὶ δὴ προτείνω,	Et certes je *l*'avance,
ὡς καρατομῶν	comme décapitant
Γοργόνα.	la Gorgone.
ΗΡΑΚΛΗΣ.	HERCULE.
Ἔχεις;	Tu *l*'as?
ΑΔΜΗΤΟΣ.	ADMÈTE.
Ἔχω νιν.	J'ai elle;
ΗΡΑΚΛΗΣ.	HERCULE.
Σῷζέ νυν,	Garde-*la* donc,
καὶ φήσεις ποτὲ	et tu diras un jour
τὸν παῖδα Διὸς	le fils de Jupiter
εἶναι ξένον γενναῖον.	être un hôte généreux
Βλέψον πρὸς αὐτήν,	Regarde vers elle,
εἴ δοκεῖ	si elle paraît
πρέπειν τι	ressembler en quelque chose
σῇ γυναικί·	à ta femme;
εὐτυχῶν δὲ	et étant-heureux
μεθίστασο λύπης.	éloigne-toi du chagrin.
ΑΔΜΗΤΟΣ.	ADMÈTE.
Ὦ θεοί,	O dieux,
τί λέξω;	que dirai-je?
τόδε θαῦμα ἀνέλπιστον·	ce prodige *est* inattendu;
Λεύσσω ἐτητύμως	vois-je réellement
τὴν ἐμὴν γυναῖκα,	ma femme,
ἤ τις χαρὰ κέρτομος	ou quelque joie-railleuse
θεοῦ	d'un dieu
ἐκπλήσσει με.	frappe-t-elle moi?
ΗΡΑΚΛΗΣ.	HERCULE.
Οὐκ ἔστιν·	*Ce n'est pas une joie railleuse*;
ἀλλὰ ὁρᾷς τήνδε	mais tu vois celle-ci
σὴν δάμαρτα.	ton épouse

ΑΔΜΗΤΟΣ.

Ὅρα γε μή τι φάσμα νερτέρων τόδ' ᾖ.

ΗΡΑΚΛΗΣ.

Οὐ ψυχαγωγὸν[1] τόνδ' ἐποιήσω ξένον.

ΑΔΜΗΤΟΣ.

Ἀλλ' ἣν ἔθαπτον εἰσορῶ δάμαρτ' ἐμήν;

ΗΡΑΚΛΗΣ.

Σάφ' ἴσθ'· ἀπιστεῖν δ' οὔ σε θαυμάζω τύχῃ.

ΑΔΜΗΤΟΣ.

Θίγω, προσείπω ζῶσαν ὡς δάμαρτ' ἐμήν;

ΗΡΑΚΛΗΣ.

Πρόσειπ'· ἔχεις γὰρ πᾶν ὅσονπερ ἤθελες.

ΑΔΜΗΤΟΣ.

Ὦ φιλτάτης γυναικὸς ὄμμα καὶ δέμας,
ἔχω σ' ἀέλπτως, οὔποτ' ὄψεσθαι δοκῶν.

ΗΡΑΚΛΗΣ.

Ἔχεις· φθόνος δὲ μὴ γένοιτό τις θεῶν[2].

ΑΔΜΗΤΟΣ.

Ὦ τοῦ μεγίστου Ζηνὸς εὐγενὲς τέκνον,
εὐδαιμονοίης, καί σ' ὁ φιτύσας πατὴρ
σῴζοι· σὺ γὰρ δὴ τἄμ' ἀνώρθωσας μόνος.
Πῶς τήνδ' ἔπεμψας νέρθεν ἐς φάος τόδε;

ADMÈTE. Prends garde que ce ne soit quelque fantôme des enfers.

HERCULE. Ce n'est pas un magicien évoquant les morts que tu as pour hôte.

ADMÈTE. Ainsi je vois l'épouse que j'ai ensevelie ?

HERCULE. N'en doute pas; mais je ne m'étonne pas que tu te défies de la fortune.

ADMÈTE. Dois-je la toucher, lui parler comme à une femme vivante ?

HERCULE. Parle-lui; car tu as tout ce que tu désirais.

ADMÈTE. O chère épouse, je te possède contre toute attente, moi qui n'espérais plus revoir tes traits ni ton corps.

HERCULE. Tu la possèdes; puisses-tu n'être en butte à la jalousie d'aucun des dieux !

ADMÈTE. O noble fils du grand Jupiter, puisses-tu être heureux, et que le pere qui t'a donné le jour te protége ! car c'est toi seul qui as relevé ma fortune. Comment l'as-tu ramenée des enfers à la clarté du jour ?

ΑΔΜΗΤΟΣ. Ὅρα γε	ADMÈTE. Prends-garde certes
μή τόδε ᾖ	que cela ne soit
τι φάσμα νερτέρων.	quelque vision des enfers.
ΗΡΑΚΛΗΣ. Οὐκ ἐποιήσω	HERCULE. Tu n'as pas fait (pris)
ξένον	*comme* hôte
τόνδε ψυχαγωγόν.	celui-ci (moi) évoquant-les-morts.
ΑΔΜΗΤΟΣ. Ἀλλὰ εἰσορῶ	ADMÈTE. Mais vois-je
ἐμὴν δάμαρτα	mon épouse
ἣν ἔθαπτον;	que j'ensevelissais?
ΗΡΑΚΛΗΣ. Ἴσθι σάφα·	HERCULE. Sache-*le* clairement;
οὐ δὲ θαυμάζω	mais je ne m'étonne pas
σε ἀπιστεῖν τύχῃ.	toi te-défier de la fortune.
ΑΔΜΗΤΟΣ. Θίγω,	ADMÈTE. Toucherai-je,
προσείπω	parlerai-je
ὡς ἐμὴν δάμαρτα	comme à mon épouse
ζῶσαν;	vivante?
ΗΡΑΚΛΗΣ. Πρόσειπε·	HERCULE. Parle-*lui*;
ἔχεις γὰρ πᾶν	car tu as tout
ὅσονπερ ἤθελες.	ce que tu voulais.
ΑΔΜΗΤΟΣ. Ὦ ὄμμα	ADMÈTE. O œil
καὶ δέμας	et corps
γυναικὸς φιλτάτης,	d'une épouse très-chère,
ἔχω σε ἀέλπτως,	j'ai toi à-l'-improviste,
δοκῶν	croyant
οὔποτε ὄψεσθαι.	ne jamais *te* voir.
ΗΡΑΚΛΗΣ. Ἔχεις·	HERCULE. Tu *l*'as;
τίς δε φθόνος	mais que quelque jalousie
θεῶν	des dieux
μὴ γένοιτο.	ne soit pas!
ΑΔΜΗΤΟΣ. Ὦ εὐγενὲς τέκνον	ADMÈTE. O noble enfant.
τοῦ μεγίστου Ζηνὸς	du très-grand Jupiter,
εὐδαιμονοίης,	puisses-tu-être-heureux,
καὶ ὁ πατὴρ	et que le père
φιτύσας σε	ayant enfanté toi
σῴζοι σε·	garde toi;
σὺ γὰρ δὴ μόνος	car toi certes seul
ἀνώρθωσας τὰ ἐμά.	tu as relevé mes *affaires*.
Πῶς ἔπεμψας τήνδε	Comment as-tu amené celle-ci
νέρθεν	d'-en-bas
ἐς τόδε φάος;	à cette lumière-ci?

ΗΡΑΚΛΗΣ.

Μάχην συνάψας δαιμόνων τῷ κυρίῳ[1].

ΑΔΜΗΤΟΣ.

Ποῦ τόνδε Θανάτῳ φῂς ἀγῶνα συμβαλεῖν;

ΗΡΑΚΛΗΣ.

Τύμβον παρ' αὐτὸν, ἐκ λόχου μάρψας χεροῖν.

ΑΔΜΗΤΟΣ.

Τί γάρ ποθ' ἥδ' ἄναυδος ἕστηκεν γυνή;

ΗΡΑΚΛΗΣ.

Οὔπω θέμις σοι τῆσδε προσφωνημάτων
κλύειν, πρὶν ἂν θεοῖσι τοῖσι νερτέροις
ἀφαγνίσηται[2] καὶ τρίτον μόλῃ φάος.
Ἀλλ' εἴσαγ' εἴσω τήνδε· καὶ δίκαιος ὢν
τὸ λοιπὸν, Ἄδμητ' εὐσέβει περὶ ξένους.
Καὶ χαῖρ'· ἐγὼ δὲ τὸν προκείμενον πόνον
Σθενέλου τυράννῳ παιδὶ πορσυνῶ μολών.

ΑΔΜΗΤΟΣ.

Μεῖνον παρ' ἡμῖν καὶ ξυνέστιος γενοῦ.

ΗΡΑΚΛΗΣ.

Αὖθις τόδ' ἔσται, νῦν δ' ἐπείγεσθαί με δεῖ.

HERCULE. En livrant un combat à celui des êtres divins qui était son maître.

ADMÈTE. Et où as-tu engagé la lutte contre la Mort?

HERCULE. Auprès de la tombe même; sortant d'une embuscade, je l'ai prise dans mes bras.

ADMÈTE. Pourquoi donc cette femme reste-t-elle muette?

HERCULE. Il ne t'est pas permis d'entendre sa voix avant qu'un sacrifice expiatoire l'ait soustraite au pouvoir des dieux infernaux, et que trois jours se soient écoulés. Mais conduis-la dans ton palais, et puisque tu es juste, Admète, sois toujours pieux envers tes hôtes. Adieu; je vais accomplir le travail qui m'est imposé par le roi, fils de Sthénélus.

ADMÈTE. Reste auprès de nous, et assieds-toi à notre table.

HERCULE. Plus tard, mais aujourd'hui il faut que je me hâte.

ΗΡΑΚΛΗΣ. Συνάψας
μάχην
τῷ δαιμόνων
κυρίῳ.
ΑΔΜΗΤΟΣ. Ποῦ φῂς
συμβαλεῖν
τόνδε ἀγῶνα
Θανάτῳ;
ΗΡΑΚΛΗΣ. Παρὰ
τύμβον αὐτὸν,
μάρψας χεροῖν
ἐκ λόχου.
ΑΔΜΗΤΟΣ. Τί γὰρ δὴ
ἥδε γυνὴ
ἕστηκεν ἄναυδος;
ΗΡΑΚΛΗΣ. Οὔπω
θέμις σοι
κλύειν προσφωνημάτων τῆσδε,
πρὶν ἂν ἀφαγνίσηται
τοῖσι θεοῖσι νερτέροις,
καὶ τρίτον φάος
μόλῃ.
Ἀλλὰ εἴσαγε
τήνδε εἴσω·
καὶ ὢν δίκαιος,
εὐσέβει, Ἄδμητε, τὸ λοιπὸν
περὶ ξένους.
Καὶ χαῖρε·
ἐγὼ δὲ μολὼν
πορσυνῶ τυράννῳ
παιδὶ Σθενέλου
τὸν πόνον προκείμενον.
ΑΔΜΗΤΟΣ. Μεῖνον
παρὰ ἡμῖν,
καὶ γενοῦ ξυνέστιος.
ΗΡΑΚΛΗΣ. Τόδε ἔσται
αὖθις,
νῦν δὲ δεῖ
με ἐπείγεσθαι.

HERCULE. Ayant engagé
un combat
avec celui des êtres-divins
maître *d'elle*.
ADMÈTE. Où dis-tu
avoir engagé
ce combat
avec la Mort?
HERCULE. Auprès
du tombeau lui-même,
*l'*ayant saisie de *mes* deux-mains
au-sortir-d'une embuscade.
ADMÈTE. Pourquoi donc
cette femme-ci
se tient-elle muette?
HERCULE. Pas-encore
il n'*est* permis à toi
d'entendre les paroles de celle-ci,
avant qu'elle se soit purifiée
pour les dieux infernaux,
et que le troisième jour
soit arrivé.
Mais emmène
celle-ci à-l'intérieur;
et étant juste,
sois-pieux, Admète, dans la suite
à l'égard des étrangers.
Et réjouis-toi (adieu);
or moi étant allé
j'accomplirai pour le tyran
fils de Sthénélus
le travail proposé.
ADMÈTE. Reste
auprès de nous
et sois partageant-ma-table.
HERCULE. Ce sera
une-autre-fois,
mais maintenant il faut
moi me hâter.

ΑΔΜΗΤΟΣ.

Ἀλλ' εὐτυχοίης, νόστιμον δ' ἔλθοις πόδα[1].
Ἀστοῖς δὲ πάσῃ τ' ἐννέπω τετραρχίᾳ[2],
χοροὺς ἐπ' ἐσθλαῖς συμφοραῖσιν ἱστάναι
βωμούς τε κνισᾶν βουθύτοισι προστροπαῖς.
Νῦν γὰρ μεθηρμόσμεσθα βελτίω βίον
τοῦ πρόσθεν · οὐ γὰρ εὐτυχῶν ἀρνήσομαι.

ΧΟΡΟΣ.

Πολλαὶ μορφαὶ τῶν δαιμονίων,
πολλὰ δ' ἀέλπτως κραίνουσι θεοί ·
καὶ τὰ δοκηθέντ' οὐκ ἐτελέσθη,
τῶν δ' ἀδοκήτων πόρον ηὗρε θεός.
Τοιόνδ' ἀπέβη τόδε πρᾶγμα.

ADMÈTE. Puisses-tu réussir et accomplir heureusement ton retour! J'ordonne aux citoyens de tous mes États de former des chœurs pour célébrer cet heureux événement, et de faire fumer sur les autels la graisse des taureaux immolés aux dieux. Car des jours meilleurs ont succédé aux jours précédents. Je suis heureux, je ne le nierai pas.

LE CHŒUR. Sous mille formes se manifeste la puissance divine; mille choses sont accomplies par les dieux contre toute prévision; ce qui paraissait devoir arriver n'arrive pas; et la divinité trouve le moyen de faire ce qui n'était pas attendu. Telle est l'aventure d'Alceste.

———

ΑΔΜΗΤΟΣ. Ἀλλὰ	ADMÈTE. Mais
εὐτυχοίης,	puisses-tu être-heureux,
ἔλθοις δὲ	et puisses-tu venir
πόδα νόστιμον.	d'un pied de-retour !
Ἐννέπω δὲ ἀστοῖς	Or je recommande aux citoyens
πάσῃ τε τετραρχίᾳ	et à toute la tétrarchie
ἱστάναι χοροὺς	de former des chœurs
ἐπὶ συμφοραῖσιν ἐσθλαῖς	pour *ces* événements heureux
κνισᾶν τε	et de remplir-d'odeur-de-graisse
βωμοὺς	les autels
προστροπαῖς	par des supplications
βουθύτοισι.	où-on-immole-des-bœufs.
Νῦν γὰρ	Car maintenant
μεθηρμόσμεθα	nous nous sommes adapté
βίον βελτίω τοῦ πρόσθεν·	une vie meilleure que celle d'avant;
εὐτυχῶν γὰρ	car étant-heureux
οὐκ ἀρνήσομαι.	je ne *le* nierai pas.
ΧΟΡΟΣ. Πολλαὶ	LE CHŒUR. Nombreuses
μορφαὶ	*sont* les formes
τῶν δαιμονίων,	des choses divines,
θεοὶ δὲ κραίνουσι	et les dieux accomplissent
πολλὰ	beaucoup de choses
ἀέλπτως·	d'une-manière-inespérée ;
καὶ τὰ	et les choses
δοκηθέντα	ayant paru *devoir être accomplies*
οὐκ ἐτελέσθη,	n'ont pas été accomplies,
θεὸς δὲ	d'autre part la divinité
ηὗρε πόρον	a trouvé un moyen
τῶν ἀδοκήτων.	des (pour les) choses inattendues.
Τόδε πρᾶγμα ἀπέβη τοιόνδε.	Cet événement est arrivé tel.

NOTES

Page 4. — 1. Ἀσκληπιόν. Jupiter foudroya Esculape pour avoir rappelé Hippolyte à la vie :

Tum pater omnipotens aliquem indignatus ab umbris
Mortalem infernis ad lumina surgere vitæ,
Ipse repertorem medicinæ talis et artis
Fulmine Phœbigenam Stygias detrusit in undas.

VIRG., *Én.*, VII, 770.

— 2. Κύκλωπας. Les cyclopes qui forgent la foudre, et que nous trouvons déjà dans la *Théogonie* d'Hésiode, étaient les fils du Ciel et de la Terre, et ne doivent pas être confondus avec les farouches bergers de l'*Odyssée*.

Page 6. — 1. Μοίρας δολώσας. Dans les Euménides, le chœur, rappelant la destinée d'Admète, accuse en ces termes Apollon d'avoir enivré les Parques pour les tromper :

Σύ τοι παλαιὰς δαίμονας καταφθίσας
Οἴνῳ, παρηπατήσας ἀρχαίας θεάς.

ESCHYLE, *Euménides*, 730.

— 2. Ἥτις. Le masculin ὅτις serait plus logique. Le pronom féminin est mis par une espèce d'attraction ou d'assimilation à γυναικός.

— 3. Μίασμα....κίχῃ. La vue d'un cadavre était une souillure.

— 4. Σύμμετρος. L'adjectif a ici le sens de l'adverbe, συμμέτρως, juste à temps. Toutefois quelques commentateurs expliquent autrement ce passage ; ils sous-entendent le datif ἐμοί avec σύμμετρος et disent : « Elle arrive fort à propos pour moi, afin que je puisse lui parler, et la déterminer à prendre le père ou la mère d'Admète à la place d'Alceste. »

Page 8. — 1. Δευτέρου νεκροῦ, c'est-à-dire Alceste, comme tu m'as déjà privée d'Admète.

Page 10. — 1. Ἀμβαλεῖν. Les manuscrits donnent ἐμβαλεῖν qui a un tout autre sens. Avec cette leçon, la phrase signifie : « Non, mais je voudrais te persuader de donner la mort à ceux qui tardent (μέλλουσι) à mourir, c'est-à-dire aux parents d'Admète. »

Page 12. — 1. Πλουσίως ταφήσεται. Ceux qui mouraient vieux étaient enterrés avec plus de magnificence : il en revenait donc à la Mort un plus grand honneur.

— 2. Ὄναιντο ἄν. Les riches auraient un avantage si le moyen d'avoir des funérailles somptueuses pouvait prolonger la vie. Beaucoup d'éditions portent : Ὤνοιντο ἂν οἷς πάρεστι, dont le sens est : « Ceux qui en ont le moyen, achèteraient le privilège de mourir vieux. »

— 3. Πάντα. Apollon a obtenu une première violation des lois de la nature ; il n'en obtiendra pas une seconde.

— 4. Πείσει. D'autres éditions portent παύσει, tu cesseras de résister, tu t'adouciras.

Page 14. — 1. Δράσω τε. Les autres éditions portent δράσεις δέ, et pourtant tu feras ce que je désire.

— 2. Κατάρξωμαι. Avant d'immoler une victime à l'autel, on la vouait en quelque sorte à la mort en lui coupant un poil sur le devant de la tête. De là vient cette fiction poétique d'Euripide que l'on trouve également dans Virgile :

Nondum illi flavum Proserpina vertice crinem
Abstulerat, Stygioque caput sacraverat Orco.

Énéide, IV, 698.

Page 16. — 1. Πόθεν ; οὐκ αὐχῶ. D'autres lisent : πόθεν οὖν κ αυχᾷ : D'où te vantes-tu de savoir cela ?

Page 18. — 1. Χέρνιβα. Les anciens plaçaient devant la maison mortuaire un grand vase rempli d'eau lustrale, avec laquelle se purifiaient tous ceux qui avaient assisté aux funérailles.

— 2. Τομαῖος. Beaucoup d'éditions ont la virgule après τομαῖος et non après προθύροις ; ce qui donne un sens tout différent. Avec la leçon vulgaire, il faut traduire : « Point de chevelure coupée suspendue dans le vestibule, comme cela se pratique dans les deuils. »

— 3. Λυκίας. Allusion à l'oracle d'Apollon à Patares dans la Lycie.

Page 20. — 1. Ἀμμωνιάδας. Allusion à l'oracle célèbre de Jupiter Ammon en Libye.

— 2. Ἀπότομος, escarpé, sur la pente duquel on ne peut se retenir.

— 3. Μόνος est placé en tête de la phrase principale, tout en se rapportant à Φοίβου παῖς, Esculape, et tient lieu de μόνον ou μόνως.

Page 22. — 1. Πένθει...ὥς τι...εὔγνωστον. D'autres éditions portent : πενθεῖν... εἰ... συγγωστόν. Ce qui signifie : « Il est excusable de s'affliger quand ...»

Page 24. — 1. Ὕδασι ποταμίοις. L'eau stagnante ne pouvait servir aux purifications. Virgile a dit de même :

> Attrectare nefas, donec me flumine vivo
> abluero.
>
> *Énéide*, II, 719-720.

— 2. Κεδρίνων δόμων, chambre boisée en cèdre où l'on serrait des objets précieux. Cf. HOMÈRE, *Il.*, XXIV, 191-192.

> Θάλαμον...
> Κέδρινον, ὑψόροφον, ὃς γλήνεα πολλὰ κεχάνδει.

Toutefois plusieurs commentateurs ont traduit ces mots par *arcarum cedrinarum*, des coffres en bois de cèdre.

— 3. Δέσποινα. La déesse du foyer, Hestia ou Vesta.

Page 26. — 1. Μυρσίνης. Le myrte était employé dans les cérémonies que l'on faisait en l'honneur des morts.

— 2. Ἀπώλεσας... μόνον. D'autres éditions portent μόνην : « D'ailleurs, tu n'as perdu que moi ; c'est pourquoi je ne t'en veux pas. »

— 3. Οὐκ ἄν, sous-entendu οὖσα ; ce qui équivaut à ἣ οὐκ ἂν εἴη.

Page 30. — 1. Χειρὸς... βάρος. Ces mots s'expliquent par le vers précédent : ἄκοιτιν... ἔχων. La phrase est incomplète.

— 2. Ὡς... προσόψεται. Ces deux vers se trouvent dans *Hécube*, 115-116.

— 3. Ἰὼ Ζεῦ. Ce morceau lyrique semble avoir été chanté alternativement par plusieurs choreutes.

Page 32. — 1. Οὐρανίῳ, épithète hyperbolique dans le sens de μετεώρῳ.

Page 36. — 1. Ὑπὸ ὀφρύσι... μέθες με. Ce passage a donné lieu à diverses leçons fort différentes. Une des plus répandues porte : ὑπ' ὀφρύσι κυαναυγέσι βλέπων πτερωτὸς Ἅιδας : « Un Pluton ailé dont les yeux brillent sous les sourcils sombres. »

— 2. Πρός σε θεῶν. Dans les formules de prières on sous-entend souvent λίσσομαι ou ἱκετεύω.

Page 36. — 2. Ἐν σοὶ δ' ἐσμεν... ζῆν. Cette tournure personnelle équivaut à ἐν σοί δ' ἔστιν ἡμᾶς ζῆν.

Page 38. — 1. Καλῶς... ἧκον βίου. On peut encore faire le mot à mot de cette phrase, qui est très difficile, en donnant à ἧκον le sens de πρόσηκον qu'il a souvent, et en sous-entendant ἕνεκα devant βίου. Et alors le sens est : « Quand il était convenable à cause de leur âge de sauver leur fils, » etc.

Page 40. — 1. Ὃν... πάλιν. Ce vers que nous avons déjà vu est ici une interpolation si évidente, que nous l'avons omis dans la traduction; le sens en est : « Qu'il a salué et dont il a été salué à son tour. »

— 2. Μή. Sous-entendez devant cette conjonction δέδοικα ou φοβοῦμαι.

Page 42. — 1. Μηνός. Ce mot est difficile à expliquer. Toutefois les échéances ayant lieu chez les Athéniens le premier du mois, il est probable que les créanciers plus traitables accordaient à leurs débiteurs un jour ou deux de plus pour se libérer. Ce serait donc un terme de pratique. Dans Euripide il n'y a pas lieu de trop s'en étonner.

— 2. Μητρός, sous-entendu ἀρίστης.

Page 44. — 1. Λίβυν... αὐλόν. C'était une flûte faite avec le bois du lotus de Libye.

Page 46. — 1. Ὄντινα...χρόνον. D'autres lisent τρόπον, de quelque manière qu'il soit permis de les voir.

— 2. Ἐκεῖσε. Cet adverbe marquant le mouvement, on peut sous-entendre devant ἐλευσόμενον.

Page 54. — 1. Παιᾶνα. Ce mot est employé ici par extension, ou, si l'on veut, par euphémisme. Le vrai péan était un chant de joie, adressé aux dieux du ciel, et particulièrement à Apollon.

Page 56. — 2. Χαίρουσά μοι. Ce datif est le datif éthique. Le sens est : « Je désire que tu habites heureuse, » etc.

— 2. Χέλυν ὀρείον. On faisait des lyres avec des carapaces de tortues que l'on prenait sur les montagnes.

Page 58. — 1. Κύκλος... ὥρας μηνός. On peut aussi considérer ὥρας comme un accusatif pluriel et traduire littéralement : « Lorsque le cercle du mois carnéen fait le tour des saisons. » La fête des Carnéens était célébrée à Sparte avec des concours de musique.

Page 60. — 1. Συνδυάδος. Ce mot est employé ordinairement comme adjectif. Peut-être est-il substantif ici et signifie-t-il union.

— 2. Βιστόνων, peuple de la Thrace.

Page 62. — 1. Ἀγῶνα... δράμοιμι. Cette locution usuelle vient de ce que la course tenait la première place dans les jeux et les concours de la Grèce.

Page 64. — 1. Θρηκίας πέλτης, poétique pour Θρακῶν πελταστῶν. Le bouclier léger appelé *pelte* faisait partie de l'armure nationale des Thraces.

— 2. Λυκάονι. Ce fils de Mars n'est pas autrement connu.

— 3. Κύκνῳ. Le combat d'Hercule contre Cycnus est le sujet du *Bouclier* d'Hésiode.

Page 68. — 1. Ἐς τόδε, jusqu'au moment où il faudra qu'elle meure. Hercule sait bien qu'Alceste doit mourir pour son époux, mais il ignore que ce sacrifice est accompli. Admète par ses réponses énigmatiques dissimule à dessein la vérité à son hôte.

— 2. Γυναικὸς μεμνήμεθα. Admète dit qu'en parlant tantôt d'une personne à enterrer, il entendait parler d'une femme.

— 3. Ὀθνεῖος. En effet, Alceste n'était pas de la famille d'Admète, συγγενής.

Page 72. — 1. Ἡγοῦ σύ. Admète s'adresse à un de ses gardes.

— 2. Θύρας μεταύλους, la porte par laquelle l'appartement des étrangers communiquait avec la cour intérieure, αὐλή.

Page 74. — 1. Διψίαν. Homère appelle le pays d'Argos πολυδίψιον.

— 2. Δόμοις. Comme le chœur apostrophe ici le palais οἶκος et non le roi, il faut prendre σοῖσι δόμοις (dans tes appartements, ô palais) pour une périphrase équivalant à ἐν σοί.

Page 76. — 1. Κνεφαίαν αἰθέρα. Ce n'est pas le seul exemple que nous trouvions dans Euripide de αἰθήρ au féminin; ainsi dans *Andromaque*, 1232, on lit λευκὴν αἰθέρα, et dans *Électre*, 998, φλογερὰν αἰθέρ'.

Page 78. — 1. Ὑμεῖς... ὁδόν. Les vieillards ne feront que plus tard ce qu'Admète leur demande ici, et c'est alors seulement que le convoi funèbre, qui vient de paraître, se mettra en mouvement. Ce retard est causé par l'arrivée de Phérès.

Page 80. — 1. Λύειν a ici le sens de λυσιτελεῖν. De même dans *Hippolyte*, 443 : Οὔτ' ἄρα λύει τοῖς ἐρῶσι, *Non conducit amor amantibus.*

— 2. Φίλοισι. Datif pluriel neutre. Cependant on pourrait aussi expliquer, avec le masculin, « au nombre des amis, » en considérant σὴν παρουσίαν comme l'équivalent de σὲ παρόντα.

— 3. Ὠλλύμην, quand j'allais périr. L'imparfait désigne l'acheminement vers l'action.

Page 82. — 1. Κἀγώ τ' ἄν... ἐμοῖς. Deux vers interpolés que nous avons déjà vus et traduits plus haut.

— 2. Δόμον ὀρφανόν, *domum orbam*. La maison où manquent les héritiers naturels est comme un père sans enfants.

— 3. Ἦ, première personne de l'imparfait d'εἰμί dans le vieux dialecte attique.

Page 84. — 1. Οὐκέτι ἄν φθάνοις. Cet hellénisme peut être interprété ici de deux manières : 1° Tu ne saurais plus te hâter assez d'avoir des enfants, c'est-à-dire, tu es trop vieux pour avoir des enfants qui... ; 2° tu ne saurais trop te hâter, c'est-à-dire ironiquement, hâte-toi d'avoir des enfants qui... car pour moi je ne t'ensevelirai pas.

— 2. Ἀδμηθ'... παῦσαι. D'autres lisent πάυσασθε à la place du premier mot, et ὦ παῖ, à la place du second.

— 3. Λυδὸν ἢ Φρύγα. Les Grecs tiraient beaucoup d'esclaves de la Lydie et de la Phrygie.

Page 86. — 1. Λείψω. Phérès s'était réservé une partie du domaine.

Page 90. — 1. Ἀρᾷ γονεῦσιν. Ce souhait en faveur d'un mortel était un sacrilège et pouvait être regardé comme une imprécation.

— 2. Τοῦ θεοῦ, de ce dieu, le Soleil.

Page 92. — 1. Εἰ δ' ἀπειπεῖν, c'est-à-dire, si un fils pouvait répudier son père, comme un père peut répudier son fils. Ces actes, ainsi que tous ceux qui avaient besoin d'une publication officielle, étaient proclamés par le héraut.

Page 94. — 1. Ἅιδου... παρεδρεύοις, que tu deviennes la πάρεδρος de Proserpine, c'est-à-dire, un des génies immortels qui entourent cette déesse. Le chœur quitte l'orchestre en réglant sa marche sur le rythme des anapestes prononcés par son coryphée. Il rentrera avec Admète.

Page 96. — 1. Μητρός. Métaphore pour désigner la grappe ou le grain de raisin d'où sort le vin.

Page 98. — 1. Θυραίου est le contraire d'οἰκείου employé précédemment.

Page 100. — 1. Μεθορμιεῖ σε, te fera changer de mouillage, métaphore qui s'accorde avec πίτυλος, littéralement « mouvement des rames, à coups répétés. »

Page 102. — 1. Δεινά. Hercule trouve que ses hôtes ont manqué à leurs devoirs envers lui en lui cachant le malheur qui les frappait.

Page 106. — 1. Σέ, Hercule que désigne la périphrase καρδία... ἐμή.

Page 110. — 1. Ἄντα λυπρόν. Mon interprétation, qui est la plus généralement admise, n'est pas celle de M. Weil. Selon lui, le sens de ce passage est : « En te lamentant sans cesse de ne pas voir le visage de ton épouse chérie (tu ne lui rends aucun service). »

Page 114. — 1. Ἐν γένει. On croit qu'Euripide fait ici allusion à son maître, le philosophe Anaxagore, qui supporta avec une grande fermeté la mort d'un fils unique.

— 2. Σχῆμα δόμων. Périphrase poétique fréquemment employée. C'est ainsi que nous lisons dans *Hécube*, 623 : ὦ σχήματ' οἴκων, pour οἶκοι ; dans le *Philoctète* de Sophocle, 952 : ὦ σχῆμα πέτρας pour πέτρα.

Page 116. — 1. Ἀμφοτέρων désigne les ancêtres paternels et maternels.

Page 120. — 1. Μετάρσιος, dans les hautes régions de la philosophie qui s'occupe des choses célestes, τὰ μετέωρα.

— 2. Ἐν σανίσιν. Très anciennement on écrivait sur des tablettes de bois. Exemple, les lois de Solon.

— 3. Ὀρφεία. On attribuait au fabuleux Orphée, entre autres ouvrages, des préceptes en vers sur les moyens de guérir les maladies du corps et de l'âme.

— 4. Σφαγίων κλύει. Le poète compare les sacrifices à une prière muette qui s'élève vers les dieux.

Page 122. — Χαλύβοις. Les Chalybes, peuple de la Scythie, qui fut des premiers à travailler le fer.

— 2. Σκότιοι. Nous rattachons avec M. Weil, σκότιοι à φθίνουσι. Toutefois un grand nombre de commentateurs le rattachent à παῖδες et traduisent « des enfants illégitimes ». Ce sens est plausible, car il n'y avait que les enfants nés du commerce d'un dieu et d'une mortelle qui fussent soumis à la mort; ceux qui avaient pour père un dieu et pour mère une déesse recevaient de leurs parents l'immortalité.

Page 124. — 1. Γυναῖκα τήνδε. Hercule est venu accompagné d'une femme voilée.

Page 130. — 1. Ταῦτ'... μέτρα. Admète, ne voyant pas la figure de la femme voilée qui est devant lui, ne peut juger que de sa taille.

— 2. Ὅστις εἶσι. Que le dieu qui entre chez vous apporte joie ou peine. Le chœur exhorte Admète à la résignation. Les mots θεοῦ δόσιν désignent le bien ou le mal qui nous vient des dieux, non la femme amenée par Hercule. La leçon ὅστις σὺ εἶ, que donnent beaucoup d'éditions est insignifiante et vague à la fois; à qui peuvent s'adresser ces paroles, à Admète ou à Alceste?

Page 132. — 1. Ποῦ, équivaut ici à πῶς.

Page 134. — 1. Μωρίαν ὀφλισκάνεις, tu te fais taxer de folie.

Cet emploi de ὀφλισκάνω est un hellénisme remarquable. C'est par analogie avec l'expression ὀφλισκάνειν ζημίαν, devoir une amende, c'est-à-dire être condamné à l'amende.

Page 134. — 2. Ὡς. Avant ce mot, sous-entendu αἶνει.

— 3. Καλῶν, est ici un participe futur second attique.

Page 136. — 1. Γενναίων a sans doute ici le sens de φιλοξένων. Beaucoup d'éditions portent γενναίαν, se rapportant à τήνδε.

— 2. Συννικᾷς ἐμοί, parce que l'ami doit prendre part à la victoire de son ami. Mais ici ces mots ont un double sens qui échappe à Admète.

Page 138. — 1. Κομίζετε. Admète s'adresse à ses serviteurs.

Page 140. — 1. Γοργόν'... καρατομῶν. On sait que Persée détourna les yeux en coupant la tête de la Gorgone. D'autres lisent Γοργόνι.., καρατόμῳ, comme à la Gorgone à qui on a coupé la tête, c'est-à-dire à la tête de Méduse dont la vue seule pétrifiait.

— 2. Βλέψον πρὸς αὐτήν. En prononçant ces paroles, Hercule écarte le voile qui couvrait le visage d'Alceste.

Page 142. — 1. Ψυχαγωγόν désigne un magicien qui évoque les âmes des morts.

— 2. Φθόνος. C'était une croyance accréditée chez les anciens qu'un bonheur excessif excitait la jalousie des dieux.

Page 144. — 1. Δαιμόνων τῷ κυρίῳ. Ce passage est souvent lu et interprété différemment. On trouve κοιράνῳ au lieu de κυρίῳ, ce qui ne change en rien le sens, mais on fait dépendre δαιμόνων de κυρίῳ et non de τῷ, on lui donne le sens de mânes, ombres, et alors on traduit : « le souverain des ombres. »

— 2. Ἀφαγνίσηται. Il fallait qu'elle accomplît certaines cérémonies pour se soustraire au pouvoir des dieux infernaux auxquels elle avait été consacrée.

Page 146. — 1. Νόστιμον... πόδα. C'est une expression analogue à νόστιμον ὁδόν, leçon que portent plusieurs éditions.

— 2. Τετραρχίᾳ. La Thessalie était divisée en quatre cantons.

FIN

75. PARIS. — IMPRIMERIE CHARLES BLOT, RUE BLEUE, 7.

www.ingramcontent.com/pod-product-compliance
Ingram Content Group UK Ltd.
Pitfield, Milton Keynes, MK11 3LW, UK
UKHW021047230726
13926UKWH00004B/1699

9 782013 282178